闽水泱泱

闽水泱泱

福建师范大学文学院文学创作丛书

# 秋天的独白

杨天松　著

海峡出版发行集团
THE STRAITS PUBLISHING & DISTRIBUTING GROUP
海峡书局

**图书在版编目（CIP）数据**

秋天的独白/杨天松著. —福州：海峡书局，2017.2
(2024.7重印)
（闽水泱泱：福建师范大学文学院文学创作丛书）
ISBN 978-7-5567-0331-9

Ⅰ.①秋… Ⅱ.①杨… Ⅲ.①散文集-中国-当代 Ⅳ.
①I267

中国版本图书馆CIP数据核字（2017）第038593号

**责任编辑** 曾令疆

**秋天的独白**
QIUTIAN DE DUBAI

---

**著　　者** 杨天松
**出版发行** 海峡书局
**地　　址** 福州市台江区白马中路15号
**印　　刷** 三河市兴博印务有限公司
**厂　　址** 河北省三河市杨庄镇大窝头村西
**开　　本** 710毫米×1000毫米　1/16
**印　　张** 15.75
**字　　数** 251千字
**版　　次** 2017年2月第1版
**印　　次** 2024年7月第2次印刷
**书　　号** ISBN 978-7-5567-0331-9
**定　　价** 69.80元

---

# 序一

相对于中原而言，无论是经济还是文化，福建都是开发较迟的区域。然而，经过唐、五代的发展，至北宋、南宋时期，随着文化南移，处于东南海疆的福建在文化投入方面令人注目，整个宋代福建就出了五千多位进士。宋代的福建文化处于崛起的状态，州县学、书院的兴办，科举的发达，刻书业的繁荣，让福建一时文化精英荟萃。北宋著名词人、婉约派代表人物柳永就是今天的武夷山人，南宋著名词人张元干、刘克庄也是福建人。时间发展到近现代，冰心、庐隐、林徽因、郑振铎、高士其等闽籍作家影响广泛，他们的作品成为经得住考验的“长销书”，用今天学术界的话来说，就是他们的许多作品都“经典化”了。

我无意过分强调福建的灵秀山水对孕育出一代代文人墨客的不可替代作用。地域文化的某些特征有时能让人发挥天赋，有时则制约人的创造力和洞察力。我只是说，从福建这片碧水青山走出来的读书人，他们对世界的思考，他们的审美创造，随着近代伊始“放眼看世界”的时代潮流不断涌动，表现出地域性文化与世界性文化的消化、融合大于冲突的特征，同样，他们的审美书写，既有博大的胸怀，又不乏细腻的精致。而这些特点在福建师范大学文学院创作文库的诸多作品中，亦能得到有力的印证。

福建师范大学文学院培养的学生相当部分已经是福建省语文教学的骨干教师，培养优秀的师范类大学生无疑是教学方面的重点。同时，不少博士、硕士、本科毕业生也走上了大学教育、文化传播或行政管理等岗位，与师大文学院有着学缘关系的各类人才活跃在教育与文化建设的各个层面，他们的工作在毕业后已经有了很大的差异，但有些能力的不断强化依然是他们的共同点：一是能写，二是能说。

如果是一位语文老师，能写意味着老师的下水作文要能为学生作出示范，示范性意味着难度性。语文老师的高素质表现之一就是老师写出的文章学生不但能服气，无论是议论文还是记叙文，而且具有带动、启发的作用。近在咫尺，且与学生形成教学共同体的语文老师若"能写"，其为"班级订制"的作品通常能发挥教材上的文章所无法替代的作用。如此，文学院的学生写诗歌、散文、小说、随笔，不是一种"业余行为"，而通过写的"游戏状态"达到写的"专业状态"。这是因为这种"游戏之写"，不是通过必修性的学分制度让学生受约束，而是通过鼓励性的氛围创造来推动进步。一位学生只有通过写小说、写散文、写诗歌才会有耐心琢磨自我情感如何通过文字获得有效而别致的表达，一个运动员光看教学录像无法成为运动员，只有参加训练和比赛，才可能锻炼体魄，习得技术和战术。文学院从2009年开始举办一年一度的文学创作大奖赛，得奖作品汇编成正式出版物，展现学生的创作才能，通过"作品会操"提升创作水准，检讨作品得失，活跃创作氛围。如此持续多届，为形成创作批评与学术研究积极互动之特色打下基础。这样，从"运动员"到"教练员"，今后师大文学院的毕业生无论是从事教师工作，还是当新闻记者，或是从事其他文字工作，不但自己要写得好，更由于自己有了对写作的深切体验，懂得教他人写出一手好文章，而不是只会用几个既有的概念或术语来敷衍出几则写作方法。能力的培养，许多是习得性的，而不是概念性的。方法的"懂得"不见得会写，从方法学习到应用学习，有一大段距离要去亲自经历，也就是说，写作能力的习得具有不可替代性：只有体验过，受挫过，豁然开朗过，积累了一定量的写作体验，懂得自身的天赋如何通过写作发挥出来，才可能找到属于自己的表达路径。光说不练，写作体验是不可能达到深切的。从这个意义上说，此次创作文库的出版，对鼓励性的创造氛围的进一步形成,将起到明显的推动作用。其影响也将是长期的。

此次文学院创作文库的推出,其特色除了学生作品系列,更有教师与校友系列。我们知道,福建师范大学文学院的历史可追溯到1907年清宣统帝的老师陈宝琛创建的福建优级师范学堂的国文系科,是全国较早创办的中文系学科之一。历史上,叶圣陶、董作宾等著名作家曾在此任教。著名的翻译家项星耀也曾任教于师大中文系。创作、翻译、研究、教学,这在诸多现代文学人那儿,多是相得益彰、相映成趣。我们无意倡导高校中文系教师在教学、研究与创作诸方面的全能化,但至少应该欢迎有创作才能的高校教师发表文学作品。文学作品创作不像体操比赛,上了年纪的体操教练很难与年轻的运动员一比高低。创作可类比射击运动,经验丰富的老教练亦可充任赛手,与年轻运动员同台竞技,有时还能获得不俗成绩。此次教师系列与校友系列的创作者,既有名家,又有年轻的教师作家、散文家、诗人,说不上洋洋大观,但济济一堂,第一次如此集中地推出在文学院工作以及在外就职的知名校友的文学作品,既是文学院教师群体创作实力的阶段性总结,亦通过作品的共同展示,了解知名校友的创作现状,深化知名校友与母校的学缘纽带联系,构建以师大文学院为出发点的创作共同体,让在校与校外的文学院文学创作者的各种作品,从各个侧面体现文学院历史与现阶段教学的成果性、成长性与标志性。

文学院这三个创作作品系列,从年龄的角度看,也可视为老中青三代的不同生活与思想情感面貌的差异性汇合,他们都与师大文学院有着种种“不得不说的故事”,他们的作品也或多或少反映了在母校生活的各种情感痕迹,当然,这是小而言之。就大处看,这三十年来,在我们这片土地上发生了各种变化与各种故事,然而,无论如何变化、如何不同,这三个系列的创作群体至少有些共同记忆密切地联系着福建师范大学,紧紧地联系着他们共同拥有的中文系和文学院。除了这一颇有意趣的共性之外,他们各自的生活与情感面相更可以让我们激动地发现,我们的同学、教师、校友通过他们的笔,对生活有着怎样的发现,又提供了什么样的思想与审美的景象，这犹如一系列的精神橱窗，让我们漫步其中，驻足品味，或会心一笑，或沉思感慨，或退后打量，或移情投入，说一声：“看看，毕竟都是师大文学院的人，他们有些地方太像了。”或是“怎么都是师大文学院出来的人，他们的风格真是千差万别，争奇斗艳。”也许，这正是中文系、文学院应该有的写照，他们为了一个共同的爱好、趣味曾经或现在正走在一起，他们以各自的思想与表达呈现各种看法，同时，又以他们的笔，共同表达对世界、祖国、家乡以及文学艺术的热爱。

福建师范大学副校长　汪文顶

# 序二

1988年,我进入福建师大中文系,从那时起,我和文学的不解之缘就开始了。

那是文学创作的黄金时代,文科楼教室和宿舍楼里永远闪着不愿熄灭的日光灯,紧蹙的额头和双眉,格子簿上黑色的笔迹,一簇簇橙红明灭的烟头,都在暗示着文学风尚在那个时代是多么为人尊崇。我记得,中文系的《闽江》文学社云集了一大批文学爱好者。当年的文学爱好者,大多数现在已成了作家、评论家,他们将爱好做成了事业;更多的人,他们在工作岗位上发挥中文专业的特色和优势,在柴米油盐中眺望自己的理想,尽管当年的爱好已默默沉潜到生活的褶皱里,但毫无疑问,我和他们一样,用四年的时光培育了一生的情怀。

我们为什么需要文学?每个人都有各自的判断。毫无疑问,文学让我们更清楚地看见人生和世界,我们在艺术的视距里"看见"从来没有看见到的,这也许就是文学永恒的意义。因此我们说文学是一项不朽的事业,所有曾经和正在进行文学创作的人们都值得嘉许和崇敬!

热爱文学的方式有多种,一种人以文学创作为终生的事业;另一种人持续阅读文学作品并关注文学的发展,用读者的身份和阅读的力量来影响文学的发展。大学毕业后,我曾经在莆田一中当过语文老师,经常鼓励和指导学生多写作文,写好作文,不断提高写作能力。如今虽然沉浮商海多年,但我依旧对文学创作怀有深深的情结。我愿意做后一种人,虽然放下了文学创作,但永远不离开它!

福建师大中文系是一个文学人才荟萃之地,这里有很多优秀的文艺创作者，有的作品还对当代中国文学的发展产生过重要影响，而我也因之受益良多。今天，欣闻《福建师范大学文学院文学创作丛书》即将出版，我非常荣幸能为这套丛书的出版尽自己一份绵薄之力，一方面表达我作为一名中文学子的拳拳之心，另一方面我也想对那些依然在进行文学创作的老师和同学们表示敬意！持续关注福建师大文学院的文学创作和研究发展情况，并能有所助益，这是设立“文学创作与研究基金”的初衷，《福建师范大学文学院文学创作丛书》的出版不仅是福建师大文学院老师和学生文学创作成果的一次重要结集，更是一次集体展示，它不仅总结过往，更预示着将来。我想，福建师大文学院的文学创作传统也必将因之迈上新的台阶，继续发扬光大！

福建师范大学文学院88级　林　勤

# 自序

此时此刻，窗外已是暮色深浓。这是秋天。厦门的秋天。我坐在窗前，心中微茫得很。我不知道要怎样开始这个所谓的“自序”。

我是一个经历简单的人，家庭和学校的生活已经和将要构筑我的一生。但是一个人无论怎样地渺小，怎样地微不足道，他也是这个大千世界中的一个分子。在静默庸常的经历中，他也在看探着、思索着。他的所思所感，无不是他所处的时代所特别恩赐给他的。这样的思想，支持着我最初的来自心灵来自魂魄的写作冲动。我最早的一篇有自觉意识的散文短章《航行》就这样产生了。那是1989年秋天，我感到分外孤单。我想象了一个孤独远行的人。自己感觉写得不错，对照了一些杂志上的散文作品，觉得很可以发表的了；但是终觉胆怯，于是寄给师大《长安学团》，没想到发表出来了。虽然没有稿费，但高兴得不得了。这个事件对于别人也许不算什么，但却影响了我至今为止的写作爱好。到大学毕业前，陆续发表了若干文字。如果说我有什么梦想的话，就是在我心中有一个关于文学的梦。或者这个文学梦与小时候的孤单寥落而又丰富异常的经历有关，但这个文学梦的最终激发是在福建师大中文系读书的时候。当时有一个很简单幼稚的想法，既然读了中文系，当然要学习写点东西，而这个东西首先是文学。这个文学梦的产生是从《航行》这样一篇幼稚的文字开始的。后来就写了很多放在抽屉里的文字，有小说有散文有诗歌。我自己曾经订过一本很厚的诗集，但后来几次搬家，不知道丢哪里去了。

从我的第一篇作品到现在，有二十五年之久了。原来的小年轻，转眼就到中年，不能不感慨光阴流逝的迅捷。大学毕业后，为生存奔波劳顿，对于散文的写作，就断断续续了。我也常常会想“我为什么写作”这样的问题。我觉得世上写作的人已经太多了，似乎也没有必要加上我一个。可是，当你渐渐写了一些东西后，你就很难放弃，仿佛成为积习。而且，那个在我心灵深处始终存在着的文学梦总是时不时激励着我，我也似乎总不想从这个梦中醒来。于是，跌跌撞撞写到现在。

由于语言本身具有不确定性，特别是当我们置身在一个虚假的言语世界，特别是我们置身在一个不断变迁的不确定的世界，特别是当我们说话都身不由已地陷入谎言之境时，写作的虚妄就不可避免了，最深处的和最切近内在生命的语言都在开始写作的刹那间消逝得无影无踪。在这个世界上，每一个人都承受着生命中不能承受之轻。生存是艰难的，尽管同时生命如此脆弱，生存又是如此之虚空。要记录这样的生活，当然不是件容易的事情。这与技巧无关，而与心灵相连。

我很爱散文。如果能够，我会一直写下去。中国是个散文的国度，历代的散文经典可以说早已汗牛充栋。但我也深知散文乃是不可多得的文体。散文最需要良知的力量和心灵的深度，散文最需要生命中受难的经历或类似受难的体验；而写作者也要甘愿沉浸到这样的经历和体验之中。只有这样，才有可能写出有价值有意义的作品。这当然只是我的理想，但我愿意为这样的理想去努力。

我想，真正的散文应当像清澈的空气，像明亮的阳光，语言纯洁而有力量；就像帕乌斯托夫斯基说的那样：“散文越是清澈，散文就越完美，就越能扣人心弦。”追求散文语言的纯洁和散文所蕴含的心灵的力量，这是我始终追求的目标，虽然我很难确定我到底能够达到何种境界。

关于《秋天的独白》这本书的成书，略为交代如下。1998年，我还在连城三中教书。吴尔芬、曹诚等几个朋友邀我出一本散文集。我搜集了一下文章，大概够出一本小书，于是为它排定了目录，也请人打印了。书名就是《秋天的独白》。《闽西日报》副刊部主任黄征辉先生是多年的朋友，我请他写个序。他很快就写好，并且在《闽西日报》发表了。可是，后来事情发生了变化，《秋天的独白》没有出版。这使我很对不住征辉兄。老朋友吴尔芬写了个跋，当然也就只能先放在电脑里了。傅翔兄也写了个跋文，但后来不知弄到哪里去了。可是世间的事情，往往人所不能预知。出书的事情就这样一拖再拖。没想到拖了十六年。现在终于可以给两位老朋友一个交代。现在我把两位老朋友的文章作为附录，以纪念他们对我的深厚情谊。

这本书能够出版，最需要感谢的是民进福建省委专职副主委郑家建教授。他是我们1987级的同学，是师大文学院的博导，多年来担任师大文学院院长。今年8月13日，郑家建教授打电话给我说，福建师大文学院要编一套文学创作丛书，展示师大文学院的文学创作成果。我心里是很犹豫的，但还是很快答应下来。我很感激他想到我。于是有了《秋天的独白》散文集的整理出版的机会。

我以为很快就能够将书稿编定，毕竟原来有《秋天的独白》的打印稿。后来发现还是挺麻烦。主要原因是我对自己的文章保管不是很注意，加上几次搬家，有的文章就很难找。网上虽然说也可以找一些，但是不全。所以翻箱倒柜，忙乎很久才渐渐找到大部分发表过的和一些没有发表的文稿。第二是这个学期工作特别忙碌。有时候一整天的课，能够利用的时间，往往只有到晚上，但也不能全部利用，因为总有这样那样的事情牵绊。所以，编定这本书稿，也是断断续续。但终于编定完了，算是完成了任务。数了下，恰好六十篇。

这本书能够出版，我还要感谢我的妻子。她总是支持我努力多读书，多写东西；至于物质上的追求，她是很简单的。一般情况总是她包揽了一切的家务，她不要我为家务分心。我庆幸有一个能够在艰难环境中始终支持我的妻子。她有一颗朴素、单纯的心；加以幼承庭训，满怀爱心。因而我在繁忙的工作中始终能够有时间看看书，写点东西。今年是我们结婚二十周年，我把这本小书献给我的妻子，作为我们同甘共苦的一个小小礼物。

这本小书还要送给我的父亲母亲、岳父岳母。他们对我的爱无微不至。虽然他们已经安息，但永远活在我心中。

这本小书还要送给一直关心我的老师、亲人、同学、朋友、同事。名字很多，不一一列举了。他们懂得的。

杜甫的“文章千古事，得失寸心知”常常被人引用，过去总以为是客套话。

现在我知道这不是客套话，因为我深深觉得确实如此。我的文章的局限，以及缺点，我自己是知道的。《秋天的独白》里的文字，时间跨度这么大，甚至语言的风格也有了许多的变化。这是不言自明的。世间的书已经很多，如今又添上了这么一本，我感到深深的惶恐。我希望这惶恐能够激励我，继续写出更好的作品。

是为序。

杨天松

2014 年 11 月于厦门

# 目录 CONTENTS

**附　录**

# 航 行

还没有到涨潮的时候，你为何匆于解下船缆，去远方航行？

美丽的夜，是这样忧伤，血洪中亮起的火把，幽蓝如天上的星。

你是那星星吗？那么蓝，是你的风采吗？注视的眼睛，流着伤感的泪水。

那里水涛汹涌，那里暗礁丛生，死海里千帆相竞，你难道不知道百慕大三角的杀人无踪吗？

你去远航了，带着青春的热血。我感叹你的坚毅，惊叹你的执着。

前途未卜的奋斗，悲壮而伟大。你说你是海的儿子，回归海洋是你启程的目的。

我惊喜于你的勇毅了。

当晨曦白染了海边的夜色，天上愈显出一片恢宏的绮丽，白与蓝的极优美的组合，彤红的云彩和幽黑的朵云壮美地交结时；当迎面冲击来的劲风，吹散我浓黑的发丝，渗进我怯弱的肌肤，冲我的眼、我的鼻、我的嘴、我的耳；撩起我的衣襟，冷我的脸、我的手、我的脚，冷我年轻的心时；当太阳几经坎坷，终于冲破浓云，以眩目而温美的光，给天空以尤丽，给乌云以光辉，给白云以缤纷，给我冰冷的心以煦暖，给海滩以清美的波光时——你已解下船缆，在海中航行，与虐风搏斗，与礁石搏斗，与落后的罗盘、与船舱稀有的麦粉搏斗，与行进中重重的重重的困难搏斗，多时了。

我呆立在海边的城垛上，眼前是黑蓝的一片，太阳的灿烂，装饰不了海水的混浊，茫茫的海上，只有远处天边，有那么一点颤动。

海浪汹涌着，一排排如蜂拥的剑，巨浪的轰鸣里，惊起的鸥鸟，仓皇悲吟于没有凭栏的天空。

你难道不怕，不怕如鸥鸟，飞累吗？苍茫的海上，何处是你栖息的港湾？荒岛上的冤魂，也将泣于你独行的悲壮了。

沙洲上没有人。海边只有沉默的石山，石山上的城垛，张着黑墨的光。海边没有船只了，已没有人愿意航行，海底化石的报告中，昭示着死亡的恐怖。

我惊叹郑和下西洋的宏伟魄力！惊叹麦哲伦的宏心与伟毅了！

我更惊异于你的勇毅与顽强了，一样的帆船，一样的罗盘，你却只有一个人。

只有一个人呵！

船已凝眉于一个点了。

一股悲凉从心底幽然升起，我战栗了。一个巨大的轰响的浪头，震得我耳鸣眼昏，我感到了大海的强暴，我看见百慕大的冤魂在哀号。锈蚀了的铁船，如血团一般。

没有父母，没有兄弟，没有朋友……

你去航行了，执着而勇敢。

“生当作人杰，死亦为鬼雄。”李清照铿然如钟的坚声，在大海的浪涛里轰响。

天空灿烂得如冰雪一样光明，莹湛得如珠玉一般美丽。

前途未卜的奋斗，悲壮而且美丽。

船已越过地平线，四周只有海水浪声。

庄重地看了最后一眼，我毅然转身，任海风在我后面劲吹。

晃动的身影，骄阳下，不知是喜，不知是悲。

# 絮 语

## 一

月亮升起来了，四周变得一片华严的美丽。秋风轻扬，像一丝雪泉，沁人心脾，一种清凉与舒适的感觉，在林木葱郁的黯淡中，缓然幽游地在我身上伸延：从我的脚、我的手，从我的头、我的身，直入我的心、我的脾。一切都是那么温柔，都是那么美丽；一切又都是那么静谧，那么安然。

四边都没有别的人，四边都是沉寂。我低声自语四面是这样的幽旷啊。月亮是多么温柔地悬在秋天的夜空，空气又是多么清凉，冷冷地透着雪一样净极的光芒。

我倾听风声的凄凉，警觉草木的惊颤；我想起大海的悲伤，那没有边际的来自水的悲伤穿透我心。月色如雪，泛着森然的光芒，我独立在无人的高处，只觉得心底一阵阵抖颤。

三角梅紫红的花叶，在月光下，也变得模糊。然而，我的心底訇然响着肺腑之声。三角梅、三角梅。美丽的、光艳的、开朗的、沉默的、庄严的、天真的、羞涩的、温柔的三角梅。哦，三角梅。我从我的心里听到我的心的低语。那些低语，仿佛是一颗颗珍珠，跌落在空寂的原野，宕然浑美。

月亮定在高空，非常地结实，一如那健美的女子的胸，散着幽美的光，又宛如一块温美的玉，我竭尽全力想说出她的美丽，却只是徒然。

记忆的心灵，仍然在想着三角梅。

月色如雪，美妙绝伦。

一颗孤独的寂寞的圆月，放着挚诚的光芒，在四周都这样黑暗的时刻，在这四周都需要光明的时刻。

## 二

秋天的早晨，尤觉被褥的温暖，我陡然觉得被褥是世界上伟大的保护者。

醒来了，依然记忆着梦的美丽与和谐。我记得那里是一片草原，青青的，绿绿的。那高挑的草，摇曳着，很是袅娜。偶尔的两只大雁，留下瞬间的黑影，犹如点睛之笔，增添了草原的繁华与优美。

有一个少年，在草中独行，倔强地，不屈地，蹒跚着脚步，却又郁满着奋激。草原辽阔。草原上没有路，只有草，只有无边无际的草啊。

少年独行着，目光有一种凝重的神采。

天空美丽极了。风暖暖地吹着。

少年笑了，那是含蓄者的笑，那是成熟者的笑，那是孤独者的笑，那是战士的笑。前方的路依然凄迷渺茫，他却微笑着，无畏地前进。

我看见一朵白云在笑。她从天的深处走来，漾着新艳的容光，如新艳的女子的青春的脸庞。

我看见一朵黑云在笑。她在白天的东边，丑着脸，像那魔鬼的笑容，含着阴险。

天色渐昏。风呼呼地吹着。

天色深黑，有些星光；照得草原更加凄迷。

少年不语，在黑暗中仍然往前。

## 三

我忧郁的眼神，是这没有结局的秋雨吗？秋风冷冷地吹着，四面是深重的灰白。风声，雨声，绞进我难以平静的心。直落的雨点，也笼成一片灰白的雾。

伫立阳台，我颤抖着。风声打在没有着衣的肩骨，我显明地感到它寒冷了。我的眼睛，因为你而流泪。我的心，因为你而充实。因为你，我感觉这秋风和秋雨，也有如春天般的缠绵了。

我的心莫名地忧郁了。

在我心中，你蔚然成一朵素香的花，很冷、很傲、很美。我睁着一双忧郁的眼，瞅她，对她眨眼；我张开嘴，想吻她。然而，她挺立着，很冷，很傲，很美。我伸出手，想抓住这花，花未抓住，却抓了一手冰冷的雨。

我忧郁的目光，又凝视着无限忧郁的秋风秋雨了。

## 四

夜晚的天空又深邃又幽蓝。月儿明明地照着，雪白雪白的。走在路上，心里真想大叫，多美丽啊这月亮是多么美丽啊。在这样的月光下，路灯的光显得又幽暗又晦涩，像做错事似的。但这月亮是何其美丽明亮呢。尽管夜已深了，走在路上的只有零星的几人，宛若沙漠中的旅人。很静很静，真可说是万籁俱静了。我不知道要做些什么。时而仰起头看天空，看月亮，看星星，心里感到素心的舒服。总向往着那神秘的天空，那里一定很美好。时而又看看地面，看看地面上的我的驳动的影，看看树缝里漏下的亮亮的光芒。看看那被夹着月光的夜风吹动的竹叶，心里总觉得美艳极了。

多好的天空呀！

望望天，看看地，心里感到喜滋滋的。而且只我一个人，自由自在地爱怎么想就怎么想，喜欢想什么就想什么。有时候自己觉得好笑，就笑了，虽然只是轻轻的，微微的，但总是发自内心的真笑啊。我珍惜这独处的佳境。珍惜这独处佳境的寂寞的欢欣，虽然只是轻轻的，微微的，但它是多么令人珍贵啊。这里没有矫饰，也无需矫饰。是没有虚伪的真诚的流露，是那颗心，那颗最深的最洁净的心的流露。这样想来，就觉得这月夜，分外地美丽了。

## 五

终于晴了。天空亮然亮然的，显出别样的美丽来。

白白的日光，从浅蓝的天空里射将出来，照到白白的水泥道上，越来越显得苍白了。连远方的树木丛蔓，也好像蒙着一层白纱似的。

风依然冷冷地吹着。站在窗口，我感到有些儿冷。想走开去，到没风的地方，去享受一点温暖的惬意。然而没有。我实在舍不得这么长久的阴雨后，好不容易的一点阳光与温暖。在福州，这样的冬天是多么常见啊。

注视着室外的丛竹，我惊异地发现，那叶子，好些已经黄了。我一直以为，竹子是长青的，充满着葱茏的绿意的。我一直以为竹子的坚强，似乎比胜于苍松。我一直以为，竹子永远都是绿的永远洋溢着生命的气息。但没想到它也会在冬风里变黄，枯萎了它的生命。上面一段光光地秃着。我忽然觉得很悲凉，那种冬天的悲凉。太阳的光芒何也如此的软弱呢？

我想起过往的日子，那像梦一样的日子。然而，又很渺茫地，只几点零星的画面。一声惊愕，一点恐惧，一丝冰寒，一腹饥饿，或者一缕微微的相思，偶然的几片感伤的落叶和夜中独行时看到的几个彳亍茕孑的忧郁者。

但一切又都很渺茫。记不仔细了。只存一些朦胧的印象。有一些忧伤，也有一些的美丽吧。

我依然站在窗口，风吹得我要发抖了。我又看看天空，亮亮的，抑制不住地喃喃低语：天空真美丽啊。

然后，就寂寞地看天，看地，看窗外满地枯萎的相思树叶子……

## 六

独自踱步在寂静的公园，我的心怅然而微伤，心里似有无限的话语，像恒河沙数，像三千大千世界，想要倾说，却没有可以言语的同人。我只好踱步向前，走进荒草萋萋的小径深处去了——

四周只有暗暗侵来的冷风，仿佛远古以来的风。偶尔的一两声鸟鸣，在白灰的氛围中，嘹亮地悠扬地彻响着。

我爱。是的。我爱着飘忽的你。爱着悠扬的你。爱着忧郁的你。爱着苦寒的梅花般的你。在我心底，永蓄着对你的爱。却无法走进你的内心。走进那灵与灵的深交里。走进那生命与生命的交通里。也无法走进那明美、凄然、有气质的冬天的夜里，依偎着，体验着爱的温暖。

月光冷冷地亮着，在冬天蔚蓝纯净的夜的天空。夜空也看着我。在寂静中我体味到一种永远的天地般悠深的情怀。

爱到深处，是一种孤独，是一种惧怕，是一种零落，是一片成泥的落红，是一种深深的惊恐。爱到深处是一种怕。怕拥有你。怕那肉欲的淫猥摧毁了爱的心灵的纯良与洁净。

## 七

多少年了啊，我寻找我的爱。就在那灯火阑珊处，我看见了一素轻衣的你。

人生常常这么仓促，缤纷的云彩在天空流连徜徉。美丽而又孤单。

看晚霞最后一抹光辉渐渐地消失。我很深重地感到失望、惆怅。感到一种忧伤。一种寂寞。一种呆然失神的心灵的感触，在双眼的深处流淌开来，如悒郁的浅水，缓缓地流着。

在深沉的子夜，我凝视着遥远的你。时令已是深冬，寒冷的节气阻滞不了我爱的热火。我就这样永远恋着你。不管岁月如何流逝。不管生活如何沧桑地磨损我灵敏的触角。不管生活如何琐屑地平庸我的灵魂的追求。爱你，并在心灵里对你不懈地追求。唯求你在遥远的深处指引我。与我交通。不要撇下我。

而我，将深味我的孤独。在爱的世界里，我孤独而富有。因为，有一种超越的灵在充实着我。变化着我。

## 八

冬天的气息越来越深了。

今晚的夜，又是这样冷清，从窗口望出去，看不见一颗星星。冷风冰凉地拥挤进来，我不自觉地颤抖了。

我一向喜欢独处。或喜悦，或恬淡，或愁闷。尤其像这样的一个晚上，路上已经绝少行人。我感到我的心冷峻地凝望着，眼眸里一片苍茫的郁闷。

走到阳台，先是一堵深浓的黑暗的墙压迫过来。继而转变得有些灰灰的夜色。转过身子，向着东方，我看见一个苍白的月亮，躲在冷颤的树枝的后面，畏惧似的亮着幽光。清月如一个病倦的美貌的女子。两眼暗淡而忧郁，有一种病态的美感。而幽怨的，寂冷的风，缓缓地流淌在寂寞的夜空中。

凝视着苍白的月儿，我的眼睛渐渐笼上一层模糊的苍白的轻雾。在不知不觉中，我的心又深重起来。是无病之呻吟？不是的。但是什么病呢？我又无法言说。我不知道我的天性何以这么感伤。惜花惜水，伤时伤月，恨风愁雨，忧月愁云，只觉得嘴唇老是在颤动，想说什么，又什么都说不出来。

只觉得——

冬天的气息越来越浓了。

# 永远的记忆

“到沙滩上去，好吗?”梅转过脸来，轻轻地看着我说。那时，乐曲正幽怨地跳漾着，我随口就答应了。我那时的样子一定很可笑，不知为什么，我立即感到梅似乎极轻细地笑了一下。这个轻细的笑容，像童年时代一件真假难辨的事情一样，存于极深渺的，感觉非常遥远，无限深邃，但又很黑暗的某个地方。我使劲感觉它，却一片苍茫，又似乎可以听到这极细的声音脆脆微微地在空中飘荡，觉得疲惫极了。

11 月 4 日，我骑车从长泰到漳州，在郭坑大桥上，看见了桥下游一大片迷人的沙滩，我那时想，要是能上去走走，该是多么幸福!

于是，我立即到阿西房间去，告诉他和健铭，说要去沙滩上玩哪。健铭是我的同学。阿西是郭坑铁中的老师，一个被烟熏得黑惨惨的年轻人。

总共四个，从铁中骑车出去，不一会就到了。冬季的九龙江，河水温柔平静，如古时宫女的曼舞，又宛若飘逸舒缓的纱裙，晃晃荡荡，无忧无怨地寂流着，闪着黯淡而温柔的光辉。风很大，天色低黯，好一片凄清苍茫的景色！越看远处，就越觉得迷人。我想，要是那天太阳很大很大，天空又高又蓝，一定是别有一番情趣了。

我没想到河水那么冰凉。我一看到沙滩就像孩子般急切与匆忙，一意要他们三个人把鞋子脱下来。“过去吧！过去吧！沙滩，多美的沙滩呵!”看到一大片黄黄的沙滩，在阴天里黯黯的有点凄凉感伤的样子，立刻忘了自己，沉浸在寂兴之中。仿佛想起了什么，又什么都没想。我第一个把脚伸进这温柔、平静甚至带点冰冷的九龙江，而在心底，这种感觉变成了一个永远的记忆。

我和梅来到沙滩，找了个地方坐下来，我突然看到一个竹枕头，黑斑惨淡，在冷风与阴空下，看起来无比枯寂，一种沧桑凄人的感觉从竹枕里直透心底。我闭住眼好一会儿。是谁把它弃下的呢……河两边是黯绿的甘蔗林，那深深的色调，与河边苍绿的密草，阴暗的云朵，实在是一幅恬雅的图画。

我突然说："要是我会画画，该多好！"的确，人世间的许多悲欢图景，也许只有用画画才能准确完整地表达观赏者的感情。真的，如果将这阴暗、清净、温柔，有着特殊的光彩与色调的图景画在纸上，是多么富于诗意！

我又想到了死，仿佛看见了一个玄黑苗条的背影，在无限苍茫的宇宙中落寞地荡飘着，无声无息，深奥莫测。我每回到沙滩，总爱堆个坟墓。我常觉得，沙滩苍莽荒凉的样子，很合我忧郁、沉寞、孤寂，常感凄凉的天性。所以，我特别钟爱沙滩。一片很小的沙滩也能激起我无限的情感，使我想起天地万物，一切有情，想起寂寥的世界，可敬可爱可笑可泪的人生。我们好不容易来到这个色彩缤纷的世界，但人生却有这么多的辛酸与不幸，还有绝惨的战争，和可怕的疾病的折磨，旦夕致死，就与这个色彩缤纷的世界永别，原来多么灿烂的生命，就像夏天夜色中无色的闪电一样，瞬间生灭了。

我把那个凄凉的竹枕放在沙滩上，用沙子堆积着。这沙中散集的白细的沙粒，就像乡村夜空中灿烂极妍的群星，虽然在夜色中，星星只占了那么一小点位置，但我始终对星星怀着崇敬的感情，为它细小而沉默的生命欢欣，那种永不自卑的生命使我感动至极。在浩瀚的月夜里，我格外喜欢稀星。我堆着，一个庞大如陵的坟墓就出现在我眼前了，梯形台状，在平展的沙滩上矗立着。梅本来很迷惘地看着不知哪里的天空的，那情形真叫人怜爱，以至于凄恻的感觉。她紧闭着嘴，桀骜地侧着脸，下巴微然上翘，不动声色地沉思着。我对她说："嘿！你看，一个多么像坟墓的坟墓！"梅像惊醒一般，低转过脸，声音又亮又丽："真的呢！太棒了！"又笑着说"要是有人来掘墓怎么办？"

我摇摇头，有人要来掘这么一个卑弱人的坟墓吗？梅郑重地看着坟墓："所以，应该做一个围墙。"一边说一边用手挖沙堆墙。她的神色那么凄逸，使我悲喜交加。梅一边看一边笑着："不行呵，怎么进去呢？"于是又开了一扇门。她把我刚丢下的烟头捡起，问我："唉！你要睡哪一边？这边！好，烟就插在枕头边，这样，你一醒过来就可以抽了。"说完，她双手合拢放在膝上，含笑看着坟墓，也含笑看着我。我突然感到悲寞极了，觉得这笑影里，存有无可奈何的悲哀。我几乎流泪了。梅又做了许多装饰，还说："你的夫人哪？"梅边说边笑，翠然丽人。

我看着这坟墓，觉得好玩，好笑；也觉得好悲，好叹；好可爱，也好凄凉！我们两个人就一直想法子使这坟墓怎样更漂亮，更引人。我边看边做，觉得素心的欢乐，感到无比的澄净，心无杂物，寂净如梵。想到我们居然像两个小孩子，毫无恶意地做着游戏，如此可悲、可笑的游戏！真是又兴又忧。很幸福，很难忘，也很苍凉！

“三十年后，我会怎样？”我看着梅，又看着坟墓，淡淡地说了一句。

梅肃然的眼睛本来是对着坟墓的，这时突然灿笑了：“三十年后，你将儿女成行。”我记起了杜甫的诗句：“昔别君未婚，儿女忽成行。”

这“儿女成行”四字使我惊怆了。离别之绪，又戚然浮泛起来。“儿女成行，不可能吧。”我轻声说。我们都大笑了，河水也好像被惊吓一般，显得又匆忙，又激动，又热烈。风又大了，河水微波激荡，柔软而急韧。一片凄迷的景色显得无限的辽阔与苍茫。

踩着冷风，我们走了。留下了四串长长的深深的痕印。

我回头看那坟墓，变得很渺小了，但那段烟头的光芒，却极醒目地在苍凉的冷风下闪耀着，送着我，泪眼凄然。

# 灯，灯，灯……

梦境美极。有树木，有丛林，有荆棘，有山峦；朝霞浅红，清雾缭绕在林间，寂静地停在山谷中。我就漫步在林中松软的落叶上；还有润弟，他会走路了……怎么这样快？才一岁的孩子。我还在梦中。大地也在梦中。一会儿，醒了，是母亲的声音。她拉着我的手，摇晃着。我立刻爬起来。时值初秋，天气不冷，衣服很快穿好了。出来时，看见蓝色的天空。天上的星星，蓝幽幽，仿佛从灵魂深处流溢出来，神秘，安详，如秋水般。阶前那株石榴，枝端伸出天井外面的天空，我觉得它真美艳极了。它一直伸向临近清晨的虚空，那儿有星星，有纯洁淡蓝深邃的天宇……

母亲又要去挑松香了。父亲在很远的地方割松香，哥哥也去。那地方我去过，只有一座房子，破烂不堪，里面住了好多人，他们也是割松香的。我去的时候，才八岁，看见屋子周围尽是树木，尽是草丛，又绿得很。天空蔚蓝。近处有一条小河，水中有石夹鱼，小小的，颜色如龟背。水极清澈，水底的一切都在我幼小的心灵里展现，着迷不去。盯着清水中的游鱼、细沙、小石块，以及山坡上丛林的倒影，蔚蓝色的天空的影子，竟忘了走了近二十里山路的劳累，世界苍白得像一张寂静单纯的纸，纸上只剩下一条小溪，溪边的玄武岩，还有丛林深处那座破旧的沉寂的屋子。

母亲瘦小的身影在忙碌。我坐在矮凳上，出神地看着天空，天空有雪似的星星，只要有这，心灵就感到美丽与平静。屋里没有灯，母亲在黑暗中摸索。灶间里柴火的亮光一下一下映在门框，使门外那棵石榴树也忽明忽暗闪熠起来。母亲不愿点灯。即使点了，火芯也是低低的。这样可以省些许的油。不过，那个清晨，即使点了灯，光景又如何？我痴呆地看天空，看天星，还有伸向天空的那株石榴树枝丫。秋风轻轻落进屋子，屋里一片安宁。母亲在忙碌，我在看母亲忙碌。心里总觉得在想什么。那是孩童时代的故事了，现在追忆，倍觉艰难。是《沙家浜》的连环画面？还是《苦菜花》中的悲凉图景？或是嚼在嘴里甜丝丝的苦楝树籽？我凝视眼前虚空里一个微茫的影子，我知道过去的一切铸就了我悲愁孤苦的心灵，我要真实地追忆这些形成我生活准则的往事，尽管我深知追忆这些往事的艰难。母亲从灶间出来，脸色很美，很疲惫的那种美。我一直推想母亲少女时代的容貌，我想她一定很美的，单看她简单的脸庞，娇小的身子，和明晰的双眼皮就知道。

母亲把猪食也烧好了，放在双合门口。猪也许还在梦中吧——我那时想。天色仍是这样幽蓝沉谧。一片皎洁的星星，淡淡的秋风走过石榴树枝间，轻拂着我的脸庞，仿佛有石榴的甜味滋滋地透过我苍凉的心胸。

东方尚未漂白，母亲就出去了，要走那么远的路，还要挑到新泉公社去卖，仍旧是翻山越岭的路途。母亲，瘦小的身子，好看的眼睛。我走在后面，走出双合门。母亲走过门外那个菜园后，很快就进入一条小巷，很快就不见了。我立在门外长着青苔的石板上，目光无声地一直在母亲背上停留，心中又怕又窘，悲苦至极，就那样一直站了很久很久的时间。内心里一直出现的是暗淡的晨晖下母亲走过小巷的背影，整齐的短发下瘦弱的肩膀也格外清晰格外深重地在我心灵中停滞着。这个记忆像石头一样坚强地生活在我单纯的内心深处，使我觉得人生的宝贵和永不凋谢的对生活给我的记忆的滋味的感激。

回到屋里，我点起煤油灯。跳动的火焰，闪闪然。屋子里很亮很亮。天空已经充满了晨光，好像太阳已经升起了……我吹灭了油灯，又坐在矮凳上，悲哀而神往地看天空——星星已经不见了。石榴树的叶子在微微颤动。我觉得这情景可爱而且悲凉。这些在我记忆中这样颤动过的石榴叶子，如今已经无迹可寻，也无人谈起了……

白天里过得平静。中午放学后，就起火烧猪食。喂完猪，就给润弟冲牛乳。看他小小的脸庞，灵气转动的眼睛，喝完牛乳后满足的表情，心中倍觉戚然。当阳光的阴影落在石榴树根处时，我就又要去上学了。当班长，可不能迟到。虽然我常迟到。可是美莲老师不会骂我的。她知道一个贫寒家境的孩子的种种难处。她是一个极温良的老师。一直到现在，她都是最值得我回忆和怀念的。

匆忙地走在乡间的小路上，内心里好像有无穷的情丝在寂静的阳光下潮涌着，世界仿佛只有这路与我了，想至悲凉极深处，就禁不住淌下泪来。许多年后的今天，我仍然缅怀这个苦难岁月。生活的艰难与家庭的温暖使我怀着无限的温存去追忆过往的时间，天空，石榴树枝丫……

傍晚很快就来临。紫蓝色的夜幕笼盖了闽西这个小小的村落，我常觉得“芷溪”这个名字具有不可言说的美蕴。早晨寂寥平静，黄昏总是悲伤忧郁。秋风在小巷里轻吹。夕阳的余晖越过西山上树林丛蔓的尖顶，落在这个村子上。红霞也映满了暮色渐近的屋顶。大门外田野的晚稻大肚子了。对面石子路上走动的人群，寂静如石。远处连绵安静的山峦如沉睡的女人。

饭已煮好。泪痕还在脸上。柴火不好烧，起了几次都没着。柴烟弥漫了整个屋子。还是起不着。又到门外角落处哭泣。心里觉得轻松了，又回去灶屋。终于起着了。火生起来了。火苗热烈而且富于生命力地在傍晚的灶间映着红红黄黄的光芒。那里有跳动的生命，有一种虔敬的光辉，那是村中上辈人艰苦生活的支柱呵。我凝视火苗心里在默默祈祷：这就是我们平凡到不能舍弃并与之血肉相连的生活啊。

母亲还未归来，暮色已经围住了门楣。檐角的蜘蛛不见了，空余一个摇曳的网影。我怀抱润弟，坐在双合门外的小凳上。他已经睡下了。一个好看的脸庞，无悲无喜的眼睛。不远处塘中的浮萍，深绿的叶子大片大片，有一尺多高。浮萍底下的青蛙也一齐大叫起来，它们也感觉到夜晚已经到来了？太阳的余晖刚刚落在它们身上呵，此时已是虚空。菜园的栅栏一根根参差不齐地在黄昏里矗立，静静地一直往夜色里伸展。身后大门外的田野里，杂乱地唱着秋虫的声音。透过双合门，望进去，屋子静悄悄黑洞洞，一条很长的黑色的空间，还有那棵石榴树的影子，隐隐地挂着几个淡红的石榴。

不久。大概是月光来了，天地又从黑色变成白灰色，又变成纯白的，雪似的颜色。眼前的小坪宽敞了。浮萍的叶子也迷离柔妍了。田田的萍叶的阴影，使塘中的萍叶显得寂静而恬谧，仿佛处女温静的脸容。它们在沉思什么呢？蝙蝠在月光下扑翅飞旋，引我遐思，助我凄凉。只觉得夜色越来越紧地包围了我，我的心沉浸在越来越深的悲哀中。

对面人家的屋子，已经点上灯光了。我突然觉得灯光有无尽的温柔。我目视这温柔的灯光，心里充满又欢喜又悲凄的情感，好像这灯光里充满了我全部生活的希望与温存，却又缥缈无期。我空落的眼睛迷惘地注视着对面屋子的灯光，直到这灯光完全消失在黑暗的空中。此情此景，使我觉得人生难得的聚会，痛苦的因缘，眶里满是泪水。透过双合门，望进去，是一种淡淡的黑光。屋里没有灯。那张蛛网在月色下悄悄摇曳……

屋里没有灯光。

抱着润弟，我等待母亲的归来。母亲一定快回来了，也许已经走到村中心了，也许已经走到那口井旁了，走到那口井后，就快到家了，也许还在遥远的林间的路上呢……靠着门柱，坐在双合门的槛上，我寂寞的眼睛空茫地望着布满月华的夜空，落进了睡梦中……

母亲在摇我。用她柔软的手。醒来时，润弟在母亲手上了。这时，我看见了双合门外朗朗照着的如粉的月光。塘中的青蛙，一声声地呼唤。对着母亲，我无语静立，眼眶里灼烧起来……月光，秋天的景色啊。

母亲把灯点上了。只有一盏小小的煤油灯。灯芯很低，黯黯的灯光在神桌上轻轻漾动。到处是阴影。天井上方，一片洒照的颜色。母亲疲惫地坐在椅子上，正给润弟喂奶。目光倾斜地落在那棵枝丫纵横寂静安宁的石榴树上。分外平静。我感到从未有过的温馨。我感到整个屋子都是这种闪烁着光芒的坚忍不拔的温馨。那些阴影消失了……屋子像雪一样通明莹澈。神桌上，小小的油灯，在我沉静的内心里，显得格外光明。我对着母亲无语静立，我看到一张无限宽容与温柔的脸庞。我终生难忘这一个日子，我觉得屋子很亮很亮。我还依稀看见一个广阔的原野，虚净的天穹，极目尽处，四野无声，丛花灿烂……

# 晚霞夕照

该回家了。时间是周六的下午，已经四点多钟，我急迫着要回家，那心情焦躁焦躁的，仿佛有声音在呼唤，绵绵地穿透十里之遥的空间。我收拾一下房间，很零乱的房间里有下午的阳光。秋天了，四点多钟的阳光并不那么热人，晒在身上甚至有些暖暖的温意。那是温暖而且干燥的时间。母亲说过明天要割稻子。我真的很想回家，回去芷溪。大学毕业后，对家有一种更深的依恋，是父母双亲老年的辛劳感动着我，深深的，好像深刻的命运。

沿着起伏的丘陵，公路弯弯曲曲地伸延着。一个人，骑得很慢。尘土轻轻地扬起，倘有车辆过，尘土就大一些。下午的阳光铺满了天空，天空一片金黄，又有轻轻的尘土，蒙蒙的颇有些诗意。沿着公路有一条河，过了官庄，水就单纯地从芷溪流出来，未经污染的水清澈极了。真正的山水意境，水里倒映着青山，绿绿的。秋天的河水很浅，看得见湍急的小水花，它们热烈地蹦跳着，像活泼的小孩儿，看起来让人感动，活脱脱的，如初始的生活。

在这条路上往返，也有十几年的时间了。每一次我都想，这样的地方究竟是什么吸引着我，让我细细地注目，细细地注目这些山，这些水，它们不说话，也并不特别迷人。

但那天似乎真的有声音在召唤着我。1991 年的秋天很平常，也许历史上的秋天都这样：萧瑟的秋天，温暖的秋阳，浅碧的秋水……秋天里的一切都充盈着秋天的滋味。

但那声音在召唤我。

晚霞和夕照的声音。已经是斜阳了。落日熔金。天空特别干燥，特别地具有秋天的那种温暖。那样典型的秋天的日子。晚霞渐渐地有了，先是有些浅红的云，然后慢慢地增加，淡紫、青蓝、殷黛、浅红都融合在一起，增加晚霞的丰仪。我感到乡村是多么美好啊！

回到家，才知道父母已经去割稻子。我一下子从典型的秋天风景中清醒过来，我刚才还在仔细地欣赏沿途的风景。从新泉到芷溪，我骑车竟然骑了近一个小时。看路边的金色稻浪，看夕阳铺满的山坡，看浅碧的流淌的秋天河水，看乡村干燥秋空里的淡淡尘土。挤满阳光的空间里具有的那种淡淡的又是金黄的壮丽。一条路以至更深广的天空都这样宁静、幽远。天空似乎特别高朗，没有边际。这是很少能见的高朗秋空，并且静。乡村的静有一种特殊的味道，城市永远也没有宁静幽远的感觉。城市永远是喧闹的。

一路飞奔。飞到那片田野。田野中有连绵的金黄。我的父亲和母亲就在夕照中，浑身洒满阳光。我们的田在众田中央。四周都是成熟的稻子。我的父亲和母亲都蹲在那块一分八宽的田里。大概割了有三分之二吧。他们的衣服穿得很少。头发上飘满了干裂的稻叶。脸孔那么金黄。脸孔正好向西，夕阳的光辉就那样洒满了他们的脸庞。

不是讲好明天割的吗？

没有什么事，先割一点，怕明天割不完。母亲一边筛着谷筛一边说。

何以这么麻烦呢？不会一起割吗？你们又割不了很多。

他们没有说话，只静静地做着事。

我边说边装打下的稻谷，心里非常空茫。书本上学的那些母爱、父爱的词语全都消失了。在我眼前的父亲和母亲都是这么实在地辛劳着。儿子们成家的成家，读书的读书。两个年届花甲的老人就这样沉沉默默地来割一天的稻子，没有割完一分八地。打谷机静静地站在一边。仿佛睁着一双眼睛，又惊讶，又同情。父亲和母亲，真正的相濡以沫。这里什么都没有，只有田地，只有成熟的稻子，只有斜阳，只有潇潇的秋风。

我看看四周的天空，晚霞已经很多，而且很红了。四周的天空都是一片片红霞笼罩着。四周的山峦也显出非同一般的风采。这是一个难忘的日子。我不知道我的双亲有没有注意这样烂漫鲜艳的晚霞，以及夕照。太阳还没有完全落山，阳光倾泻着，像迎风招展的旗帜。夕阳多好啊！夕阳与晚霞相映，是多么辉煌啊！我几乎要忘记这是秋天了。也许只有在秋天才有这样的晚霞和夕照。灿烂的晚霞和夕照使故乡的黄昏显得特别的雄奇壮美，一切的一切，连那心，也变得又辉煌又灿烂。

我的双亲在晚霞和夕照的光辉里收获着稻子，仿佛寓言。这样的场景在大地上，在整个人类历史里是多么悠长又多么朴素啊。在漫长的没有边际的时间之流里，他们这样静静地劳作，脸孔金黄，眉尖头顶衣襟上都依偎着干裂的稻叶。在秋风里，这干裂的稻叶碎碎地飘扬着，有些悲凉。我甚至忘记了这已经是 1991 年。我的父亲母亲，他们衰老的双手正收获着粮食。

当时间一点一点无声无息地消逝之后，天色变得暗了，金黄灿烂的晚霞消失了，天空变得淡蓝，又变得青蓝，而后是深蓝与乌蓝，并且很纯粹。夜色已经深了。在苍茫的夜色中，在通往家的路上，有三个人在静静地走着：我、我的父亲和我的母亲。还有一辆破旧的老板车……

# 秋天的独白

“广景村”在三中综合楼四层最北面，是我现在的居寓。

从“木黍斋”迁到广景村，我心中有点悲惘。木黍斋是东梅给我在东区的住所取的名字。原因是窗外有一片木黍。九月时间，木黍叶姿秀色新，在晨光中显出另一种缭绕的氛围，仿佛有层蓝白的光芒分散在木黍叶的周围。木黍在秋光中显得青黑沉绿，我好喜欢。我还喜欢在露水闪亮地停留于木黍叶的清晨冥想，冥想《黍离》中的诗句：“知我者，谓我心忧；不知我者，谓我何求。”心里幽幽地严肃与冷穆，心灵处于极度的悲怆与宁静之中。东梅因为这，把我的住处命名为“木黍斋”。“木黍斋”名，古味盎然，意趣横生。在深长的雨夜，我安静的灵魂在木黍斋的静默中走向梦的荒野，跋涉在时间的深沟浅壑中。

木黍斋一年，留给我的记忆是没有诗意情调的。倒是清秀与枯凋、寂静与寥落的木黍叶的死生交替使我更深地理解了我们尘世无常的命数。在深秋末尾，一个老妇带来一把坚硬闪亮的山锄，重重深深地击进红色沙土中，那些带着暗黄枯叶的木黍茎秆訇然倒下。我正好目睹，眼前闪现的是我初来时木黍那种带露的繁密，常新的绿叶，潇洒的枝条。但訇然倒下的声音告诉我，让我神思遐往的木黍已经走过它的辉煌。直到春天来临，仲春时间，才又看见那个老妇把新的木黍种下，许多天后，木黍长出极可怜惜的新芽。我渴望它永远如斯。但在生命交替的大自然规则面前，我诗意的祈祷会是多么可笑和卑微。我于是默然，对着春风摇动中的木黍新叶。

在离开木黍斋时，在郑重锁住门框的一刹，在昏昏黄黄的门板上，有一种依恋之情使我凄然泛荡开来。而秋光辉煌灿烂。没有悲悯心灵的太阳也依然如故地走过天空。有谁会在意一个生命的生离死别？有谁会在意一个平凡生命的枯荣衰盛？我们的生存境遇如此冷漠，就如这昏黄的门板，没有情感的天空和太阳寂静的光芒。

初到综合楼，不习惯，夜难成寐，睁开眼，看见的是昏暗模糊的窗棂。

外面深沉的夜色，仿佛丝丝缕缕的轻轻轻轻的叹息。很寂静，我对自己说，你会喜欢的。看看墙，什么也没有。只有我闪亮的眼睛在黑暗中凝睇着窗棂墙壁。凝视着窗外那条低低切切哗哗而去的流水的声音。我在想，在这样的没有月光的夜晚流水会在黑色的苍穹下干什么——呜咽？叹息？悲愁？还是欢快地走过时间黑暗的没有声响的深沉的隧道？我在想，我该走进梦的荒原，在时间的坎坎坷坷中做我美丽的梦。我于是闭上双目。让心灵在黑暗中沉静，摒弃日光下茫漠的人群，茫漠的阳光，茫漠的卑琐的灵魂。沉浸下去，我感到自己走进了梦的荒原，荒原里只有时间，只有单纯的青翠的刚刚抽出新芽的我。在这里，我可以自由地思想，无忌地大笑与悲鸣，面对荒原，我开始作一种真实的空想。

第二天，我被晨光催醒了，我看见玻璃外清奇的天空。晨光进入我的视野，我看见我的新居渐渐明亮，后来感觉明亮的晨光包围着我。像神的光芒一样。好美丽的晨光，这是木黍斋所不能拥有的。木黍斋太黯淡了……

我开始打量我的新居。一个书架，两张桌子，南面墙上是一张“爱之曲”的复制画，北面墙是一张“学海无涯”的横幅。除此之外，就是白白的墙壁。我推开窗，看不见木黍叶了。最先进入我蒙眬瞳仁的是一座灰黑宽长的大桥，那是新泉大桥。桥下是闪烁流动的水，流动的水中有闪烁的山影，那是河岸上青绿群山的倒影。山水交融，荡漾着秋光美丽的风景。在静水地方，茂密的山林在水中的倒影闪着迷离的丽影。横江而过的电线在水中划过的影子宛若游丝。河对岸是一个叫瑶下的村庄。几幢房子静寂在清晨里，使我有一种原始的遐想。我在想，在很久远的过去，我们的祖先就这样倚山面水而居，在与山与水的搏斗中繁衍着人类的历史；在鲜血与汗渍的浇浸中累积着一丝一毫生存的智慧。我在想，人类如果没有了山，没有了水，那会是一种多么残酷的情景。然而，就在我们中间，有谁真正爱惜着这些与我们朝夕相处的山水呢？我寂寞地望着窗外，我看见细鸟飞翔的影子，我渴望有一天我能有一双鸟一样的翅膀，也能到宽宽的青宇里翱翔，把我平凡的思想传播给我深深爱着的人类，把我清洁的希望用翅膀的风送进人们酸楚的心灵。我寂寞地望着窗外。我突然感到我的新居如此清新安宁，我感到一阵一阵美丽的狂喜。噢，东梅还在遥远的闽东福安，她会给我的新居起什么名字呢？我已经深深地爱上我的住处了。

我愈来愈发现这里有种说不出的美丽，轻启窗门，一条浩浩大河从山角流出。在没有风的时候，河水安详地与我相望。此时此刻，我全身心有一种水一样清澈澄亮的寂谧之感。当大雾迷茫时，则只听见河水夹着浓雾远去的声音。这时，若推开窗，则有缠绵悱恻之感。站在走廊，整个校园尽在眼底。最美丽的是早晨红红的暖日的光芒涌进房间，融着晨风，红红的日光格外温暖。吐出山头的斜斜的朝晖有意想不到的温柔。斜晖下的校园有琅琅的书声，有静静移动的人群，有静静摇动的情绪。斜晖下的校园美如家园：冬青闪着露水的清光，月季吐着鲜红的芬芳，就是挂着累累果实的女贞子树也在这种朝日光晖里显得特别斑斓多姿。那透过树枝间的朝阳更有青绿的容颜，闪闪地扑进我安静的瞳仁；侧柏则寂静着，美若处女；秋天里干燥的空气漂浮着寂寂青雾，夹着穹宇中各种光彩，秋雾亦有斑斓的颜色。斜斜的晨光下的校影美如家园，秋天显得苍凉而美丽。

直到有一天我观赏月景时，我终于给我的住所命了名。望月后的一天，我拉灭了灯，眼前一片阴黑，我看不见什么："爱之曲"只是一方黑黑的影子，书架也只剩下一个阴暗的影，我正准备要睡，在摊开被子的瞬间，我突然发现房间变得朦胧，变得明亮起来。幽幽的源源不断的月光正透过窗玻璃射将进来，也有从袒露的窗口涌挤进来的，冰雪似的，仿佛有梨花的充满生命的娇美和香甜的味儿。屋子里充盈着月光。我走近窗子，低下头，想看看这绮丽的月，但是看不见，我于是出去。秋风泠泠地吹来，月光银水一样溅泼着，无数晶莹的水花夹着秋风，带着雾光洒我一身尽是。月光整个拢着了我，我看见了高悬蓝天的月儿，看见了月光源源涌来的清凉，如茫茫细雾一样从天宇漂来，洒向大地，洒向我。月光仿佛带着生命的能量似的，月光被秋风卷席着，大把大把地逼向我。我觉得满身满心成了月儿，月亮也感受了我的光芒。站在走廊，秋风凄凉。我看着月光下的校园，景色模糊而执着地呈现出月夜中的冰雪姿容。漫天飘洒的月光幽幽咽咽，四无人声，天宇人寰万籁阒静。夜已深了，但月光是不知疲倦的，与明月相对，恍然美丽如梦。月光下广阔无边的景色使我郁为沉寂。我内心里体验到的最终是悲喜交加的，无法用言语、用声音传达的情感。景物依然，但色彩却如此清晰地闪变着。人世间喧嚣的声音暂时沉寂，赤裸而平凡的睡眠没有边缘。在这样的月光下，我看到了更宽更广的风景，星河稀薄，远在天涯。知音难觅，无语凝噎。我凝视月光下如兰的景致，身后不远处的新泉河传来细细切切的流水声，整个世界都宁静了。我站在月光下宽阔的阳台前，心中暗自吟哦出三个字“广景村”，这岂不就是个含义丰韵的名字吗？我想着“广景村”三个字，对着月光寂寞地笑了，笑了。我寂静地看着雾光散漫的青空冥宇，心中无限欢喜。在寻觅思索许久之后，我终于为我的新居起了名。我伸直腰，任飘洒如银的月光淋拂着我。站在“广景村”门外，我谦卑的灵魂对寂静的夜晚起了涟漪般圆曲的遐想，我日夜希冀的理想在偶然的机缘中翻转成真实的存在，我生命中纯粹的希望就有了形同月光的颜色，我单纯寂寞的灵魂就可直升神的高天了。

我喜爱广景村，它如此静谧，如此简洁。推开窗，是秋天凉凉的黄昏，浅浅的河水拖着黄昏蓝白渗黄的云天流淌着。久未下雨了，河床干涸地露出累累悲哀的肌肤。一大片黄黑的沙滩也遥遥可望。沙滩上是少男少女学生的媚影。我心中倾慕他们能幸福而无忌地去那里徜徉，去那里撒泼他们心中的悲喜，而我不能，我怕遇上我的学生时我的那种羞涩。其实，我多想一个人去那里堆沙，去那里沉思，去没有目的地散步。但我终于封锁我年轻自然的向往，只在暮天昏日中静静地看着这些乡村少年远远的细影。当黄昏渐次加深，当对面河岸上的山坡只剩一片黝黑的影时，我确然在荒凉的心灵中升起一种秋天的悲情。我孤独地站在窗边，除了广景村与我相伴，除了书架上寂寞无声的朋友，除了昏暗的秋光，除了与我们生死相依的奥秘之时间能够记忆外，又有谁与我一起分享这份秋天的寂寞呢？连绵不断的山尖边缘上稀疏暗淡的树影，它们无声无息的样子，又有多少人在注目它们呢？在我们生活的实际中，有谁真正帮助过那些真正需要帮助的苦难人？那些在露水中栖息的乞丐，那些伶仃吊影的穷鳏苦寡……

“广景村”是我的住所，是我灵魂和肉身的栖居地。在朴素而实际的生活中，广景村是我孩童般孤寂原始的心灵寄托。我对自己说，你要热爱它，它会慰藉你，它会为你擦去人生种种的孤独与寂寞，还有在黄昏到来之际苍茫辽阔的无主心情。广景村是我的住所，我的心可以安详地裸呈在这里。这是广景村的佳惠啊，我住于斯，为它悲，为它喜，为它愁，为它忧，为它郁，为它奋。我与广景村，没有保守，没有虚伪，只有网结的情绪，像天空一样的情绪。在广景村，我在黑暗中高歌《永远不回头》，高歌《送战友》，抄诗读诗。人生种种含蕴的精神与气度使我颤抖悲怆，人生就是因着有种种不幸，生命才显出抗争的美丽的。

我与广景村，心相依，命相依。秋风呼啸，猛烈地或呻吟地，我在黑暗中的悲怆与颤抖，使我格外珍惜和难以忘却。这是秋天，这是生命中成熟的凋零的秋天。我隐隐的内心的悲哀在秋天仿佛川上的白雾笼罩着我。秋水在秋风下流泛着秋波，灿烂了我的双眸，群山寂然地呈现出萧索的秋容。大自然的一切都在向我昭示出创造者的秩序和美意。我有时候在秋天里心乱如麻，思绪翻腾，仿佛草原上奔驰的烈马，但广景村以它最终的安宁温暖了我，像飞扬招展的阳光，广景村用色彩和光明平静了我。走进广景村，是一种家的感觉，仿佛一个漂泊流浪的孩子，我深深地欢喜。

# 怀念狗

2009年夏，我在一个旧书店中看到一本《狗的家世》，作者是奥地利人康拉德·劳伦兹。这本书的前面有关于劳伦兹的简介。劳伦兹1903年生于维也纳，1989年去世。他自幼喜爱动物，长大后在维也纳学习医学和生物学。1949年在奥地利阿尔滕堡创办动物行为比较研究所。1951年在德国马克斯—普朗克研究所从事学术研究工作。1961—1973年担任马普研究所在施塔恩贝格的行为心理学研究所主任。劳伦兹是行为比较学的创始人之一。1973年，劳伦兹与卡尔·冯·弗里施和尼古拉斯·第恩贝格一起获得诺贝尔医学和生理学奖。

我买书向来有点驳杂。我也不特别看重作者的来头决定是否买一本书。《狗的家世》这本书也是如此。我是买回来看了以后才知道作者居然是诺贝尔医学和生理学奖获得者。这样一个大师级的人物来写这样一本书，当然有点看头。我很快就看完了。是一本关于狗的不错的书。

后来，我又看到捷克作家卡雷尔·恰佩克的《小狗达西卡》。这不是一本专门写狗的书，里面也写了猫。在这本书的开头写到人们养狗的原因有：一、为了满足虚荣心；二、为了监视；三、为了排遣寂寞，使自己不感到孤独；四、为了从事养狗式的运动；五、最后就是精力过剩，想要成为狗的主人和指挥者。

因着这两本书，我怀念起小时候我们家的狗来了。

小时候我们家养了一只母狗，似乎是黄色的，但也不是纯黄色。狗的额头的毛色似乎是黑的，这使得它看起来相当的精神。狗狗没有名字。因为它的毛色黄黄的，姑且叫它阿黄吧。在过去的乡村里，养狗的人家是很多的。印象中我们的邻居，似乎都养狗。这些来自各个家庭的狗会互相追逐，扬起许多尘灰，尘灰飘扬在空中，在阳光下清清楚楚。后来读到陶渊明的诗“狗吠深巷中，鸡鸣桑树颠”就很自然想起小时候乡村里的狗了。“鸡鸣桑树颠”也看过，但次数少。狗吠声就听得多了。特别是在晚上，狗吠声有时从很深的地方传来。只要有一只狗开始叫，就会引来远远近近许多的狗的呼应，此起彼伏，吠声一片。

城市人养狗和乡村人养狗是不一样的。城市人多数把狗当宠物养，现在的城市人更是如此。但乡村人养狗，却有许多的原因。乡村里的人养狗，多数为了看家，为了防贼；也有的纯粹是喜欢狗，这一点与城市人把狗当宠物养没有什么区别。还有的是为了改善一下生活，因为母狗会生小狗，在困难时期，把小狗杀了吃，是难得的美食。这在素食主义者或动物保护者看来，自然完全不值得提倡，甚至是要被批判的。但是，假如他们经历过那个物质匮乏的时代，也许他们会另有看法。

我不知道我们家什么时候有了这只狗，因为从我懂事开始，家里就有了这只狗。我们家的狗狗和邻居家的狗狗也友好相处，它们常常在一起嬉戏着，呼叫着，一起在大路小巷中奔跑着。它们汪汪的叫声，使寂静的乡村有了许多的生气。

我常常和我们家的狗在一起玩。在我们家的大门内，一群孩子常常做着各种游戏，狗狗也常常跟我们在一起玩。我时不时要抱抱狗狗，一点也不担心它会伤害我。狗狗有时也会来撩拨我们，要跟我们一起玩儿。大概小孩子，总是喜欢与小动物一起。他们之间仿佛是心有灵犀，互相依赖。有时候累了，就和狗狗一起抱着睡了。

那时候，粮食还很紧张。记得我们家，往往是饭食煮好了，总是先喂狗狗。基本上我们吃什么，狗狗也吃什么。平时大概总是一些稀饭，加点咸菜。碰到年节，我们当然也买点肉，或者骨头，这时候狗狗就高兴了，在大圆桌旁边走来走去。我往往会故意把带些肉的骨头给狗狗吃，当然不能让家长知道，所以是偷偷地给。我相信狗是很智慧也很有感情的动物。或者因为有这样的交情，我和我们家的狗感情非常好。

到我开始读书时，狗狗就不能整天跟着我了。每当我去上学时，狗狗总要在后边跟着，叫它回去，自然不是件容易事；它会跟在后边，一直跟得很远。不过它也不会一直跟我去学校。我会一直跟它说我要去读书我放学就会回来的。狗狗似乎听懂了，就回去了。我也觉得依依不舍。有时候看着狗狗的背影，看着狗狗孤独地走在回家的路上，心中暗自觉得伤神。小时候我几乎总是一个人去上学，走在乡村寂静的石子路上，也会想一些缥缈的事情。

我现在想想，那样的一种孤独，或许是我生命中必有的一种经历。每当我从学校回来，大老远的，狗狗就飞奔而来，扑上我，亲着我；我当然抱着它，它会在我身边不断地走动。然后我们两个就一起走过一片田野，回家去了。狗狗有时候跑在前面，有时候又会往回走近我的身边。我感受了狗狗对我的爱，它也许一直在家里盼望着我这个小主人快点回家吧。回到家，也还会跟狗狗亲热一阵，才去做家务。

大概是1981年春夏之际，芷溪一带出现了疯狗咬人事件。我也亲见几个被疯狗咬伤的人。一个是老人，名字想不起来了。他经常会到我们家开的小店里玩。有时候几个老人家还会在小店里打平伙。那时候我们小店还提供这种服务。我们提供场地，各种厨房用具，然后按人头收取一点费用。这个老人被疯狗咬了后，经过治疗，本来没有什么大碍。据说被疯狗咬的人，不能吃牛肉，不能吃兔子肉，不能喝酒，不能吃炒豆子或炒花生。大概是一切容易上火的东西都是不能吃的。那位老人隐忍了一段时间，看着没有什么事情。有一天，忽然听说他死了。据说是吃了炒黄豆，又喝了些酒。没有想到，就此去世。当时芷溪街上，到处在讲论疯狗咬人的事情。有的说这个老人去世前，肚子里有很多只小狗在吠叫；有的说他会像狗一样地吠叫，或说像狗一样到处跑……现在想来，估计是疯狗的毒素在他身上复发，所以去世了。

此外，我亲眼看到一个被疯狗咬掉大半个嘴唇的小孩。那个孩子估计年龄跟我差不多，鲜血从伤口留下来，他的前襟很多血迹。他母亲带他去药店。后来这个小孩怎么样就不知道了。

因为疯狗实在太疯狂了，村里成立了打狗队，很多狗就被打死了。

我们家的狗狗没有疯，但是，不知道为什么，父亲决定要把狗打死。或者是迫于村里的压力。总之我们家的狗在这次打狗行动中死掉了。好像是请人打，父亲自己多半也是不忍心做这件事情。

这只狗给我带来许多的快乐。它是我孤寂童年的最亲密的伙伴，我记得它环绕着我的那种高兴样子，我记得它从大老远飞奔到我面前的样子，我记得它喂养小狗狗的慈爱模样……我当然更不愿意它被这样的方式处决。即便是过了很久以后，我还会想起这只狗。我会想起狗狗生下的许多小狗。我在我们家的灶间的柴堆里看着刚出生不久的小狗，常常一次会有三四只，五六只的时候也有。那些小狗非常可爱。我会偷偷地把小狗抱在手上，抚摸着它们。刚出生的小狗眼睛是闭着的，大概要一二十天左右才会睁开，我们称之为“开目”。小狗狗开目的时候，是我最快乐的时候。这些小狗长大到七八斤左右，有的会被卖掉，有的会送人，有的则会成为我们的腹中美味。后来我常常觉得对不住我们家的狗妈妈。后来我在新泉中学教书时，老师们会乘着教研活动聚餐，吃的往往也是狗肉。我还参与过杀狗。当然，杀狗我是不敢的，就是帮忙拔拔毛。但只有一两次。后来坚决不做这种事情了。但狗肉却还吃着。直到我到了厦门，几乎不吃了。

我们家的狗被杀死后，我伤怀了很久。后来疯狗事件过后，父亲又养了几次狗，但是，没有一只能够养成功。后来就不养了。

忘了谁说过，我们一生养不了几只狗。如果一只狗平平安安地从小到老死，大概有一二十年的寿命，那么，我们的一生大概也就只能养五六只狗。可是对我来说，我的生命中就只有这一只狗。它虽然死了，却永远活在我心里……

现在，我蛰居在厦门。有时候我也想养只狗狗。可是，因着一种深深的歉疚，因着那只被打死的狗狗，我心中一直很怕养狗。我生怕它会遭遇意外——或者迷失，或者生病，或者疯了，或者意外死了。因此，还是不养了吧。就让我一生只有那只黄毛狗，它永远活在我心中，我会一直纪念它，一直遥想它朝我飞奔而来的样子……

# 一只鸟

突然想起那只燕子，那只受伤的燕子……

突然想起那只燕子，是因为眼前的大风和大雨。风从高天急剧地杀来，杀进阳台，撕扯着糊着蜡纸的宽大窗门，嗞嗞地响着像汽笛，呜咽不断。雨声很匆促，瓦沟水很快地就喇喇流下。颜色如针芒，闪烁而晶亮。许多水流汇在一起，宛似千军万马奔腾在荒原的沙尘，宛如超越宇宙时空的冲天的杀伐声。不知为什么我一下子就想起“物过盛则当杀”的句子。那是《秋声赋》的悲凉声音，是欧阳修飘零萧瑟的心灵。我对屡遭贬谪的欧阳修发出这样的声音感到深深的敬佩，仿佛一种深深的启示。但现在不是秋天，一切都是新鲜幼稚而脆弱，冲击我的是天宇人寰的细微的风声雨声与夹杂在草木摇落中的声音。我以前在内心总以为树叶只在秋天才落的，那是“秋风扫落叶”的苍然的语言告诉我，贯注进我柳叶般单纯的心灵的。我们的语言怎么总是这样苍茫悲凉，这样凄婉，这样萧疏地浸透我们的心灵呢？直到大学时，在福建师大的长安山，每当四五月天，每一阵风，每一阵雨后，横七竖八都是树叶。树叶潸然落下，仍然青翠，仍然有极鼓胀、极丰满的筋脉，仍然有极厚实、极温暖的肌肉。摸上去手的感觉很坚强。那是1988年，我20岁，我第一次知道，树叶不只是秋天才落的。那春天的满地的相思树叶，紫丁香烂烂漫漫的叶子和花瓣。那花瓣真是又紫又香又幽冷又凄然，虽然是在那样温暖的没有恶意的清朴的春雨之后。水泥地板被洗得那么干净。有清亮的水从长安山公园流淌下来，晶光铄然的水珠仍在妖娆宽舒的树枝间滴落，声音绵长而萧索，汇成小溪流，漫过紫花青叶。直到那时我才知道生与死会这样间杂在一起。我深重地注视落叶们，像为它们祈祷。我拾了一片最苍白的花朵。一直往上去，走过那段乱石遍布的山路，回到宿舍。中文系浸映在暮春昏茫的空气里。我把它夹在一本书里，求个纪念。但数年过去，这朵苍白的花怎么都找不到了。找不到了。纵使时间永在消逝，我仍会在心灵最深处保有这朵苍白的花影。我会的，我怎能忘记呢？

突然想起这只燕子，是因为在那旷远的过去，在那么灰暗苍茫的童年，那只小麻雀给过我的深情惨痛的记忆。我于是以为在我的生命里，在我们大家的生命中一定有一种我们所无法触摸的东西在暗示我们，在指引我们，在安排我们。那样的岁月，深邃而遥远。如今已是故事。成为我自己尘封在心底的故事。也许只有我自己才能拂去这尘土，回忆那深邃遥远的故事。破旧苍凉，但有很重的同情心。那片土地，那衰草连天的冬天的原野和清纯谦卑的群山，我和春各挎一个草笼去拔兔草，我们懒懒地走过乡间红亮的石子路，走得很缓慢。很深的冬天。我们的衣服很少。很不相称的长衫挂在我们身上，像一张破旗在失败的土地的枯树枝上飘扬。那样子绝对令如今的孩子有隔世之感。甚至荒诞。甚至不可思议。怎么会这样，怎么会有破旗一样的衣裳。我后来才知道，我们是因为冷才走得那样缓慢。瑟着脖子，伛偻着身子，仿佛两截在荒原里轻移的树枝，很萧疏、很冷。我们把手放在唇边，口里哈着白腾腾的汽，为了暖手。

我们穿过一条公路后，就来到那一片田野，那地方叫官坑笼。几百亩地连在一起，发白的稻根在田野中竖着。“衰草连天”，只能用这样的词语来描述。但毕竟是南方，便是这样的地方这样的时候，仍有青草。但是很细很细的青草。天很阴灰。仿佛要下雪了，天空弥漫着阴沉低冷的乌云，那乌云刺进我的脑海。我总是在心情抑郁的时候想起这乌云。在这样广大的天空下，在这样连绵空旷的田野中，两个极小的孩子，背挎着破草笼，瑟着偻着。遥远地望去，不过两个小小的点。被风搅动的长衫依稀可见。后来真下了场大雪，南方的大雪终于淹没了这田野。是它用生命昭示着那年深冬以后不可逃脱的命运，包括那场大得惊人的大雪。

我们拔草。我们在田野上发现了一只小麻雀，土干坼而灰暗。如果不是命，我们不可能发现。它伏着不动。我们碰了下目光，决定捉住这小鸟。我们轻轻冲过去。小麻雀飞起来，不久就落下。我们又追去，那只小鸟简直还不会飞。我们穷追不舍。终于逮住了小麻雀。全身发抖的小麻雀。翅膀很小，只有不密的毛，眼睛很黑很乌，似乎很恐惧。它仿佛认命。呆在我们的手心一动不动。我在小麻雀那里看到一个绝望了的生命大无畏的视死如归精神。

草拔得差不多了，我们就回去。我把鸟藏在怀里，用手摩着。我们走进田野，往公路去。我们在那样的天空下走着。小麻雀在我怀中微微抖动，像一连串飘动的音符。

不久就碰到一群与我们相差不大的孩子，他们不是与我们同村的人。他们是店背人，店背是那一片田野侧旁一小朵房子的名字。他们很野蛮，常偷我们的地瓜、蔬菜、干稻草。那鸟恰在这时叫起来。他们就冲过来说借来看看。我哪里肯，挎着草笼就跑。我怎么跑得过他们，我那样小。我被赶上被他们扯住我的长衫，也许我不跑的话他们不会抢去我的小麻雀。他们很愤怒。一个比我高大的人把手伸进我的怀里，抓住了它。那颤动着小小的音符的鸟即刻没气。翅膀仍然小。我看不到它的眼睛。我敢怒不敢言。悲愤的泪水含在眼眶。我一直排遣不了这悲情。我在想我为什么会这么脆弱，会这么没有力量，我怎么会这么没有力量呵！为什么他们有，为什么他们可以抢我们捉来的麻雀？那个抢我麻雀的人目光凶横，仿佛一只狼。小麻雀稀疏的毛在那么阴灰的冷天里飘动着。一根一根穿透我的眼睛。我这时才发现它有一双极精致的腿脚。那以后我一直认为鸟的腿脚是最优美的。那毛淡淡的黄，一根一根穿透我心。我怎么也拂灭不了这记忆。那人推了我一把，骂我芷溪贼，骂我怎么偷了他们家的麻雀。说完，他就把小麻雀的脚提起来，瞪了我一眼，撕了。我又呆又怔。我怎么都没想到他们会撕杀小麻雀。直到我看《说唐》看到李元霸撕宇文成都，我就想起多年前发生在深冬里的这事。直到现在，我仍然想不明白，在我们的生活里为什么总发生这些恃强凌弱的事。那只小麻雀的死，告诉我命运的深刻与绵延。它的翅膀还那么小，它才刚刚学会飞啊！为什么要撕杀它，为什么？还说是他们家门前的麻雀！

那只燕子的出现是否是命运的安排？是否真的这样命呵？

不久前下雨的夜晚，黄昏过去还不太久。天是黑了，加上是雨夜，只有从房间窗口映出的一些光芒。檐水还在滴答着。我看见一人用木条夹住一只鸟，放在天井一张放花盆的桌子上，但鸟总是跌下来，如此几次。我见那人锲而不舍的样子，担心他再夹，我于是说把它给我吧。他看着我，以为我病了，神经病。我坚持说把它给我。他又看我，那眼睛很惊奇很深奥。尽管在这样黑暗的时刻，我仍看出他的困惑，他的不解，他的怀疑。我又说我会养它的。他说好吧。

我俯下去，原来是只燕子。去年冬天我还在我家外面的电线上看见密密麻麻地排着的数也数不清的燕子。它们也飞，一大群地飞。我一看便是许久。

我在人类中间很少看过这么聚合在一起的。这使我崇敬它们。我们为什么不能像燕子一样紧密地靠在一起，充满温情。为什么不能呢？人不是万物之灵吗？为什么竟不如这燕群？

我注视着燕子，很漂亮，尤其是那修长的翅膀。翅膀伸展开来，翅膀的毛精黑。尽管这毛贴在它悲伤的皮肉上，但仍那么美丽光亮，像一幅精美的黑白摄影。我喜欢黑白摄影甚于彩色的。黑与白更能体现出生命的本质与真实，那种雕塑般的粗朴厚重的美感。我抓住它。它挣扎，爪紧扣我的手掌。好疼啊。这时，我看见它的眼睛像一颗星星。我想起了小麻雀。仿佛有撕裂声仿佛有血，血溅开血幕消失的地方是那只被撕杀的小麻雀。这燕子知道吗？它知道在那过去曾有一只被撕杀的同类吗？它为什么要用这样惊惧而绝望的目光看我呵？那星星一样幽冷的目光。

我记起一头牛的故事。一头买来准备宰杀的牛要被牵进宰牛者的家。可是那牛到门外后就死命不肯进去，宰牛者用又粗又硬的扁担死命抽打它，它才泪光闪闪地被赶进去。它硕大的眼里满噙泪水的样子令人心碎。它——这只小燕子也看到它要被杀戮的命运？我感到分外悲伤……

我用手掌抚它的头。手的温暖终于使它驯服，那爪却更紧地扣紧我的手掌。我讨了点米，就上楼到我住的房间。夜色益浓，远处教室的灯火发出无数雾芒。雨停了，瓦沟水继续滴漏着，宁静幽谧的夜。我用米喂它。它伏着不动。有时也伸开翅膀，走着。我这时才发现它是只受伤的鸟，它走路的样子深重地倾斜，哀婉动人。我用双手抚它。它的身子很湿，水还未干，但它已不再那么剧烈地抖颤。我又想起那只小麻雀。我总是想起它。我不过想让这只本会在潮湿的天空下过夜的燕子不再在那潮地上过夜。我只是这样已感到深的欢喜。还有同样深的寂寞，甚至渊一样深的同情心。我又觉得悲哀，我感到我们诸多生命中弱小者的悲哀。我想到那些被割的草。草啊。帕斯卡说过，人只不过是一根苇草。

我所有的过错是忘了关那窗门。因为是这样不很料峭的雨天，我于是让窗开着。我以为至少这燕子与我有几天相守的缘分。我蹲下来端详它许久，它确实安定了。夜半过去，我突然醒来，突然想看看燕子，那心情很焦躁很激烈。我拉开灯，燕子不见了。打开门，夜色清幽，冷风扑面。雨完全停止，天纯净而蓝。但再不见燕子，再不见受伤的燕子。我想起它的爪，它的翅膀，它的漂亮的腿脚。想我们既已是朋友，又为什么这样不辞而别，为什么为什么？

这鸟类中极精莹的燕子终于走了。终于在这雨夜，在这黑暗中带伤走了。没有光明，前方连一点星光都没有。我感到很深的悲哀。连一只燕子都不相信我呵。我想起那只在阴灰的田野中被撕杀的小麻雀。天知道，天知道，等待这燕子的又是怎样的一种命运呢？那黑夜般遍布大宇宙中一切物一切生命中的命运啊。

大雨如杂乱的锣声、鼓声。大雨夹着大风。大风如怒萧，如激越的笛，响得那样逼人。许久未见这样大的雨了。我倚在门框。大风大雨渺茫了远方，我如置身在杀声四起的远古的千军万马中。在这样的狂风烈雨中，燕子，你在哪里啊你在哪里？

# 窗外栗叶

是你打开窗子，告诉我窗外有栗叶的。那时候我还不知道栗叶的样子。那个夜晚，你打开窗子告诉我窗外有栗叶啊，那样惊喜的眼神，闪耀着爱的光辉，那声音像孩童一样明亮无邪。我初不以为然，但看见你的喜悦，看见你淡淡的眉毛闪着谜一样的眼睛，我知道这栗叶很不寻常，于你，或者于我都是这样。我甚至同时在你惊喜的谜一般的睛眸深处看见了爱，爱在那刻，就是那栗叶，在那秋天的夜色的栗叶里，潜藏着的，就是你发自内心的天穹一般的爱啊。

是秋天的夜晚，我们共有的，“西伯利亚”的风真猛烈，呼啸着挤入窗隙门缝。“西伯利亚”是那一排黯淡的屋子的名字。因为寒冷，因为偏僻，因为有漫天的尘土，我们叫它“西伯利亚”。我最初是怀着一身的梦想来到这里的，就像走进我的家。我来到这里是为了做一名真正的老师。他们告诉我这里尘土很大，告诉我这里叫西伯利亚。窗外是田野，飞虫很茂盛。要是夏天，有各色的蝴蝶。我后来抓到两只巴掌大的色彩绚烂的蝴蝶，实在漂亮得诱人。我抓住蝴蝶时已是初秋，但天气依然炎热，我有时也打开窗子，看见深蓝的夜色中有青蛙沉闷的号叫声，中间有闪闪的飞萤，飞萤清幽的蓝光像幽灵一样在夜色中飘来闪去。

但是，我怎么就一直没有看见窗外那两棵树干比碗口还粗的树呢？并且还是栗树。直到你用力推开窗门，转过头，告诉我板栗树哇，我才意识到那时刻对于我们已是永恒。外面是霜一样明灿的月光，栗叶儿在月光下萧萧朗朗地闪动，簌簌的栗叶间有簌簌的月光。秋风轻悄悄地动着，一如你闪闪的眼仁。

你后来说，你是看见那两棵栗树才来到这里的，你说这话时眼睛很凄迷，仿佛有一种光晕。你的面庞变得很模糊，但又很有意韵。我看见了爱。我开始观察这栗叶。栗叶随秋的加深而变得灰黄，栗叶在秋风下变得稀稀疏疏。清凉的月光卷过一阵风，栗叶就在月光卷过后飘零下来，一片一片地坠落。

我的心陡然有一种生命消逝的悲凉。我一直很难排解这种由季节带给我的悲凉的感觉。每到秋天，我的心就极度地悒郁，即使如海水一样沉沉卷动的稻浪也没有办法分散我这种悒郁的心情。要是栗叶坠落在地，又嗤嗤地撕拉着土地，我的心就有一种碎裂之感。

而我，在你的眼睛里，看见那飘落的栗叶，如流星划过夜空，我看见我们在黑夜中渐渐分离的眼神。我惧怕这样想，但这预感的幻象不料是这样确切。我意识到爱的艰辛与不易，意识到爱最终的悲哀与分离。海浪死了，我心里说，深秋已经逼近，栗叶老了。你后来说，你只是无意间推开那窗，又无意间看见栗叶。你说这些时目光已经远离了我。你很坦率地说了这话，而我竟未发觉，直到现在我才意识到你说这话的含义。你说这话时我还依然记起你推窗的欢乐，我一丝一毫也没有看见那悲伤。我没有想到我们的爱会在这样清朗而有月光的秋天里埋下分离的种子。我以为我已经得到了爱，现在我只要爱就够了。我甚至想象着我们将来生活在一起的种种情景，分享着一切包括那美丽的梦幻与音乐与诗与痛苦。我怎么也没有想到爱情也有死亡。你太浪漫了你说，你这样说已经有了几次。你还说栗叶落了一地你看见了吗？你看见那一地的窗外的栗叶了吗？

我一再地问自己，难道这栗叶在暗示着什么？难道是这坠落的栗叶在暗示着你也暗示着我？我们已不再说什么了，相拥，像两棵树，像两朵云，我们已不再亲吻。

但这暗示是真的，这怎么可能，我们都不是孩子了。你为什么要告诉我窗外的栗叶已坠落了满满的一地了呢？

心已变得很遥远。也许是我们预先知道我们的分离，也许就是这栗叶一直在暗示着你也暗示着我。我们匆匆地相爱，拥抱着流着泪诉说着爱。初恋像一条处女的河，我踏上去有一股清凉纯朴的感觉，一如遥远的《诗经》的国度里那个其叶沃若的女子。我在那里忘记了一切。在那个十余平方的乡村小屋，我只看见你，我只感觉到你美得像花一般的眼睛，我觉得我们踏青在落英缤纷的临水的山冈，忘记了一切。

时间悄悄地消逝……

最后一个夜晚。我们都没有去打开那窗门。我们默默地坐着，心已经海阔天空一般。我们没有相拥也没有亲吻。我们相爱时校园开着各样的菊，也有美人蕉。我们甚至没有注意到菊花已经开了。你后来告诉我，看见操场前那棵萧疏的渐渐变黄的悬铃木，那种诗意的衰微使你很激动。你说那时我正在那棵悬铃木旁。越过悬铃木，你看见那两棵栗树。风萧萧地吹。你看见我很悒郁。你告诉我悬铃木有一种气质你很喜欢。悬铃木是最美的树你说。悬铃木里有爱情，哪怕这树死了，也还有静寂的爱和静寂的慰藉。看见了悬铃木你就不再忧郁了。你问我信吗？我说信。你没有听出这话的含义。我没有问你是不是因为悬铃木和栗树的悒郁才知道我也是悒郁的。我没有说你其实只是眷爱悬铃木和栗叶，是那种诗意的情绪感染了你。

我们在那小屋里各自想着自己的事，还有前程。我们坐着，心已如雪原般荒凉。

最后一个夜晚是春天的夜晚。

初春的气息很潮湿。栗树已经生出嫩嫩的枝叶。

我说我们是树多好啊，可以无动于衷，静观世事沧桑。

你笑了。

你说栗叶要生长了。很漂亮的栗叶啊。

而我们必须分离是吗？——

我们都没有说这话。我们之间像有长长的海峡，我们不再相拥着不再亲吻着不再流泪了我们已经没有关系了。

月光清婉地浇洒着如水的光辉。

别忘了那栗叶你说。

我知道这一刻对我们已是永恒。我们其实都还有些眷恋其实我们今生注定不会忘记这永恒其实我们都很伤感是吗？我们都知道爱很艰难是吗？

窗外的栗叶啊！你可知道在这春天的月夜里有一个女孩在安静地注视你后，将永不再归来了吗？

# 芷溪杂忆

中国人喜欢打破砂锅问到底。比如有人开始会问你老家在哪里啊？对外省人说我是福建的，对本福建人说我是龙岩的。接着他会问你是龙岩哪里的？这时候我就会说是连城。我也会问他你听说过冠豸山去过冠豸山吗冠豸山就在连城。不过当我说是连城时，多半人会说哦闽西八大干的地瓜干啊。对许多人来说，冠豸山和地瓜干就是连城的意思。

一般人知道连城也就不再往下问了。但是还有锲而不舍者。他会继续问，那么，你是连城的哪里呢？我有时候会不太想回答，但又不想因为这样一件小事弄得对方不舒服，就说我是庙前芷溪的。庙前是镇，芷溪是村。一般的人当然不知道芷溪是什么地方。不过，芷溪先后被评为福建省历史文化名村和中国历史文化名村，知名度也在慢慢提高。甚至有人会说，啊芷溪，好地方啊我去过一回的，你就是芷溪的？当然也会说芷溪的哪里哪里需要改善。这种时候，我会对他肃然起敬。

一个人对故乡往往怀有深厚的感情。高中时，老师叫我们模仿《天山景物记》写一篇关于老家的文章。当时我搜索枯肠，觉得芷溪可写的景物不多。最后自然是写得不怎么样。

至于芷溪为什么叫芷溪，那是因为芷溪有一条溪水，溪水从丰图村方向出来，蜿蜒流过，两岸有芷草，芷草开白花。芷溪就这么得名了。当然，现在看不到芷草了。有时候，我会一个人到竹坑桥头一带走走，想着过去随风摇曳的芷草，想着透亮的溪水，还有溪边浣纱的女子，捕鱼的小船，那一定是很美的情景吧。

据说，即使放在整个福建省，芷溪也算是个大村庄。从小我就听过长辈们用“千烟之家”来形容芷溪人多。常住人口现在还有一万多。1980 年前后，许多人家里还烧柴火，每到饭点前后，炊烟袅袅，整个村子都被炊烟笼罩。那种人间烟火的气息，加上村子的宁静，确实是田园美景。有年夏天——大概是 1990 年左右，我和同学小希、灿生一起在神树山一带散步。眼目所及，旧式的青砖瓦房鳞次栉比，轻烟如雾霭，远处偶尔还会传来狗吠声。因为芷溪地势是凹形的，形似锅底。据说在没有建造这么多房子之前，中间乃是水草丰美之地，估计到处是洼地、水塘。后来房子建得越来越多，就成为今天这个样子了。我和同学站在神树山通往丰图的公路边，一边闲聊，一边抽着纸烟。在夕阳下，村庄显得温馨极了。而遍布村中的大大小小的道路，把芷溪分割成许多不同的居处。各自有自己的名字。诸如十字街、神树山、有竹人家、四岔路口、凉棚子下、老中学堂、土楼下、三大门楼、进士大门、白屋角头等等，实在是太多了。说实话，还有许多地方我都没有去过。

## 芷溪花灯

要说芷溪什么东西最吸引人，自然各有各的看法。

对我而言，芷溪最值得回味的就是花灯了。芷溪花灯的具体情况，在现代信息社会，当然很容易找到，要了解它其实并不难。但真正要了解花灯，却不是件容易事。关于芷溪花灯的制作等，本村贤达黄元莹、杨启县、黄森合作的《芷溪正月游花灯》一文有详细的介绍。

“文革”后芷溪第一次游花灯是在 1982 年春节。整个芷溪都沸腾了。因为我父亲在十字街开小店，那是所有花灯必经的路线，所以无论有多少花灯，我都可以看到。什么摩肩接踵、人山人海，都不足以形容这种热闹的情形。最关键的是那时候大家都有一种轻松感，脸上都有了笑容。我觉得那时候的天空都特别的蓝。那是“文革”后的天空。加上春节期间，很多出门在外的人会回来，这些穿着新式衣服的人至少引起了我的好奇。虽然外面的世界是怎么样的，我不知道，但这些只有春节才回到故乡的人却告诉我外面有神奇的世界。我开始想象外面的世界大概就在这个时候。

芷溪花灯之所以漂亮，一是花灯制作精美。可以说看了芷溪花灯，其他所有的花灯都黯淡无光了。在夜色中，九十九盏（有的是一百零八盏）琉璃灯摇曳的火光，使整个花灯熠熠生辉。因为花灯的主要材料是竹篾和各种纸，加上芷溪花灯一般是由九十九（或一百零八）个小花灯组成，遇到刮风下雨的时候，就会有风险。有时候花灯会起火，很快就烧掉。如果发生这种事情，主人会认为自己运气不好。我认识的一个人出花灯时就发生了火烧花灯的事情。她伤心了很久，据说还哭了。

芷溪花灯好看，还因为游花灯时配合的锣鼓（包括鼓、铜钟、铜锣、大钹、小钹、苏锣六种民间乐器组合在一起）。芷溪的锣鼓与附近所有地方的锣鼓都不一样。连城境内的庙前、新泉、朋口、宣和、姑田、罗坊、四堡等地方的锣鼓我都听过，没有一个可以跟芷溪锣鼓相比。芷溪锣鼓我除了鼓打不好，其他还能凑合。因为轮到我们姓杨的出花灯时，本家族都要互相帮忙，我也自然去帮忙了。擎花灯的活我当然不敢去做，因为那不仅需要力气，更重要的是需要技巧。去敲锣打鼓还马虎过得去。有时候也干点别的杂活。

芷溪游花灯时，有的还请十番乐队或专业的鼓吹队。加上芷溪锣鼓，当然更为热闹。“文革”后恢复游花灯的十几年中，几乎年年都热闹非凡。现在记忆中的芷溪花灯还是那个时候的。

《芷溪正月游花灯》一文中说到芷溪花灯是康熙年间从苏州引进的。据说芷溪杨姓第十六世祖燕山公，在康熙四十三年（1704）以太学生入京考授州同，任职苏州，娶苏州女子吴二姑为妻。黄茂藩老师在《芷溪花灯》中引用了《芷溪杨氏族谱》，说吴二姑生于康熙二十三年（1684）三月十三日申时，卒于乾隆四十二年（1777）十二月十六日申时，享年九十四岁。燕山公从苏州卸任后，携吴二姑回到芷溪。吴二姑太婆从繁华的苏州城到芷溪小乡村，自然不太习惯，就把苏州花灯和苏州锣鼓，包括请客的菜谱一起传入芷溪。

这么说来，芷溪花灯，其实是苏州花灯。芷溪锣鼓，其实是苏州锣鼓。

我想找苏州花灯的图片和介绍文字，但也颇不易。能够看到的图片，都与流传至今的芷溪花灯完全不一样了。大概“礼失求诸野”这种情况，也在芷溪花灯身上体现出来了。现在的苏州还有和芷溪锣鼓一样的苏州锣鼓吗？

我已经有好几年没有真正回去看花灯了。我也知道，现在看花灯的感觉，一定也与小时候看的感觉不一样吧。

## 芷溪小吃

中国这么大，各地有各地的小吃，芷溪自然也有芷溪的小吃。

说起芷溪的小吃，最好吃的当然是捆粄。新泉、庙前、乃至连城都是有捆粄的，做法也基本一样。做捆粄需要头天晚上将米洗干净，浸泡。第二天用石磨磨成米浆。米浆不能太稠，也不能太稀。米浆磨好后，准备好馅料。馅料根据时令不同略有不同。比如端午前后，就用四季豆（俗称金豆子）等，秋冬季节则用白萝卜等，其他用豆腐、豆芽、笋干、瘦肉等，配上香料。尤其重要的是要准备一碗葱爆油，加上芝麻。

所有的准备工作做好，就可以开始做捆粄了。

平时煮饭的铁锅放适量的水，烧开后，在锡盘里舀上适量的米浆，放进锅里煮，大概一分钟即熟，取出锡盘，将煮熟的结成片状的米粄揭下，当然会有点烫，不过有经验的主妇们可不怕。揭下的米粄通常放在一块洗干净的毛巾上，加上煮熟的馅料，卷成筒状，外皮涂上一层芝麻葱爆油，就可以吃了。味道的好坏主要在馅料。但米粄皮也很重要，首先要细腻，要柔软，适当加点盐，这样卷成的捆粄才好吃。

我小时候吃的捆粄，制作外皮的米浆都是用石磨磨成的。到 80 年代中后期，开始用电动磨浆机，石磨就开始用得少了。我们家原来有一个石磨，后来也少用了。最后是不用了。开始用电动磨浆机时，特别不适应。总觉得电动磨浆机磨出来的米浆太粗糙了，远不如石磨磨的细嫩。但不出几年，因为大家都觉得电动磨浆机方便，石磨就渐渐不用了。技术代替旧物，大概总是如此。从这点来说，时代的变迁有时候根本就不以人的意志为转移。我们目睹了机耕代替了牛耕，电脑打字代替了钢板刻写，手机代替了传呼机，等等。人类有的东西是很难变化的，但技术的进步有时候确乎不断地改变了我们的生活。

一般逢年过节，或者平时有兴致时，乡亲们都会做点什么好吃的，大概首选就是捆粄。

除了捆粄，还有包粄。包粄大概算是捆粄的变种。不过是将米浆煮成稠状，加上适量木薯粉，尽力搓揉成团。然后将米团捏成凹状，不能太薄，也不能太厚，然后包上馅料。包粄的馅料可以不必事先煮熟，不过一般情况，瘦肉最好先炒半熟。因为煮熟的米浆加了木薯粉，当然也不能做好就吃。所以，包粄与捆粄的最大区别是捆粄做好就可以吃，包粄则要蒸熟后才可以吃。一般正常火力，蒸上十五分钟就可以了。捆粄的皮较薄软，包粄的皮则较厚实。因此味道也是不一样的。

小孩子普遍喜欢吃捆粄；长大后，包粄和捆粄就没什么大的区别了。

1980 年代前后，大家的生活都还不是很好。平时也不太能够吃什么好吃的。年节就成为大家享受的最好时间。小孩子最喜欢过年过节，因为有好东西吃啊。记得在芷溪小学读书时，遇到过节，一放学，就跑回家。多半已经开始做捆粄或包粄了。这种时候，最忙碌的自然是母亲。她总是让我们先吃到差不多饱了，自己才开始吃一点。母爱本是出自天然，即使在这个最简单的事情上，也看得出母亲对我们深挚的爱意。平时过节，多半人家里都会做捆粄或包粄。如果遇到家里杀猪，宰杀鸡鸭等，就更为丰盛。

村民多半是很朴实，也很热情的。逢年过节，大家都做捆粄包粄，但也会互相送一点，彼此尝尝各自的味道。如果在下雨天，没有别的事情做，有的人家也会做捆粄或包粄；这时候，送得就多一些。我的邻居石壁叔，大家叫他石壁佬，单身，在煤矿挖煤。他动作快。就是过节，也往往是他先做好，常常送些给我们吃。在我们心中，石壁叔是个很好的人，可惜早早去世了。

芷溪的小吃，除了捆粄包粄，还有灯盏糕。我们老家话叫油炮酥，其实算是油炸粄。主要原料是米浆，里面要加地瓜，这样炸熟后比较软。里面有的没有加馅料，有的加馅料。没有加的就比较便宜。1980 年左右，大概在我读小学三年级到初二年级，我的早餐往往就是灯盏糕。其实街上也卖捆粄或包粄，不过这些早上一般买不到。灯盏糕一大早就有。常年在街上做灯盏糕的有好几家，最好吃的是五叔公做的。五叔公是我的族叔公。据说他的灯盏糕所以好吃，是因为在米浆里加地瓜时加得恰到好处。因为加太多不好，加少也不行。这个比例是多少，我也不知道。

芷溪的小吃，大概还有不少。不过，以我的记忆，大概是这几种比较好吃。其他如苎叶粄、芋卵粄、印粄、发糕、仙草、年糕、月饼等等，当然也有自己的特色。可以说也是我们喜欢吃的，这里就不一一讲了。

总的感觉，中国人对吃是感兴趣的，也是有艺术性的。尤其是小吃，更需要讲究色香味俱全。1980 年前后，因为我帮忙父亲看店铺卖东西，就常常有顾客买几分钱酱油、虾油、味精等，也会买几分钱的虾米，至于在街上买几根葱、大蒜、芹菜，或买一点姜、胡椒等，那就更普遍了。其实买这些佐料，无非是为了使食物更美味。

# 芷溪人

芷溪这个地方，最大的特点是地少人多。靠种地，显然不能满足基本的生活需要。因此芷溪人需要找别的出路。在种地之余，读书、手工、经商等就成为芷溪人的选择。读书成功的，在过去就可以当官，现在的选择当然更多。就算不成功，读书也没有坏处。所以，芷溪人的教育水平，在连城也还是有名的。再穷的人家，总要让孩子去读书。我的老家芷溪三大门楼，过去有“七代书香”的说法。说是七代，其实只算到清末。如果算到现在，十代都超过了。我们本族叔公杨怀祖（1881—1978），字孝荪，十三岁中秀才，入县学为廪生，被称为神童。怀祖公除精通古典文学外，还自学数学物理，著有《微积分》一书。连城县立中学成立时，怀祖公担任国文教员，兼教数学、物理。同时还在县教育局兼任初等教育课课长。民国重修县志时，怀祖公为黄颖成得力助手。他楷书写得好，字体秀丽潇洒，备受称赞。《连城县志》石印蓝本大半是他写的。杨怀祖的儿子杨启县，也是我们三大门楼的骄傲。他书法精通，学问渊博。我们兄弟的名字全是他给起的。所谓家学渊深，启县公的孙子道晟，书法也很有功力。他是我弟弟天椿的同学，现在在家乡从事小学教育。

三大门楼可以说是远近闻名的。在连城，有人知道我是芷溪人后，打破砂锅问到底的会继续问，你是芷溪哪里的呢，当我说三大门楼时，对方就会哦一声。那是个有名气的地方啊。三大门楼的确是个有名气的地方，我以是三大门楼的人而感到骄傲。

芷溪有黄、杨、邱、华四姓。黄姓人口最多，名人也最多。像黄济蛟（1906—1988），我小时候在街头店尾，就常常听老辈们谈起。小时候常听说的还有黄肇河（1878—1948），字润轩，他是光绪二十六年（1900）举人。民国初年曾任众议院议员，因目睹北洋政府官场腐败而辞职回家，并焚毁证件以示决裂，从此居家以书法自娱。民国二十四年（1935）受聘为中山大学国学教师。抗战爆发后，回家乡庙前。他心怀爱国之忧，希望从教育救国入手，培养抵御外侮、振兴国家的人才，因而出任芷溪小学校长和县立中学语文教师等职。

说到芷溪的名人，杨采衡（1909-1996）是不能不说到的。他 1929 年参加红军，在漫长的革命生涯中，当然有许多传奇经历。新中国成立后，历任漳州军分区副司令员、华东军区后勤部训练处长、南京军区战史编辑室抗战组组长。1962 年调国家地质部，历任地质部办公厅副主任，水文地质研究所所长，水文局副局长、顾问。1984 年春节他回到芷溪，那时候我正在芷溪中学读初三年级。杨采衡老前辈到芷溪中学，当然是领导视察工作。学校召集了全校十几个同学去参加座谈会，我居然也被叫去参加。记得他很清瘦，七十五岁了，身体还很健康。他说过的许多话，我都记不得了。但他勉励我们要好好读书，到外面去看大世界，确是记得清清楚楚。我不知道其他人参加这样的座谈会有什么感受，我觉得这样的座谈会是很有些用的。再加上老人家很和气，甚至是很谦卑的，就容易使我们信任他。他本想用芷溪话跟我们说话，但没有讲几句就用普通话了。他还抱歉说，因为很长时间没有回来了，加上年纪轻轻就离开老家，所以家乡话很多都忘记了。这使我很感到他的谦和。遗憾的是，后来再也没有见过他老人家了。

芷溪人除了读书多，做生意的就更多了。芷溪有圩场，每逢农历五、十日，四面八方的人到芷溪赶圩，整个街道都很热闹。各种货物交易，都在这个时候大量进行。熙熙攘攘的人群，一个挨着一个。芷溪人不仅在芷溪做生意，还到附近的庙前、新泉、杨家坊，甚至到朋口、文亨、连城，到上杭的邱坊、蛟洋、古田、下车、南阳、旧县等。芷溪人什么生意都做。吃的，穿的，用的，不一而足。早期是挑担，后来是用板车，再后来就用拖拉机，现在该用汽车了吧。去外地摆摊，当然是很累人的事情。我也到新泉、庙前、杨家坊等地方摆过摊子，卖各种东西，生意好的时候，固然是高兴的；但有时候生意不好，心情就很糟糕。虽然生意的好坏无法预测，但大家还是乐意前往。1980 年代，芷溪很多人都靠这种方法赚了不少的钱。

附近乡村的人，大概因为芷溪人很能做生意，所以，说起芷溪人，都说芷溪人口才好，怎么个好法呢？他们说就是天上的鸟也能把它引下来。这当然是夸张的说法。不过，也能够说明部分的事实。我想主要的原因，大概芷溪这个地方，由于历史和现实的原因，它辐射的范围比一般乡村大。四面八方、三村八岙的人都汇集到芷溪，这里的信息就比较多，见闻自然也比较广。因此说芷溪人口才比较好，是有这个原因在的。

因为这样，我总认为芷溪这个地方不像普通的乡村。确切地说，芷溪村有点小城市的味道。而越来越多出门在外的人也把各地的习惯带回到芷溪。因此，芷溪人有点小市民气。比较小气。我不知道这样说对不对。比如待客，许多乡村的人比芷溪人来得大方些。

村子大了，什么人都有。读书的、当官的、做生意的、当小偷的，在芷溪哪样人没有呢？在我看来，芷溪就是这个世界的缩影。跟这个世界上许多地方是一样的。

芷溪人是勤劳的，也是懒惰的；是精明的，也是愚昧的；是大方的，也是小气的。芷溪有许多富人，也有许多穷人。总之，芷溪人和其他地方的人一样是个复合体。

近三十年来，越来越多的芷溪人出门了。他们到北、上、广、深去，到汕头去，更多的到厦门去，到福州去。一二十年前，我就已经感觉到芷溪跟过去不一样了。不是逢年过节，你要找个可以聊天的人都不容易，因为可以出去的人都出去了，留下的多数是非老即小。我不知道这是好事还是坏事。但社会的变迁，总不以人的意志为转移，芷溪的社会变迁，同样也是如此。想到这些，有时候也会有微微的哀愁在我心中浮泛起来……

# 回忆与怀念

## ——记忆中的芷溪中学

2013年4、5月间，老同学黄斌多次打电话给我说，连南中学（原芷溪中学）今年要搞七十周年校庆，到时一定要回来参加啊云云。

芷溪中学是我的母校，转眼之间，从芷溪中学毕业有近三十年了，除了俗气的感慨光阴似箭，似乎也没有什么特别的新感受。的确，光阴的箭飞逝穿行，又怎能不快呢。我有时候会跟年轻的学生们说点往事，其中就会说到我初中读书的学校——芷溪中学。他们听着有点意思，有的学生知道我有写点东西的，就会说老师，写写呗，给我们看看也好啊。

8月11日，老同学黄宗耀打电话说，到火车站附近某饭店吃饭，说黄茂藩老师、老同学黄斌来厦门，说校庆的事情。我就去了。到了以后，才知道连南中学现任校长罗金锋、退休教师黄振模也来了。此外还有同学黄上鹏等几个人。席间多数彼此都是很熟悉的，虽然有的已经很多年不见了，但因为都是师生、同学、校友的关系，大家谈得很开心。饭后，黄斌将校庆倡议书、邀请函给了我们，并约定校庆时一定要回去。酒精的力量是很大的。那天晚上我喝了不少酒，有些迷糊了。自然是回答要回去的。但在酒的迷糊中，更使我思念起芷溪中学来。我也跟黄茂藩老师说，为了校庆，我就写点文字吧。

1981年，我从芷溪小学毕业，顺理成章，就考到芷溪中学就读了。芷溪中学当时已经从村中心的老校区迁到了公路边的大坪山。对于芷溪中学，心中充满期待，也充满神秘。芷溪是个大村庄，但在当时，只觉得很静寂。虽然逢年过节，也是很热闹的。街路上挤得满满的，都是人。

在正式去芷溪中学读书以前，我只去过一次。仿佛是1980年，龙岩市运动会有部分赛事在大坪山举行。因为有个同学去参加比赛，我也跟着去了。去的时候，看到一个很大的操场，标准的四百米跑道，就算是现在，也还有许多学校没有这么大的操场。那时候，我就想，以后到这里来读书一定不错吧。

芷溪中学虽然是一所农村中学，但在我们心中，却是完全没有自卑感。没有自卑感，一方面是因为我们对外面的世界很不了解，另一方面是芷溪中学的确有它使我们感到喜欢的地方。这喜欢的地方，也有许多方面。首先是它在我们心目中是很大的。之前在芷溪小学读书，我也觉得大，但芷溪中学比芷溪小学大了许多倍，这就使我很感到惊奇。此外，那时候的老师在我们心目中几乎是完美的。这样，从 1981 到 1984 年，就在芷溪中学读了整三年的书。从芷溪中学毕业以来，倏忽之间，已经二十九年了，如果从入学开始算则有三十二年了。所谓光阴似箭，大概就是这么回事了。昔日的懵懂少年，已经步入中年。有的甚至已经做爷爷奶奶了。

不用说，当时的条件是简陋的：教室的光线不够亮，课桌椅是旧的，操场的设施也少，电灯也黯淡……但是，大家在校园里可以说是很快乐的，尤其是那些老师们，真是值得我们想念。三年来，教过我们的老师有：黄茂藩、杨本滋、廖志华、廖林生、杨兆江、吴育教、黄卓铭、黄启洪、黄禄养、黄启炽、林建海、薛世平、傅启恒、黄文安。黄茂藩老师我专门写了一篇短文，其他依次略述之：

杨本滋老师教我们英语。他是我的族叔，又是我大哥的同学。有一段时间，我不知道称呼他本滋老师呢，还是关叔呢。后来我采取一个办法，在学校时就叫本滋老师，在学校外叫关叔或叫本滋老师。本滋老师很注意教我们音标，也注意朗读和语法的教学。这也是当时英语教学的特点吧。我的英语虽然不是很好，但可以说在本滋老师的教授下，打下了比较好的基础，后来读高中、大学，英语成绩似乎也还不坏，并且几乎不怎么担心英语成绩。我在芷溪中学读书的时候，因为要帮父亲看店铺，常常晚睡早起。有时候天微微亮就起来开店门，街上除了杀猪的，没有多少人，但是遇上赶圩的日子，或是节日，街上的人早早就很多了。常常是我把一切东西都准备好，也还没有人来买东西。这时候我就会看看书，常常是各种小说，也看连环画；极少的时候，也会把课本拿出来读读。有一次，本滋老师来买东西，看见我在读英语，当时似乎是没有说什么的。后来，不知什么时候他在课堂上忽然表扬我，意思说我那么早起来，没有浪费时间，而是用来读英语。这固然使我感到很惭愧，因为我早上起来读英语是很少的，但也使我很感动，加上本滋老师的语气很和蔼，带着很深的感情，我差点流下泪来，暗暗告诉自己要好好读书，不要辜负了老师的美意。这件事情，不知道本滋老师还记不记得。可见，有时候老师的一两句话对学生的影响是很大的。本滋老师多才多艺。他除了教书，似乎毛线也打得很好，这一点到现在也还使我感到惊异。本滋老师会弹扬琴，会吹笛，也许还会其他的乐器。

廖志华是我们的数学老师。1981 年从龙岩师专毕业后分配到芷溪中学，一直教我们到毕业。那年学校新来的老师仿佛春风吹绿一样生机勃勃。长头发、喇叭裤一时成为学校的风景线。有守旧的老师对此感冒，连上课都要批判一下。廖老师也是长头发喇叭裤的。大学生大概都是引领潮流的吧。这也基本上就是当时看得到的现代气息了。到我们初三时，那些反对长头发、喇叭裤的人，不少也留起长头发穿起喇叭裤了。廖老师是我们初一时的班主任，他家访时，在我父亲面前表扬了我。廖老师因为年轻，和学生之间是很融洽的。他住校，我和一些同学也常常会到他房间去，尤其是初三住校时去得更多些。论到师生关系，我以为芷溪中学当时的师生关系很好的。大概是教师多数住校，与学生朝夕相处，这很利于学生的成长。

廖林生老师教我们初中一、二年级的政治，他还兼任校团委书记。他是我二哥的同学，对我很好，很关心我的成绩。此外我能够记忆的事情很少。

杨兆江老师教我们初三的政治。他教书很有名气，字也写得很好。据说他很会抓题。当时教学条件毕竟不好，所以他常常在课堂上整黑板整黑板地抄复习题。我有时候沉浸于他的书法中而往往忘记去理解意思了。兆江老师讲课的声音很好听，亮而圆润，别有一番味道。

历史老师吴育教个子不高，但是上课的激情是相当高的。他音板好，人也热情。历史课是我很喜欢的课。大概那时有看历史小说的缘故。有次我的历史考了满分，吴育教老师还在发考卷的时候特别说我是没有偷看得的满分。其实我们那时候考试还是相当正规，尽管偶有人偷看，总体是很少的。那时候我们甚至没有主科次科的概念，所有的学科都一样对待。吴老师教我们的时候大概五十岁左右吧，但听他的课真是一种享受。因为这样，高考填志愿，我还把历史系填第一志愿呢。记得吴老师讲课是不用课本的，这种功夫也使我们很佩服。吴老师是永定人，退休后回老家去了。

黄卓铭老师教我们地理。据说他一辈子在芷溪中学教书到退休。他可以极快速地在黑板上画出中国地图，这种功底，年轻一辈绝大部分是不具备的。黄老师有时候还带我们到操场看星象。那时候的夜空，皎洁极了。仰望星空的那种神秘，至今深深地印在脑海里。

黄启洪老师教我们生物。从动物学到植物学一直到生理卫生，他都教我们。他面黑心善。教学上对我们要求很严格。因此我也从这些课上学到一些生物知识。

黄禄养老师教我们音乐。他是极有热情的老师。他的热情也许跟他教音乐有关。他上课的时候，是全身心投入的。这使我们很喜欢音乐课。至少在我，每次都很期待音乐课的到来。我们年段的同学会乐器的很多。多半是笛子、口琴。像杨小希、黄振平等同学都吹得相当好。他们在全校同学面前一起联奏《在那桃花盛开的地方》，的确美极了。我是到初三才开始学，初三时我们全体同学住校。晚自习后，因为没有什么事情，我就开始学习吹笛子和口琴。我的老师是我的同桌邱尔华。他教我基本的指法后，我就自己练习。有时练到深夜。这当然引起其他同学的不满。芷溪中学那时候没有专用的学生宿舍，学生宿舍都是教室改的，一个宿舍住二三十人，现在想起，确实很不懂事。也许是因为年轻，精力旺盛，晚上睡不着。所以我们还是照样吹个不停。后来有同学告到本滋老师那里，本滋老师是我们的班主任，本滋老师当然批评了我们。后来我们就不太敢这么放肆了。但偶尔还会在大半夜恶搞一下。那时候吹奏的多数是像《小草》《踏浪》《在那桃花盛开的地方》等歌曲，也吹奏芷溪十番曲。我的水平不高，不过是吹着玩。后来到高中时我还偶尔吹吹，大学后就几乎不玩了。禄养老师一直在芷溪中学教音乐，他的儿子爱民也是我们的同学，他的家我是去过几次的。从禄养老师身上，我学到了教师的热情对教学是有极大的帮助的。教师自己都没有热情的话，如何叫学生对学习产生热情呢，这一点，在我后来的教学生涯中也始终影响了我。

黄启炽老师教我们美术，据他自己说，他是长汀师范毕业的。他教我们美术，不全是在教室里，也会叫我们到外面写生。可惜的是我几乎没有美术天赋，总是画不好。他的个子不高，体型偏瘦，但很精神。他偶尔也会到我家里开的小店里坐坐，跟我父亲聊天，我那时候也往往在旁边。因此和他没有什么距离感。我记忆中，到初三似乎就没有美术课了，这又使我很有些失落。我觉得美术课，对于训练学生的观察能力是很有用的。无论学得好坏，总该学一点美术。

林建海老师是和廖志华老师一起分配来芷溪中学的，我们初二时他教我们物理。他的个子很高，也是长头发、喇叭裤。我们都觉得林建海老师很帅气。有次物理单元考，我偷偷把书拿出来看。被林老师发现了。我心里大为窘迫，加上我是物理科代表，就更加不好意思。但他只是对我笑笑，就走过去了。我后来再也不干这种事情了。我也很感激林建海老师对我的宽容。后来我在《圣经》上看到一句话："爱能遮掩许多的罪。"遮掩就是宽容。其实，谁不犯点小错呢。但如果抓住一点小错就不放，也许根本于事于人都无益。但林老师只教了我们一年，就不再教我们了。但在学校我们还是可以常常看到他的。

薛世平老师教我们初三的物理。他是莆田知青。个子有点高大。他上课的口头禅是不断的说阳平调的"啊"。有一次我很好奇，数了一下，一节课中说了九十八次"啊"。薛老师有点严肃。他的房间似乎很少人有进去过。因为我是物理科代表，记得是进去过的。他平时出的考试题目，我很少有及格过。就是毕业考，我也还是不及格。他打趣问我你是科代表，要率领一班人来补考吗？他这么说的时候，是面带笑意的。我才知道他的严肃背后也还有些幽默。不过，物理一科，碰到全县统考，或者中考时，我的成绩总还是不错。薛老师虽是教物理的，但平时很喜欢写文章。他写的文章多半跟历史有关，常常在《中学生》杂志上发表。那时候我会看看《中学生》杂志，看到薛老师的文章，总不免多看几次。薛老师写历史小故事的事情，估计老师们同学们也都知道。后来我想他的不怎么欢迎我们到他房间去，是不想我们打扰他吧。薛老师对于他的写作，上课时是从来不说起的，这使我很钦佩他的低调。

傅启恒老师教我们化学。那时候我们已经在学校住。他老家是莒溪的。傅老师很斯文，戴着一副眼镜，头发有些长。傅老师的化学课当然教得很好。我也很喜欢化学课。初三时我是数理化三科的科代表（不知道有没有记错），因此也有机会到傅老师房间。我们常常是很多同学一起去。特别是在晚自习后。傅老师使我们喜欢他的主要不在于教书好，而在于他的多才多艺。我们去他房间玩，问作业的事情是很少的，我们主要听他唱歌，他的男中音很好听，他唱的似乎是美声，着实很迷人。此外他的二胡也拉得好。他常常是一边拉二胡，一边唱歌。我们常常陶醉在他的音乐中。

黄文安老师教我们体育。我甚至做过一个学期的体育委员，这实在是使我深感意外的事情。我的体育成绩不好。如果说我上学期间害怕上什么课，那就是体育。虽然我的体育成绩不好，但我很喜欢锻炼身体。那时候体育设施不多。印象最深的是操场上的竹竿。我经常去爬竹竿。甚至常常和几个同学比赛谁爬得快。此外很喜欢跑步、打球。体育一科，我觉得对训练一个人的意志力是很有好处的，此外，当然也锻炼了身体。初二下学期，在上跳高课时，我的右脚踝扭伤了，肿得很厉害，无法走路。后来有几个同学背着我上学，放学也背着我。他们是黄宗耀、黄振平、杨小希、黄灿生等等。一直到我自己能走路为止。这使我一直很感激他们。虽然体育课受了伤，可是我伤好了以后，照样锻炼不止。

总的说来，在芷溪中学三年的学习中，我们很庆幸地遇到一批很好的老师。那时候我们读书也很自由，没有人强迫我们读书。作业也不多。和老师的交往也使我们得到多方面的熏陶。最重要的那时候不偏科。像体图音一类的课程，我们总是很喜欢，历史地理生物等课程，我们也都很喜欢。这种全面的教育，对我们后来的发展是很有用的。我感觉在芷溪中学所受的教育，真正是素质教育。但后来，这种教育理念似乎变化了，到 1990 年前后，应试教育就越演越烈。所谓的杂科次科，就不被学校领导、老师重视了，学生自然也跟着不重视了。这当然不仅仅芷溪中学如此，几乎所有的学校都如此。

# 师大杂忆

一

1987年，我高中毕业。当年省质检之前，班主任陈焕南老师几次动员我保送福建师范大学中文系，我没有答应。原因是当时自我感觉可以考比福建师大更好的学校。但是，随后的省质检没有考好，信心受挫。即便如此，填报志愿时仍然没有填福建师大。后来，陈老师多次找我，要我填报福建师大。我后来想，照省质检的分数，福建师大不一定考得上，填填也不妨。加上当时看了招生报上介绍福建师大有十一层的文科楼，就有点动心了。原因是我就读的连城一中，当时的县城最高的外贸大楼只有三层，已经使我们几个经常一起散步的同学感到高大极了。那时候，我和罗燕生、曹子标、江天春、项东雷等同学经常在晚饭后环城散步，每每要经过外贸大楼。我常常会仰望这栋大楼。所以，师大十一层的文科楼很有些诱惑我。我后来跟我的学生们分享这段经历时，他们觉得太不可思议了。我说我当时就是这么傻，真的有点傻傻的样子。但人生最可爱的就是有些看起来傻傻的事情，当你回忆的时候，居然还觉得傻得有点可爱。

前不久有朋友问我，天松，你相不相信命运。并告诉我，她原来不相信命运的，但现在相信了。像我们这种人到中年的人，对人生当然有了一定的认识，也有了一定的理解。说实话，我不太相信命运。但是，生命中的确有许多事情是命中早已有的安排。说是命运也好，说是上帝的安排也好，总之，事情就这么发生了。

就我到福建师范大学中文系读书这件事来看，我相信人的一生中还是有命定的东西，它就像是安排好的一样。我本来要被保送读中文系，但是我拒绝了。可是，到了后来填志愿时，我又填了福建师大。记得我当时填了历史系和中文系两个专业。后来就被中文系录取了。

因为这个缘故，我到中文系读书，就有了命中注定的想法；因此，也就没有任何的抱怨，因为当时我的一些大学同学是有抱怨的，觉得来师大读书亏了。我觉得我没有亏。既然保送时不来，按道理就不会再填报，但是居然又填报了并且被录取了。所以，我到师大中文系可以说是心中觉得极为踏实，没有任何别的想法，专心读了四年书。

1987年9月3号，我一个人从老家出发，到连城，再到永安。在永安时遇到几个去福州读书的同学。在永安转火车到福州，第二天早上到福州。坐着师大的车，一路到了师大。当时觉得从火车站到师大走了好久，估计有四十五分钟左右。到了师大，觉得师大与想象中的样子有许多的区别。没有想象中的好。我初到师大中文系十七号楼时，感觉整个人都被音乐包围了，耳畔传来的都是费翔唱的《读你》，这首歌一直到现在我都非常地喜欢。

报到后，被分到319房间。虽然靠近厕所，但也不以为意。后来陆续来了陈敬（不久转到外语系）、黄功华、聂庚、刘良辉、钱健铭、林明勇、郑炳发、叶初芹、李建飞等，加上我共十个人。陈敬转系后，当然搬走。不久从数学系转中文系的林从松跟我们一个宿舍。最后一年江道满跟我们一个宿舍。后来先后住过202、218房间。

对于我们这些学生来说，当我们说中文系时候，多半指的是中文系十七号楼。中文系办公室在文科楼七楼。我们难得去。四年中我记得没有去过几次。教室是流动的，所以也很难说对教室有什么特别的印象。

十七号楼中文系就在长安山公园旁边，空气清新。除了去文科楼上课有点远，其他都很好。中文系楼旁边是数学系十六号楼，南面下方是政教系、历史系，左边下方不远是物理系。这几个系跟中文系靠得近，所以比较熟悉。

## 二

从现在来看，十七号楼当然有些落后，一个宿舍住十个人，但比起我们在中学二十多个人一个宿舍，其实好多了。宿舍里没有卫生间，整层只有一个公共卫生间，刷牙洗脸洗澡洗衣服大小便都在公共卫生间。宿舍里没有风扇。福州夏天又很热。有时候一天要洗五六次澡。夏天当然洗冷水，就是冬天也照样洗冷水。冬天我们经常几个同学一起洗，一边冻得要命，一边引吭高歌。师大其实有澡堂，冬天可以到澡堂洗热水澡，但我没有去过。原因是洗热水澡要收费。好像三毛钱一次。想到现在的大学生，有的竟然因为没有空调房间，就要求退学，实在匪夷所思。当时至少我觉得没有什么不好。孟子不是说过生于忧患死于安乐吗？我也以此来激励自己。

当时师大要求晚上十一点熄灯。但年轻人根本睡不着，于是点蜡烛看书的很多。我也是经常点蜡烛看书的一个。有时候要一根蜡烛点到差不多完了才休息。但有人来查房，多半是学生会的人。我有次在蚊帐里点蜡烛看书。大概有些疲劳，居然睡着了。86级有个师兄刚好来查房。把我叫醒。还登记了我，我以为会有什么事，但也始终没有发生什么。但后来绝对不在蚊帐里点蜡烛了。那时候我们的蚊帐是尼龙的，在蚊帐里点蜡烛真的很危险。晚上熄灯后不想看书，就在走廊上跟同学闲聊，有时候也喝点啤酒，或抽支烟。喝啤酒，一般是没有东西配酒的，但有时候也来点鱼皮花生，那就是很幸福的事情了。

从中文系楼出来，往右走一百米左右就是中文系食堂，也叫第一食堂。说起师大的食堂，我相信我的绝大部分同学对食堂的印象是好的。那时候的食堂饭菜很便宜。食堂的员工也多数很好。师大食堂里印象最深的是肉包。那确实是肉包，除了薄薄的一层面皮外，里面全是肉。吴卫国同学有几次也谈到师大的肉包好吃。那时候学校有饭票、菜票补助。记得第一年是每月三十斤饭票加一斤粮票，另外发十九元八角菜票。吃省点差不多够吃一个月。家里每月寄的生活费除了少量补助吃饭，其他的就可以用来买生活用品，买书，看电影，偶尔和同学、老乡去外面打平伙。生活还是过得不错的。一般月初比较少吃面食。月初发饭票菜票，个个都跟富翁似的。海吃几天后，像我就得计算好开支。这个时候，中午饭或晚饭就常常吃炒面。师大的炒面我也是很爱吃的。加上食堂师傅打给我们的炒面都比较多。往往三大两就一大盆。我又常常再加两个肉包。吃得很饱。印象中我吃肉包最多的一次是1988年汉城奥运会开幕式时，一边看开幕式，一边吃肉包，不知不觉吃了八个肉包。还吃了一大碗的炒面。那时候真能吃。所以我第一个学期期末回到家，母亲开始都快要认不出我了。瘦小子变成了胖小子了。

## 三

福建师大与别的学校最大的不同就是男女同学同住一栋楼。在当年其他学校似乎都是男女同学分开住的。这可以说是福建师大最为开明的地方。以我们中文系来说，一到三楼全是男同学，四楼则往往一半是男的，一半是女的。五楼全是女同学。我们在师大读书四年，没有觉得这样不好。就是现在还有许多高校还做不到这一点。从这点来说，也可以说是没有什么进步。当然很多高校没有这么做，并不是高校不想这么做，或者没有想到这么做，而是迫于家长们、大学生们乃至一些专家们的责问。

2014 年 8 月 7 日《新京报》发表了李婷婷撰写的《北京多所高校“男女生同楼住宿”》一文。此文缘起于南京航空航天大学“关于本科生宿舍管理试行男女合住通知”在网上疯传，但此消息被南航证实为虚假信息。我不知道这是否是真的。但对南航的行为感到好笑。当然文中也说到，在北京化工大学六号楼、北京师范大学学二宿舍楼、北京大学四十号学生公寓楼、北京外国语大学校内公寓二号楼和中国传媒大学四十七号楼等都存在男女生混住的情况。文中写到清华大学，有这么一段，我觉得有意思，引用如下：

清华大学紫荆公寓九号楼曾经是理工学院的男生宿舍，从 2010 年开始有女生入住，被网友称为“清华首个男女混住宿舍”。该楼每个单元有不同入口，男女学生分开进入。入口处还设有宿舍管理人员执勤，门禁森严。公寓的一名工作人员表示，“中间完全隔开，不存在男女生随便进出对方宿舍的情况，找人要先在门口登记。”

最奇怪的是连北大社会学教授都认为男女生同住一楼不妥当。且看《新京报》文中末尾写道：

北京大学社会学系教授夏学銮认为这种安排不合理，不利于男生和女生的生活；男女生可随意进出对方宿舍，也存在一定的安全隐患。他介绍，北京大学从上世纪 80 年代开始到 2010 年，三十年间都没有发生男女混住的情况。“同楼住对男女生双方都不方便，在共同生活中也容易出现问题。”他还表示，如果宿舍实在紧张，像清华那样将男女生隔离开来管理也是一种方法。

看了《新京报》文章，我觉得真的要为福建师范大学大声喝彩。福建师大在 20 世纪 80 年代甚至更早的时候就已经男女生同住一栋楼了。三十年左右过去了，到现在居然还有这么多高校这么不开化，真是有点悲哀呵。

1989 年后，学校要搞些政治学习。所谓的政治学习，就是各组同学集中在一起，读读报，读读上面要我们学习的文件。我们组通常在我们宿舍。我们组的女同学从五楼下来，真是方便之极。要是搞个男女生楼，估计在双方的宿舍都不行。就得另外找个地方了。

这些都说明师大当时还保留了一些旧大学的自由空气。完全的自由——那种哲学上所说的绝对自由——当然不可能有；但时过境迁，当我们回忆往事的时候，觉得 1980 年代的福建师大可以称得上是相当自由的。比如，当时我们没有觉得学校对我们有什么特别的管理，这就使我们可以按照自己的方式自由成长。我们有一个辅导员，就住在中文系楼三楼，但他很少到我们宿舍来。平时也不大能看到他。偶尔开开年段集会，也就说点应急的事情。大学生已经成年了，应该让他们自己管理自己，诸如起床上课这种事情，大学生应该要自己做得好好的。上课基本上不点名。1989 年后，据说学校有要求老师上课点名，但真正点名的老师极少。

有一次，一个本系的研究生来实习，给我们讲几节课。研究生给我们上课，那时许多同学估计有点不以为然。他的导师坐在最后一排，吞云吐雾地抽烟。是一个瘦小的老头。后来有人说那是我们系主任。那时候的同学中，有不少是抽烟的；其实真正抽烟的很少，抽烟也就是装装酷。坐在后排的若干同学看到老师在抽烟，也点起烟抽起来。记得是在政大教室，因为是老式建筑，光线不太好。在有些昏暗的教室里，烟雾就缭绕起来。但系主任也始终没有说一个字。四年大学，这也是我唯一一次见过系主任。我们的系主任郑松生教授是研究马列文论的，可是从这件事看来，他一点也不马列。我们毕业时，他在我们毕业纪念册《射天狼》上的题赠，引用的是恩格斯的话：“有理想的人，生活总是热的。”他是希望我们要做一个有理想的、热爱生活的人。我以为这也是他老人家对我们的殷切期望。现在看来，我们同学都是有自己理想的人，而且是热爱生活的人。

## 四

中文系的老师们很多，教过我们的也不少。无论怎样的老师，同学们都很尊敬。汪文顶老师教我们现代文学，他的课堂内容很丰富，我曾经记过一次完整的笔记，大作业纸共十张，写得满满的。他是闽南安溪人，常把老舍的《猫城记》中的“猫”字说成“喵”字，每次讲到“喵城记”，同学们都大笑。不过他好像根本不管我们在笑什么照常讲课照常“喵城记”。多年过去，这个印象始终还在。温祖荫老师教我们《东方文学》。他是闽西上杭人。他常常把“印度史诗”说成“印度死尸”，也每次让大家大笑不已。温老师也不以为然，照样继续“印度死尸”。王光明老师教我们《新诗潮的挑战》《新时期文学专题》两门课。他最习惯的口头禅是“这样一种”，一节课要讲十几二十次。这些都是我们难以忘怀的。大四时我曾经替86级的师姐看望过王老师。这也是我第一次去王老师家。那一次好像孙绍振老师、颜纯钧老师都在。他们似乎在开什么会，孙老师的笑声永远那么有个性。我现在也忘记他们在谈论什么，因为我不久就出来了。

其他如刘生龙老师，讲课很精彩，手势很夸张。颇有孙绍振老师的风格。我曾和几个同学跟着刘老师做过一点卡片摘录的工作。虽做得不多，但也给我们一个锻炼的机会。此后自己看书时也会做些摘录。

徐启庭老师教我们古代汉语，他上课永远只带几张小卡片，即便带了，他也很少看。实在太熟练了。字词例句张嘴就来。有一年，在中山大学任教授的庄初升同学来厦门，还特别讲到徐启庭老师。并说我们今天能够在各自工作岗位上取得一点成绩，都是当年老师们的教导所成；尽管老师们教给我们的知识多数都忘了，但他们的影响始终在我们身上体现出来（大意）。这一点我也心有戚戚焉。

詹石窗老师教我们《道学与中国文化》。后来我做毕业论文时，詹老师是我的论文指导老师。我去过他在师大的家。很小。但四面都是书架，书架上全是书。这使我很是震惊和羡慕。当时我就想自己也要这么多的书。经过几个月的奋战，写好了毕业论文《金代诗歌与道教》。这篇文章得到詹老师的认可。后来经过他修改，和詹老师联名发表在四川大学《宗教学研究》杂志1991年第3、4期合刊。文章发表时我已经在老家教书了。还有五十元稿费，在当时还是一笔不小的收入。但我后来不再往这方面发展，当时也根本没有条件继续做这方面的研究。我到厦门后，还见过詹老师一两次。他看上去风采依旧。还给我们几个同学送了他的专著。

还有一个老师也使我难忘，他就是徐金凤老师。徐老师教我们《<史记>研究》。选这门课的同学只有二十几个。我那时候喜欢读点历史，就选了这门课。开始去的同学还挺多，后来就渐渐少了。有时候只去了几个同学。因为在晚上上课，文科楼教室的灯光似乎也不太亮。一个老师和几个学生在里面上课，感觉有点怪。徐老师按照学校要求，常常点名。但是，往往只来了几个同学，这几个来的同学都替没有来的同学点到。高度近视的徐老师一点儿不生气。更不教训我们。点完名，立刻开始上课。他常常边讲边加以动作表演。他大概很想让大家进入《史记》人物的世界。可是似乎又不太奏效。在我自己教书多年后，就常常会想起徐老师。我觉得他真是一个敬业和宽容的老师。现在我有时候也会遇到类似情况，却不免心中觉得无趣。要达到徐老师这种境界，还要继续努力嘞。我无法知道徐老师的学术境界。但为了找他的材料，我也上网查过，关于他的资料不多。看到一篇《<文学遗产>四十年沿革简介》的文章，里面有介绍《文学遗产》通讯员名单，徐金凤老师是1980—1985年《文学遗产》的通讯员，在福建省大学中，也仅有徐金凤老师一个人。关于《文学遗产》通讯员，《<文学遗产>四十年沿革简介》中有段话是这么说的："为了加强与全国各地学者的联系，《文学遗产》在各地重点高等院校中征聘了通讯员，这些人后来成为我国古典文学教学与科研的骨干力量，如陈贻焮（北京大学）、聂石樵与牛仰山（北京师范大学）、冯其庸（中国人民大学）、王运熙（复旦大学）、郭维森（南京大学）、袁世硕（山东大学）、宁宗一（南开大学）、黄天骥（中山大学）、胡国瑞（武汉大学）等。通讯员的任务是提供学术信息，推荐论文稿件，反映各地刊物的意见和建议。"这段文字讲到的人，后来成为名家的有不少。这段文字虽然没有讲到徐老师，可是徐老师名列通讯员名单中，这也说明他在古典文学研究方面是有一定成绩的。可惜我们了解很少。

中文系的老师们故事很多。可惜我只是普普通通的学生，知道得太少。

他们的博学、宽容，都使我们受益良深。当我离开师大的时候，固然很怀念师大美丽的校园，固然很怀念长安山的点点滴滴，但最使我怀念和不舍的还是中文系的老师们。我知道，对我来说，今后就只能主要靠自己进修了。

## 五

在师大四年，记忆深刻的还有师大书店。有事没事都会到书店看看。因为去得多了，跟书店的阿姨都熟悉了。其实说是阿姨，她们年纪都还不大。那时候一般人是不能去柜台里面看书的，我却常常可以进去里面看书。有几次，卖书的阿姨跟我们说：你们现在的学生，读书比不上过去的学生。我问她，过去是指什么时候？她说，77 级、78 级那几届的学生读书真勤奋。我说他们怎么个勤奋法？卖书阿姨说，他们经常来买书。一买就一堆。这么高，还用手比划了下。因为我正在翻看罗素的《西方哲学史》。阿姨就说，《西方哲学史》这套书，当时一次可以进五百套，很快就卖完了。我说现在呢？现在我们只敢进十套，还要卖很久。我于是当场买了一套《西方哲学史》。

四年下来，我在师大书店大概买了四百本书左右。毕业回家时，我用板车来拉。熟识的以为我去哪里进货回来了。

毕业后我有几次回师大，师大书店渐渐就不行了。2001 年回去时，书店里基本上不卖文史哲了，基本上都是英语、计算机的书。2011 年回去时，书店就不见了。

除了师大校内的书店，师大学生街也有很多小型的书店，那也是我常去的地方。那个时候感觉买书的还是很多。所以书店生意挺好。我始终觉得，书店是城市的灵魂。没有书店的城市不是个好城市。我也觉得大学校园一定要有书店，大学附近要有书店，否则总是一种遗憾。我在厦门生活十余年，最经常去的地方就是大学路。原因就是那里有几个可以有书可看有书可买的书店，还有书摊。现在我住的地方离那里比较远了，但仍是常常去。

## 六

在师大四年，每年的四月开始，整个校园都弥漫着一种别离的气氛。每到这个时候，我都会经常性地感到一种郁悒之情。长安山相思树的叶子也迷离着别离的情绪。师兄师姐们在这个时候，会出去聚聚。喝酒喝到晕乎乎地回来的有不少。说着话，唱着歌。特别是夜晚深了的时候，四处的灯光，也幽暗着，星星点点，更增添了别离的氛围。这种别离的山中景界，总使人伤感。离别愁绪弥漫山中的角角落落，仿佛遍地都是别离的笙箫……遍地都是夏虫寂寞的声音……到我们毕业时，似乎也是如此。我们更多地出去外面喝点小酒。到大四的时候，我们彼此更珍惜在一起的时间，就是在一起说说话，聊聊天，也觉得很美好。我记得和严修鸿就在历史系外面、面向操场的台阶上坐着聊了很多次。我们宿舍的同学也照样常常在楼下空地打排球。在旁边打羽毛球的同学也不少。那真是最美好的青春年华，值得一辈子去回忆和怀念。

在师大四年，可以回忆的何止一箩筐。何止两箩筐。甚至何止三箩筐四箩筐……

我还要写到那条路。那条路常常在回忆中闪现。那么大，那么宽。那是师大通往中文系的一条砂石路。那是公园路。我喜欢叫它“山路”。有时，从长安山中流出涓然清冽的水，水流遍地，在阳光下映照出迷人莹洁的光。我觉得这山路有一种深沉沧桑的美感。山路边常有些我不知其名的草。四季不灭。路边有时也开些精粹的小黄花、小白花。草枝软细。在阳光照射下，这情景与清水的光芒合在一处，构成一幅大自然天生无饰的美丽的风景画。

我极爱这条路。安静，寂谧，有山中味。多少个夜晚，我曾独自走在这路上寻索自己心灵深处的声音。在冬天，我常来这里，特别是在有月的夜晚。我总觉得冬天的月亮最凄迷。冬月在纯净暗蓝的天空上高悬着，看起来像大理石，像那极美丽的女子的细密柔实的雪白的肌肤，有层次丰富的质感，又像那美得让人痴迷的令人惊倒的瓷。

这圆月，此时，似乎就在眼前。

## 七

2014 年 4 月某日，闽东福安的东梅在 QQ 里发给我一篇谢宗贵写的《曾经的十七号楼》。我后来查了下，该文发表在《福建日报》2014 年 3 月 25

日。谢宗贵是1983级的师兄。是《福建日报》社编审。看了谢师兄的文章，才知道中文系十七号楼已经被拆掉了。这使我很伤感。学校要发展，楼总是有被拆掉的可能。十七号楼当然也不例外。但是我还是想说，学校应当保留一些旧建筑，即便要维修，也要修旧如旧。只有这样，学校的历史感才有所依托。我不知道，对于像我们这些在十七号楼住过的人，当十七号楼都没有了，我们要到哪里去寻找我们的记忆呢。

一个人的青春，甚至一个人的一生，最美好的年龄，就是读大学的那几年。一个人在生命最灿烂的年龄，如果能够在一个他喜欢的大学读书，那会成为他一生的起点。

时间过得如此之快，一晃我们离开师大有二十三年整了。尽管我们已不再年轻。但我们的心却常常魂牵师大，梦萦师大。我有时候想，其实我们的一生都定格在那个时代了。对于我们这些同学来说，也许我们永远都属于20世纪80年代。

那么，就让我们记住师大所有的一切，哪怕只有点点滴滴，都是美丽的……

# 淘书小记

其实我很少讲“淘书”这个词，一般都是说去“看书”，偶尔也会说去“买书”。但是这个“淘”字还真是确切，比如“淘金”“淘沙”等等，都有淘洗、挑选的意思在。那么，我平时说的“看书”“买书”，大概还是不如“淘书”真确，于是作《淘书小记》。

之所以说淘书，是因为在万千的书中，不必要也不可能去买所有的书，所以一定有个挑选的过程。我第一次淘书，大概在十一岁。那时候我读小学三年级了，除了去学校读书，基本上是帮助父亲守店。那时候书很少，我的老家芷溪，还没有专业卖书的书店。租书店倒是有一家。所以只能到合作社去买，合作社就在我们家小店对面，只要新书到了，我一般都知道。合作社的东西，也只有书能够吸引我。零零碎碎地就买了不少书，也包括小人书——连环画。连环画买得尤其多，其他就是《杨家将》《呼家将》一类书。

我不知道，这算不算淘书的开始。总之，看到想看的书，我第一个想的就是把它买下。这也并不是说我当时口袋里有钱，而实在是没有钱。所有买书的钱都是父亲小店抽屉里的。我不知道我父亲当时怎么想的，怎么店里、家里的书渐渐多起来了。书坏了，父亲还帮我补，有时候还帮我写上书名——用毛笔写。

到连城读高中后，淘书就少了。但租书租得多。

在福建师大中文系读书时，淘书又多起来了。这是因为当时师大学生一条街，有很多小型书店，加上师大书店，有段时间，几乎天天到书店去。我本来是个非常腼腆的人，一来二去，居然跟几个书店老板混得很熟悉。有个叫唐希的老板，还叫我帮忙他去进书。在福州市区钻来钻去。

师大毕业后，我回老家。带回十几箱书。其中有四大本的《辞源》，重得很。有几次，我跟儿子说，我是怎么把那些书弄回家里的，我实在想不起来了。儿子也说，神奇啊。我也觉得不可思议。的确是不可思议。因为我首先要把书从学校弄到火车站，然后在永安火车站要弄到汽车站。到连城汽车站，还要把书装上车，最后到老家时，才回家弄了板车来拉回去。

师大四年，我的书基本上是在师大书店和师大学生街书店里淘的。正常情况下，每个学期会去东街口一带走走，也会淘一些。师大图书馆处理旧书时，我也淘过。有次选了十几本书，还不到十块钱。

我感觉到书的提价，是在 1988 年。1988 年开始书的定价突然高了。那时候我们还没有通货膨胀的意识，实际上，1988 年的通货膨胀似乎是很厉害的。除了书贵了，大米也贵了，菜也贵了，钱不够用了。生活的压力感随之而来。

师大毕业后，我被分配到新泉中学——即连城三中教书。新泉开始也没有书店。要淘书也只好到供销社。新泉供销社文具柜的老板是我小学时候的同学杨锋。我在他那里也淘过一些书。1993 年，新泉开了家文华书店，我就成为文华书店的常客了。我在文华书店淘了不少书，也认识了后来成为我妻子的卖书姑娘。后来我写过一篇短文《书缘》。《闽西日报》的编辑说，够浪漫的啊。我也觉得有点浪漫。1994 年，作家北村到新泉来，也到文华书店看书。他说，新泉不偏僻啊，你看，书店里的作品这么经典。那时候的文华书店的确有不少大师的作品。

在新泉中学教书期间，我每个学期期末都要到连城县城改试卷。顺便到新华书店淘书。我有个表姐在新华书店工作，到新华书店淘书，还可以顺便看望表姐。后来，连城县城开了几家私人书店，像席殊书屋、四维书店等，也买过不少书。此外，在连城北大街的旧书摊，也淘过不少呢。基本上，改试卷赚到的辛苦钱，全变成了书。

2002 年 8 月，我来到厦门。在厦门南洋学院教书。

到厦门后，才开始了真正意义上的淘书。虽然厦门的书店也不是很多，但比起连城来，书店就多了，质量也高了，当然，花在淘书上的钱就更多了。

来厦门后的第一天晚上，我一个人散步到蔡塘，就在蔡塘路口的一个旧书摊淘起了书。并且很快就跟书摊杜老板成为朋友。杜老板贵州人氏，基督徒。三天两头，我就去他的书摊看书。我在他那里买过一套文革版的《红楼梦》，二十块钱，可以说是很便宜的。很遗憾的是，后来老杜改行去开车了。听他说，卖旧书实在赚不了钱。我常常想起当年我刚到厦门的时候，经常到老杜书摊淘书的情景。

到厦门后，我的淘书地点，基本上是旧书摊、旧书店。没有打折的书，当然也会买，但一定是急需使用的时候。十几年来，我在厦门钻来钻去，像只书虫。近几年来，去得最多的地方就是厦大附近的几家书店：宏运旧书店、晓风书屋、琥珀书店、闽南风旧书店、老厦门古旧书店等。其他地方的书店也偶尔去去，如蔡塘百科旧书店、晨光旧书店等等。有几个固定的旧书摊也会去去。厦大西村附近的旧书摊也会去，旧书摊的晏老板夫妇也算老熟人了。

我喜欢在空闲的时间里，一个人在厦大附近的几家书店慢慢地闲逛着，一本一本地翻动着。看到喜欢的，就买下。基本上五折，因此也花不了多少钱。高于五折的书，除非非常好非常喜欢除非马上要用，一般情况下是不买的。在这样的徜徉中，感受着淘书的乐趣。有时候喜欢的书非常多，只好再精挑细选。每次一般买几本，很少超过十本。超过十本的话，拎着确实太重了。

人与书其实是有缘分的。有些书，遇上了，逃也逃不掉。这也是淘书的乐趣之一吧。我有时候看着书架上的书，那里的每一本书我都可以说出在哪里淘的。每一本书都像是老朋友，让你感到舒心感到愉快。在不断地淘书过程中，常常会发现了一些新的阅读对象。

我淘书最早从文学开始，后来涉及哲学、历史、社会学、人类学、地理学、考古学、教育学、心理学、美学等等领域。

有人说，你买这么多书，都有看吗？每一本书都看，当然不现实。但我自己淘的书，多数是有翻过一遍的，知道书的大概内容，要用的时候就方便了。当然书多了，有时候要找一本书，简直是件困难的事。后来我买了个手电筒，找起来就方便些。但有时候急着要用，明明知道有某种书，因为实在找不着，干脆再买一本。

2010 年初，厦门市作协搞过一次文学沙龙，专门谈淘旧书的事情。主讲嘉宾是谢泳、曾纪鑫、南宋三个人。我也去了。在沙龙上，我谈到我淘旧书有三个原因：一是便宜，而且能买到好东西。二是淘旧书是一个不断发现的过程。三是我认为淘旧书是读书人的一种“恶习”。你看到一本书不买不甘心，买了以后又有很多烦恼，书要怎么保管，怎么整理，我们花很长时间得到的书也许有一天会被另一个人买去。这烦恼，可能也是读书人不可避免的命运。后来《厦门日报》海燕版发了题为《淘书乐趣与史实考证》的文章。

有朋友问我，为什么不去网上淘书呢？网上的书很多啊。网上淘书，我还真没有开始呢。也许以后会去网上淘淘，但现在还没有这个打算。之所以喜欢到旧书店去淘，是因为喜欢在书架上、书摊上一本本地翻看着，淘旧书的过程本身就是一件舒服的事情。而且可以鉴定版本，看书的好坏。现在的盗版书很多，有时候即使细致地看过了，还是会上当。

还有朋友问我，现在可以看电子书了，为什么还要去淘书呢？关于这个问题，中山大学中文系庄初升教授说过，读书读书，还是手上抓一本书看，比较像读书。庄初升教授是我大学的同学。这是他某次来厦门，我们一起吃饭时饭桌上说的话。我觉得他说得好说得对。我觉得手上抓着一本书看的感觉和看电子书是有区别的。现在的书都比较硬，卷不起来看，不像过去的线装书，卷起来看都可以。那才叫读书呢。而且读纸质书可以写写划划，电子书就不方便了。

一年之中，我最喜欢在秋冬之际去淘书，天气凉爽，秋阳温和。我喜欢在这种时候一个人慢慢地在群书中一本本细细地翻动着它们。我喜欢淘书后的喜悦心情，许多的不愉快也会被这些书冲走。我喜欢在这些我淘回来的书中，找寻过去的记忆。我喜欢探寻那些作品背后的作者的点点滴滴。

我喜欢淘书，尤其是淘旧书。那些过去了的淘旧书的日子，渐渐地远去，但始终是我美好的回忆。我知道我会一直淘下去，就是老了，也会继续淘，就像我经常在书店里看见的一些淘旧书的老人。不是老人喜欢淘书，而是淘书的人一天天老了。

# 雪 忆

旧历 1975 年深冬，我家门口还有两个菜园。我最爱到那菜园里玩。夏秋时节，那里有藤菜籽。藤菜即空心菜。把藤菜籽头上的皮剥掉，用一细截藜蒺管插到菜籽头上，正反都可以旋转。现在是冬天，没有藤菜籽可以摘了。冬天的菜园里只有盖菜还在绿着。盖菜在冬天经霜之后，非常好吃。盖菜成熟后有菜心，还有花开。花黄艳艳的。立春时摘一把，绑在竹篙上，再用红纸条粘好，用以迎春接福。但那一个早晨，这些菜、这些花，全被雪裹住了。只有雪。只有雪生活在这沉寂的世界。那时候的芷溪是多么冷清而孤寂啊。

我醒来时，看见破败的门帘被风卷得摆动起来。风一阵阵卷进屋里。雪花是大块大块地飘，轻轻地飘下，姿态柔美极了。雪下得很有风度。白白的雪花落在屋里的木地板上，很快就化成了水。木地板上于是有一些大的圆圆的印。雪花是越过天井飘过来的。偶尔风在刮的时候，把门帘完全掀了起来。这时就可看见满天的雪花，纷纷扬扬地铺天盖地地下着。天色非常阴沉，灰暗，有些黑。四处很沉寂，仿佛一种悲哀布满了整个天空，四处并且也非常冷。父亲把滚热的稀饭端进屋给我吃。我一边呼喇喇地喝着稀饭。那时候的稀饭可真是稀稀的稀饭，不像我们现在的稀饭都煮得那么稠。一边看着那不断飞进屋来的雪花。我忽然想起菜园里的盖菜来了。那些黄黄的弱弱的小小花朵，该不会冻僵吧。

我起来后，就跑去看盖菜花。看不见了。一切都被雪裹住了。屋瓦上的雪比我们的棉被还厚得多。那的确是一场大雪。我后来知道那是闽西百余年来下得最大的雪。直到现在，它还是我记忆中最大的大雪。在南方——并且是在闽西这样的南方而有这样大的雪，的确是非同寻常的。这场雪一直生活在我的记忆中，是二十余年来非常深刻的一个事件。人真的很奇怪，有些事情会永远镌刻在你心灵里永不消逝。不但永不消逝，而且会随着岁月的流转，镌得越来越深。让你的生命中有一种神圣的光芒，让你在孤灯独影时静静地回忆，充满着温情；让你感激这非常难得的生活，感激这神圣的记忆。

雪还在下着。雪大块大块地飘扬着……

菜园前面有一个水塘。不大，但是到了冬天仍然有水。塘里往往种些水浮莲。水浮莲开着紫色的花。自然里的这些花使我感到生活中没有的那份鲜艳那份奇异。现在是冬天，水浮莲死了。但有枯萎的残叶停在水面上。残叶也被雪覆盖着。塘中的水很干净。一定结了冰了。上面是棉絮一样的雪。记忆中的塘是美丽的。我并且在那钓过鱼。现在，那塘已多年没有人料理，黑黑的淤泥与坪相齐。就是夏天也几乎看不见水了。如果再下大雪，这塘会以怎样的一个面貌呈现在我眼前呢？

我站在双合门外的石板上看雪景。

这个坪不大。除了两个菜园，只有一条窄窄的石结路面。走过去就是一个小巷。左边就是那个水塘。右边是菜园。菜园过去是并列的两间平房。两个花园都种着盖菜。这样普通的菜却长得非常茂盛。菜管粗壮、硕大，菜叶湛青湛青的。叶子很厚实，摸上去有一种涩厚感。我是不大爱吃盖菜的，有些苦。但盖菜的菜心却非常硬洁鲜嫩，几乎没有人不喜欢吃的。直到现在，这一带的人仍种盖菜。是不是就因为它普通而被人养育着？是不是因为它极普通人们才离不开它？

现在，一切都被雪覆盖了。还有那栅栏。零星地点着些白雪。原来有些黑的栅栏，就有些俏丽起来。像我们过年时穿新装，里面是又破又补的衣服，外面陡然穿一件新衣，面目就有些不同，人也标致些了。我看着这一切，现在又忆着这一切，心中有一种淡淡的悲伤。那个平静的下雪的早晨似乎有一种极强的感召，像神祇一样，让我长久地贴近它，捉住它。那是一个无声的世界。也没有电。那时候我还不知道芷溪有街。那时候芷溪只有一个合作社。但直到我读书前，我根本不认识它。将近二十年过去，我觉得这真是一场梦。梦中的幼小的我还是那样清晰。石板也还是石板，水塘也还是水塘，天空也还是天空。但石板更黯淡了，水塘里很少水了，天空就没有什么变化，但也似乎更喧闹些了。晚上有音乐在空中摇曳飘摆了，芷溪也有电了，也有舞厅了。

只有雪是没有变的，仍然那么白，白得让你心灵一片纯洁，宛然清纯的净净的土。

小孩子的心永远是小孩子的。因为下雪，大人们都在家，事就不必我们做。我在静静地注视雪景之后，发现瓦缝间有灿烂的闪着银光的透明的冰锥子，我们叫叮当珠。大概是因为它的晶莹硬洁如珠玉的缘故，我们本地人这样称呼它们。我立刻叫着有叮当珠，叫着意凤。意凤是我堂姐，大我一岁，瘦瘦高高的，脸庞非常俊秀，眼睛有一种那时候的小孩子没有专注的光芒，瞳仁很黑很大。我说我们打叮当珠去。她比我更欢喜，立刻去。

我们各自弄一条竹篙，走出大门，看到有冰锥的地方就停下来打。只要轻轻碰一下，它们就掉下来。冰锥掉在地上，地上有薄的雪，冰锥子一般完好无损地躺在雪地上。小心地拾起来。真的晶莹如玉。有的冰锥子非常光滑润洁，璀璨地放着晶润的光。有的就有些嶙峋，高高低低不很平整，但正因这样，反而更加有趣。这参差的不规整的冰锥子可以让我们幻想成各样的东西：猪头了，牛耳朵了，蜈蚣了，刷子了……都自然天成，妙不可言。

我们一路打过去。路少绝少行人，世界很安静。但我们的心非常热烈，非常高兴。整个世界都是我们的。整个世界都是这样吗？都这样白？这样多冰锥子？

堂姐比我勇敢。她穿一件花格子衫，颜色有点红，在那时算是非常鲜艳了。配上她长长的乱乱的头发，看上去调皮可爱，自由洒脱，简直是大自然平平静静的天然风景。每每看见现在的孩子很小就被大人打扮得齐齐整整，我就更加想念堂姐的那种自由与洒脱，更加想念那自然无饰的风景。

记忆中的雪是永远生活着的。那样白那样净的世界是永远活在我们心中的。整个村庄整个闽西都被大雪覆盖了。银装素裹，仿佛北国的土地。北国的雪原辽阔苍莽。但记忆中芷溪的雪是这样多姿多彩，树啦，高低不平的峰峦啦，连续的檐角屋翎啦……池塘啦，菜园啦……都是雪。

我没有想到我会遇到这样的大雪。现在，这雪已成永不忘却的事物中必然的一种。我经常在一个人的时候想起那雪。二十年恍恍然过去，非但没有消失，反而更加清晰，如白练子，飘逸而纯净。仿佛又是一条路。那就让我的灵魂通过它，抵达那一片净净的国土，抵达那清澄清澄的静谧，抵达那照澈我心灵的光芒之源……

就让我，忆着这雪吧，直到永永远远……

# 喝 茶

茶是中国圣物，周作人说它与蚕丝瓷器同是本国的光荣，喝茶之于中国人，也就变得常有的了。

我十一岁开始爱上喝茶，算是与茶极早有缘的。那年父亲开了间小百货店，逢人便泡茶，态度极谦恭，于是小店里茶客不断，笑谈生风。置身大人中，亦捧茶一喝，竟然有特别甘味。我惊讶这东西的好处，那干干的树叶子竟有如此美妙的味道。

我喝过的茶不少，但名茶的确不多。以我简陋的见闻，这附近较好的茶有吕坊茶、清安茶、宣和茶，还有古田茶，都是绿茶。喝茶以绿茶为正宗，碰巧这一带都产绿茶。我喝过的绿茶最好的莫过于寨头茶，寨头是一个偏僻小村，以茶出名。寨头茶的特点是耐泡，甘香而甜，尤多茶籽。一般茶叶没有茶籽，但寨头茶偏偏多茶籽。我疑心它的甘甜就来自茶籽。寨头茶一般可泡七八次，而清香依在，颜色也依然碧绿迷人。而以第三、四泡最为甘香，味也最醇，色亦最碧。我在连城地图上，搜索许久，没有搜索到这茶名远扬的村落，心中不禁有些怅惘。凡芷溪、庙前、新泉这几处，都以寨头茶为上等茶，待客若用这，客人欢喜之情自然倾露。

大学时有机会喝到红茶，初时很不喜欢，后来渐渐嗜爱。在闽南一带，这红茶又是正宗了。又兼学友中有好功夫茶的，常用四个极精致的白色茶杯，用一状貌奇怪的玄色茶壶，开水从上空注入，然后一一倒往杯中。偏居山隅，陡然见这泡茶技术，初觉怪异，后察这泡茶确是极见功夫。饮茶者也就格外呈现出特别的风度和性情。那学友极爱写作，脸色苍白，睡眼迷离，但这功夫茶一泡，便入桑林之舞，也切中经首之会，一切自自然然。我也在那种时刻顿悟中国文人那种特殊的心态和生活方式。这种品茶的体味就与故乡喝茶的情形大不相同了。

倘然在夜间，独坐一室，灯下漫读经史，旁有一壶清茶，看到兴味处，便小啜一口，意会古人深刻隽永之言，便觉很有古味。随时有通灵远古的幻象。想那古人也这样读书吗？也在这烛光油盏中，满室诗书里独坐阅读？一旦如斯，就再不觉工作的烦累，生活的清贫；失意与欢欣都不那么重要。但觉书香盈袖，心中宕然开朗。又若清风徐来，皓月当空，稀星闪耀，邀一二挚友，相会在楼顶平阔地方，边品茶边细谈，那景致、那情调、那挚友间亲切自然的心态，又有别致的味道。只觉得人世间无论如何总是可亲可敬可流连……

突然想起黄庭坚《品令·茶词》：

凤舞团团饼。
恨分破，
教孤令。
金渠体静，
只轮慢碾，
玉尘光莹。
汤响松风，
早减了二分酒病。

味浓香永。
醉乡路，
成佳境。
恰如灯下，
故人万里，
归来对影。
口不能言，
心下快活自省。

这滋味，这意境，又是喝茶中体验人世沧桑而归自然平淡的况味了……

率性地喝喝茶，你会觉得人生的许多清味，生活中的许多清趣都在其中。真的。

# 书　缘

最初和书本结缘，竟然是一本小人书《沙家浜》。大概五六岁吧。我不知从哪弄到了它。一页一页翻过去，看到那些戴着帽子和一些不戴帽子的人们。然后，一页一页地撕开，摊在床上。我是在床上看这书的，一页一页地撕，很合意地做这工程。接着是挨了骂，骂得很凶。我哭了，哭得很悲伤。为什么不能一页一页撕开后摊开呢？为什么骂得那么阴沉呢？秋天里的这事使我思索了很久。内心悲伤而且无奈。但是，书缘已生，已经牢不可摧。有时候我真想呼唤那神圣的主。祈祷这缘的发生与恩典。

之后，是漫长的学校生活。与书的接近自然更亲切而且真实。认了字，看书就变成实在生活的部分了。

这缘竟然又这么大，这么有情，已经是很深的缘。已经不可以逃脱。

和女友相识相爱，竟然也是书。书为媒。这缘很使我感到冥冥中有一种语言难以表达的存在。有时语言很无奈。它述说不清这究竟是神，还是别的什么的安排。我还是写下了它——书缘，也就很自然地想起生命中第一本小人书《沙家浜》了。

在新泉，我很少到外面走动。那时候我内心很平静，我从不觉得新泉的特别。不过是一个乡村，一个普通又普通的乡村。有一天忽然听说新泉有家文华书店，挺不错的一家书店。于是去那，仿佛一种召唤，绵长而不可逃脱。新泉也忽然变得亲切起来了。在一个冬天的傍晚，我和峰去那看书。没有电，天空里飘拂着许多灰云。借着浊光，看到的是一排排令我心迷的作者和书名：米兰·昆德拉、雨果、陀思妥耶夫斯基……《不朽》《九三年》《乱世佳人》《山坳上的中国》……很大的蜡烛发出很黄艳的光。一种书的温馨氛围使我内心充满很敬佩的情感。后来又有《英儿》，有《文化苦旅》，有赵玫的很动人的小说。甚至有福克纳，有余华，有北村……

我一点也没有想到，忽然展现在我面前的一个广阔世界。

我很快就成为常客。落落寡言的我是一点也没有想到缘分已在冥冥中滋生，并且蜂拥地生长，恰如野草在春风中蔓延。完全是俗话所说的爱，门板都挡不住的爱。我感到非常新奇，像一个天真的孩子，在清晨里看到鲜花盛开一样地喜乐。爱，原来可以这么奇妙地发生。她不需要什么理由。爱就是爱。这么平常而且这么自然，像田野中的一束稻穗，像河水边的一条鱼草，像秋天飘扬的一枚落叶。并且那么令人惊喜快乐。是那么一种自然有律的一种存在。仿佛早有的安排。一切原来都有安排的。宇宙里的所有，都是那样一种天然的各归其所。

女友常常这么坐着。满室皆书。我觉得这情景宁静而且幽远。她宽阔的脸庞很和谐。就是这样寻常的心灵，像有一股极强的力吸引着我。我知道自己今生除去书不能再拥有什么。书就是我的自然。纯洁而又宁静，像泉水那般无瑕。婷婷若柳的女友，也就格外显得丰富，也就格外显得清凉。

怎么恋爱起来，已经不很清晰。当两颗心在靠近的时候，有满室的诗书在沉静地为我们祈祷和祝福。我感到在这样的空间和时间里已经有了超越的爱。是属于心的，是属于灵的爱。没有书，就不会有这样的心与心的永远联络。所以，我从容中且幸福地写下“书缘”二字。当爱情像种子一样经过萌芽生长，穿透我的生命之后，爱情也就格外有书卷的浓香，昭示着未来。

# 露　珠

你看过露珠吗？露珠有多么美啊！

说起露珠，我无法不想起西班牙的诗人洛尔迦。他写过一首《哑孩子》的诗。写哑孩子“在一滴水中”寻找他的声音，但声音被蟋蟀俘获了。声音被蟋蟀俘获后，声音穿上了蟋蟀的衣裳，就飞走了，飞到了遥远的地方。这首诗很短，但在我的生命历程中，确是给我的心弦以至深触动的一首。哑孩子孤零零地在野外的草地上，看见一颗露珠。那一定是秋天。西班牙的秋天是多么美啊。蟋蟀的翅膀是多么亮丽啊。我一时以为自己就是那哑孩子了。有很长的时间，我静静地过着自己的生活。我张开眼睛，我打开耳朵，我也悄悄地把心门劈开一点，内心有些或悲或喜的东西。我默默地在这地上生活着，寻找着。我也在寻找自己的声音。在长时间的失语和静默的寻找中，我是一个什么也不能说的哑孩子。

还是露珠吸引了我。露珠多么晶莹！露珠多么美好！我感受着露珠的美好是有一天清晨，我身在异乡的某一个小山村。小山村很好。到处是树林，到处是草。我早早就起来，信步地在清晨的微光中走着。那时也是秋天。我看着淡蓝淡蓝的天空那种清晨的美好。一天之中有早晨，有中午，有晚上。我觉得这一切真是奇妙。很小的时候，我想象过要是半年白天半年黑夜的话就好了。吃饱了，喝足了，就睡半年的觉。我真这么想过。那是很久以前的记忆了。现在我看见清晨，想到等一下太阳就要升起，一切就都沐浴在秋天的阳光中，我才知道一切都是一种美意的安排，一切事的背后，都有一种美意在其中，就像在乌云的背后是美丽绝伦的云彩一样。

而清晨最生动最美好的就是露珠。我信步徜徉在连绵的草地上，草上的露珠闪闪地发着幽光。而那些灌木丛中的露珠呢，更是星星点点，在潮湿的灌木叶子的映衬下，显得格外玲珑格外俊俏。一粒粒珍珠一样的露水闪着孩子气的光芒。我远望草坪，草坪宽广地向深处延伸。草上的露珠也宽广地向深处延伸。露水和草，草和露珠，这一切都是妙手天成的美好的存在啊。

在清晨的漫步中，我也看到一些松树、杉树、柳树。我站在树下，抬头就看见了那些在叶子底下站着的一粒粒露珠。这边一粒，那边一粒。真是大自然中美妙绝伦的修饰啊！我在想这地上若是没有这些山，这些山上没有这些树木花草，这些树木花草上没有露珠，那是多么单调、冷落和寂寞的存在。但一切造得这么好。这么美好的清晨这么晶莹的露珠。我真像那个哑孩子。我在露水中寻找他的声音。我也在露水中寻找自己的声音。那一个清晨的散步，在我的生命游历中，已然留下永不消逝的镌刻。确实让我感到人生的美好，感到生命的珍贵。就是一个哑孩子，也那么诚挚地在清晨的时光寻找隐藏在露水中的声音啊！想起哑孩子，想起洛尔迦，想起远在欧洲的西班牙土地上的珠子似的露水，我也想起那异地乡村的草上的露珠树上的露珠和灌木丛中的星星点点的露珠……我感到生命真好！

# 云　彩

云彩在天空绚烂地凝固或轻轻地飘荡，这是从小挥斥不去的记忆。天空里怎么会有云彩呢？云彩为什么那么稀奇地摆列在天空？有时候为什么又没有云彩？有时候为什么只有阴沉阴沉又萧瑟的乌云呢？这些问题，盘旋在我幼稚而单纯的心灵中，竟是久久久久地消散不去。没有人告诉过我。在那样的年代，在那样贫瘠的山村，有谁会像我那样傻傻地想关于云彩的东西呢？然而，在我遥远而孤单的童年时代，我确实常常呆呆地凝望着无尽的天穹，想象着这些缥缈而苍茫的事情。世界在我心中很大很大。我同时也感觉到人的心也很大很大。我的心想得真是远哪。我的心中是不是也有绚烂的云彩呢？是不是也有萧瑟而阴沉的乌云呢？我抬起迷茫的双眼，越过眼前清澈流淌的小溪，越过我面前优哉游哉吃着青草的纯黄色小母牛，奋力而固执地看着广阔的天空。我试图想明白这些盘旋在我八岁时内心中缭绕不去的事。我觉得这一切在我里面真是又奇妙又深奥。

许多年一眨眼就过去了。时间在春夏秋冬四季的轮换中不声不响地过去。时间的奇妙与云彩一样引起我长久的遐想。这双重的奥秘使我在不知不觉中喜欢沉思而宁静的生活。我看看天，我看看地，我看看那些在我身旁熟悉和陌生的人们，看看飞禽鸟兽、草木虫鱼，总觉得人生在世有许多说不出的悲戚喜乐。这一切真是奇妙的存在啊！单是云彩，就已经够奇妙的啦。我喜爱云彩，我不喜悦那些没有云彩的日子。有好长时间，我天天守望着云彩。就是在师大长安山公园的深处，也曾孤单地一个人在眺望高天之上缓缓流动的云彩，那种宁静和近乎痴迷的神态至今令我怀想不已。当阴雨绵绵的春天到来时，我常常显得忧忧愁愁的，因为云彩没有了。我在想，若是有永久不变的云彩就好了……

有一天，一个温柔的声音对我说："孩子啊，很少有人懂得云的美丽。其实每一片云都是美丽的。虽然有时空中罩着乌云，又黑又暗，无美可言，令人心灰意懒，但是，试看云的那一面，依旧光明灿烂……"

这是考门夫人的声音，我恰好在一个雨天的静日看到了它，这声音像荒漠里的甘泉，奇妙、丰富、而又实际地把我蒙蔽许久的心门打开了。这真是一个奇妙的看见。是的，每一朵云都是美丽的，不论是有了云彩，还是没有云彩。不论是白天的云彩，还是夜晚的云彩，都是美丽的。当心中的眼睛被实际地擦亮了，当里面的忧愁变成了惊喜和快乐，当我心中知道在乌云的背后，宇宙中仍然有美丽绝伦的云彩，我就看见了真正的云彩。真正的云彩是不变的。真正的云彩就在我心中。它在我心灵深处的高天里飘摇跳曳。我惊喜而快乐地打量着心中的云彩，真的，每一片云都是那么美丽动人。它们像鲜花一样盛开在我的心田。现在我明白了，每个人的心都是一块田，你种什么，你就收获什么。你把云彩种在心田里，你就收获云彩。喜乐本是自然而生的。我感到真正的喜乐，那是因为我的心中有一片又一片鲜活而新异的云彩在围绕着我。在这样的云彩中，没有喧哗，没有粗俗，有的只是温柔怜悯，如鲜雪般圣洁地在心中飘扬，飘扬……既宁静，又幽远……

# 有一首歌深入灵魂

秋天的海风扑面而来，一弯细月像一个羞涩的少女遮住大半边脸，悬挂在纯净深蓝的天空。在这样纯净而深蓝的天空覆盖下，有一首歌再次深入我的灵魂，这就是潘美辰的《我想有个家》。

习惯了杂志上和磁带上的潘美辰，她严肃而瘦削的脸有一种冷漠，让我一直以来无法从内心深处喜欢这位歌手，尽管我无数次流着泪倾听她的歌声。

《我想有个家》流行大陆的时候，我还在福建师大中文系读书。大概那时候古典书籍读得多了吧，大概那时候总有些不太和谐的家庭关系，以及莫名其妙的少年的闲愁，这一切似乎都加剧了我原本有些多愁善感的心。家，在那时候，对我来说，既遥远又陌生；家在我心中，成为一个既想念又想要逃避的地方。

那时候我常常在师大宽阔而回旋往复的校园里孤独着，一边抽着烟，一边幽灵般地在路上飘来飘去。这时，在中文系、历史系或其他什么系的某一些窗口，就传来潘美辰的《我想有个家》。那时候觉得这首歌似乎是专为我而唱，我几乎每次听到这首歌时都禁不住哽咽着，并流泪着。我就这样一次又一次倾泻着自己的情感。这些为这首歌而流的泪也仿佛是灵丹妙药一般地平静了我的心。有时我孤单地坐在物理系楼前的新操场的台阶上，沉浸在自我的世界中，一边抽着短友谊，一边感叹着人生和命运。我那时已隐隐地觉得自己将成为一个活在书本中的人。我一直以来就偏爱古典文学，特别是那些忧郁的充满了悲剧性的作品。而家的温暖与伤痛也双倍地折磨着我。现在想起来，我那时是一个被书中的泪水浸透的人。我渴望有一个充满爱和温暖的家，但这一切对我而言似乎是不存在的，家庭中矛盾四伏的危机使我常常沉浸在孤单和沉痛之中。在这样的独坐中，在幽暗的天幕下，心中就一遍又一遍地唱着《我想有个家》。不仅如此，有时就是周围人群的喧闹声，树叶的沙沙声，汽笛声，这些原本是嘈杂的声音，在我心中，都成为《我想有个家》的声音和旋律。有一次我回家时，不论是火车，是汽车，车轮滚滚的声音都化成了这一首歌。而我沉浸在她的歌声中，简直不能自拔。

现在是 2002 年的中秋。

恰逢中央电视台《同一首歌》栏目摄制组来厦门。在厦门体育中心我第一次看着潘美辰女士唱着《我想有个家》。潘美辰和我是同龄人，看起来她显得很年轻。实际上，我大学毕业后回到乡下教书，流行歌曲就几乎与我绝缘。我也久未听到潘美辰的歌了。现在看到潘美辰青春依然的样子，更令我惊奇的是她其实不是一个冷漠的人，她是那种热情洋溢的歌手。而且，她的表演也很自由奔放。我是第一次在现场感受演唱场面的热烈。而且觉得台湾来的歌手都特别自由奔放，全然不如大陆许多歌手的拘谨与做作。像他们的那种自由奔放是做作不出来的，那是一种自由心灵的自然的流露。

我再次聆听了潘美辰女士的《我想有个家》。十余年弹指一挥间，今日的我已不再是那个忧伤的少年。我也有了自己的家。我以为我的家是幸福的。妻子是贤妻良母，儿子又活泼可爱。然而，潘女士的歌依然穿透我的心灵之门，使我追忆往事，并情不自禁地写下这篇短小的文字。

# 儿子的眼睛

儿子一晃有六个月了。儿子刚生下来时，我并不太喜欢他。虽然在妻子怀中孕育着时我也常常盼望他快出来，特别是到了预产期快来临时更是急切盼望。但是，当他终于哇的一声在乡村卫生院的产房里出来时，我对这个白胖胖的小子感觉并不是太欢欣。这与我在许多文章里看到的那些非常动人的初为人父的描写大不相同，甚至迥然相异。但是我感到惊讶！感到一种对生命始终奥秘的惊讶。没有比生命更奥秘的了。我更惊讶的是这个世界上所有的人都是这样孕育出来的。十月怀胎，一朝分娩，一个新的生命就这样在此刻诞生。我也在迷迷糊糊中做了父亲。

儿子渐渐地长大，长大，我慢慢地喜欢上这个小家伙了。小家伙头大，耳朵大，上唇微微往上翘，这使得他的嘴唇相当生动迷人。家里人说很像我祖父的嘴唇。但小家伙五官中最漂亮的是他的标准的双眼皮眼睛，我最喜欢他的也是这一双眼睛，我见过许多人的眼睛，最美的是小孩子的眼睛；我见过许多小孩子的眼睛，最美的是自己儿子的眼睛。这是否太过敝帚自珍了呢？不过，我确实是特别喜欢我儿子的眼睛。

他的眼睛那样纯净，那样黑白分明，那样纤尘不染，仿佛纯净蔚蓝的天空和大海。我感到圣洁，感到至深至大的奥秘。儿子的眼睛渐渐地能看见一些东西了，他看得非常专注。他看一个地方，就那样从上到下，从左到右，从右到左地看个够，世界在他的眼睛里是那么美丽新奇无穷无尽。一切又都是那么美好。我想在他的眼睛里一定是这样。他专注地看一双筷子、一朵鲜花、一片蓝天、一堆沙子、一块石头，或是一条简陋非常的小巷。好像似曾相识的，他看着看着，就呀呀呀地呼唤起来。他的内心一定充满了好奇吧！这样一双小孩子的眼睛。这样清纯清纯的没有被污染的泉水般亮丽的眼睛，是多么强烈地吸引着我呵。

我曾经也有这样一双好奇美丽的眼睛。然而不知从什么时候开始，我渐渐地不那么好奇了。山不是山，水不是水，花不是花，草不是草了。燕子飞来飞去，昆虫走走停停，落叶随风而逝，一切好像本是如此。春夏秋冬，时间不就是这样过来的吗？从有人类以来，难道一切不就是这样的吗？有什么值得惊奇？有什么值得感叹？花开花落，人正年轻人忽又老了，万物不也是如此吗？难道这不是昨天的天空吗？日子不是这样一天天消逝吗？我麻木。我熟视无睹。我也不大会激动了，仿佛一棵古老的树静观世事沧桑。

现在，我看见儿子的眼睛，仿佛我也年轻了许多，年轻得像是恢复了这样一双单纯美丽的眼睛似的。世界在这样的眼睛下显得非常单纯和清澈，好像是一方洁净如雪的湖水，好像是来自天堂的纯净的水。

儿子的月份一天天在加大，我在儿子身上看到了自己成长的历程。六个月是很小的年龄，六个月又是很丰富的年龄。儿子的眼睛越来越发达。万物在他眼中是美好的。他对外面世界的搜求是贪婪的。当他专注于一辆奔驰的汽车时，当他专注于一朵盛开的鲜花时，当他专注于屋顶上的光瓦时，当他专注于街角一个乞丐时……我觉得他的眼睛真美。

我在我儿子的眼睛里感受着他的富有和奥妙无穷。在他的眼睛里，天非常高，天非常蓝，草亦茂盛，最不起眼的花也美丽极了。而且，他对一切都有兴趣，充满激情。在他眼里，一切都是诗，一切都是散文，一切都是音乐、舞蹈、建筑和雕刻，我也正在丰富地体察着身为儿父的快乐心情。我正在恢复我的眼睛。我渴望我有一双我儿子一样的眼睛，仔细而愉悦地打量这个世界，感受那至大者丰盛的生命与深藏在生命深处的爱，因为生命是这样美呀！因为生命是这样值得我们去珍惜相爱呀！

# 心灵的文字

## 一

1997年8月，我带着满心的梦想到了北京，在轻轻地逗留了一小段光阴之后，我回到了闽西这个小小的村镇，回到了我一直又无奈又喜爱的闽西丘陵中的狭小的盆地里闭塞而宁静的生活。我现在慢慢地回忆那一小段时间给我的影响，只有在这事后的回想中，我才觉出生活是怎样悄悄地改变我们的心灵。北京之旅，不在乎我去那里走了多少美丽的地方，吃了多少曼妙的东西，看了多少巍峨的建筑。我的心灵的目光就这样凝注到了一本小小的书上，这就是刘小枫的《这一代人的怕和爱》。说不清楚为什么我会在三联书店那浩瀚的书籍中选择了这本。它那么小，小得很不起眼，封面也简朴至极。在这本书里，我看到了一篇题为《我们这一代人的怕和爱》的文章，副题是"重温《金蔷薇》"。《金蔷薇》这本小书1988年时我就在师大书店里看见过了。那时候我还从售书的阿姨那里要过来翻了几翻，我也记住了巴乌斯托夫斯基（即帕乌斯托夫斯基）这个名字。可是我太随意了，我来不及认真读其中的文字，我就那么轻率地把它给丢下了。这轻率地一丢，就是十年，当我得到《金玫瑰》（《金蔷薇》新译名）时已到了1997年的末尾。刘小枫的这篇文章正写于1988年，其时，《金玫瑰》出版。令我奇怪的是当时的外国文学课上对"帕乌斯托夫斯基"这位杰出的散文大师居然只字未提，包括蒲宁、普里什文、帕斯捷尔纳克、茨维塔耶夫、阿赫玛托娃、索尔仁尼琴都只字未提，但正是他们，才真正代表着俄罗斯的文化精神。

至于为什么将《金蔷薇》改为《金玫瑰》，刘小枫说："似乎只有这更加辉煌的从黑暗中生长出来的对人间不幸默默温柔的象征，才足以供奉在那座哭过、绝望过的耶稣受磔刑的十字架上。"刘小枫认为："《金玫瑰》不是创作经验谈，而是生活的启迪，是充满了怕和爱的生活本身。如果把这部书当作他的创作谈来看待，那就是等于抹去了整部书跪下来亲吻的踉跄足迹，忽视了其中包着的隐秘泪水。”

我反复地读着刘小枫的这篇“重温《金蔷薇》”的文字，我认为这是我1997年最重要的阅读事件。后来我又读了《金玫瑰》，帕乌斯托夫斯基和刘小枫两颗怕与爱的心灵都一齐涌进我孤单柔弱的灵魂。在刘小枫那一代人身上，《金蔷薇》成为他们“灵魂再生之源”，“它使我们已然开始接近一种我们民族文化根本缺乏的宗教品质。禀有这种品质，才会拒斥那种自恃与天同一的狂妄；禀有这种品质，才会理解俄罗斯文化中与被钉死在十字架上的耶稣一同受苦的精神；禀有这种品质，才会透过历史随意性，从存在论来看待自己的受折磨的遭遇。”这种“宗教本质”的中心就是主耶稣基督，基督是整本圣经的中心，它昭示出来的就是怕与爱的生活的奥秘，是一种最高法则的生活（《马太福音》中“登山宝训”就是这种法则的蓝本）。福音书启示的正是这种高于人的理性的绝对真理。刘小枫进一步指明：“我所说的那种怕与任何形式的畏惧和怯懦都不相干，而是与羞涩和虔敬相关。”“以羞涩虔敬为质素的怕，乃是生命之灵魂进入荣耀圣神的虔信的意向体验形式。”真是求主给我们更多的智慧与启示，也求主给我们更深的摸着圣灵的感觉，洞悉那敬虔的奥秘，和那美丽得无可形容的源自心灵的羞涩。

就这样我开始摸索帕乌斯托夫斯基的心灵。他的文字是经过心灵过滤的文字。这是创作谈，这又绝对不仅仅是创作谈。它是真正意义上的散文，那么温柔，那么细腻，那么地充满着俄罗斯精神，充满着主耶稣那颗受难的带着爱的荣光的心灵。那灵照亮一切，包括那已经过去的我们人类的历史以及宇宙的光辉，那灵也警醒一切世代的人们。

## 二

《金玫瑰》里充满了爱的精神，以及深含于其中的隐秘的泪水和悲哀。帕乌斯托夫斯基在开篇《珍贵的尘土》里就讲述了关于“金玫瑰”的故事。巴黎的清洁工夏米为了送一朵金玫瑰给他在军队时的团长的遗女苏珊娜，又老又贫困的夏米把银匠作坊的尘土里的金粉筛选出来，铸成金锭，打成一朵“金玫瑰”，打算送给苏姗娜。“他要把久已深埋在心底的温情全都给她，给苏姗娜一人。”可是，当金玫瑰终于打成时，苏姗娜已经在一年前离开巴黎去了美国。善良的温柔的夏米怀着遗憾悄悄地死在他一贫如洗的小屋里。在这里夏米曾经接待过失恋的苏姗娜，帕乌斯托夫斯基动情地在此时此刻写道：“谁要是从来未曾听到过沉睡着的年轻女人的依稀可闻的鼻息声，并因此而激动过，谁就不懂得何谓温柔。”但夏米的满腔的温柔都消散在失望中了。现在夏米的金玫瑰鲜明地出现在我心中，我好像看见一个老人，拿着这个金光璀璨的玫瑰花瓣，在那间小破屋里不知如何是好的情景。这个关于夏米的“金玫瑰”的故事，是一个关于爱的寓言。夏米老人想表达爱而又心怀犹疑的心理，读来真是令人心碎。是的，年轻美貌的苏姗娜，以及苏姗娜们，又怎么会稀罕一个丑陋的老人的温情呢？这样的爱（这是纯粹的不关乎肉体的爱），怎能不引起我们心灵深处的惊动呢？

还有那个为了爱情而自杀的安菲莎。这个十九岁的、体态绰约、面色苍白、嗓音低沉、两只灰眼睛流露出一股森然之气的忧郁的姑娘爱上了肺痨病的科利亚——他是寡妇菠芙娜的儿子。安菲莎的爱遭到了家里强烈的反对，终于跳河自尽了。帕乌斯托夫斯基这样描写安菲莎的死：“她躺在棺材里，美丽得难得以形容。湿漉漉、沉甸甸的辫子像是用赤金打成的，苍白的双唇上挂着一抹歉疚的微笑。”他接着又写道：“我平生第一次亲眼目睹了女性无限强烈的爱，这种爱是连死都不怕的。而在此之前，我只是在书本上看到过和听人谈起过这种爱情。不知为什么，我当时以为像这样的爱情大半落到了俄罗斯妇女的头上。”

在谈到想象问题的时候，帕乌斯托夫斯基写了一个关于童话作家安徒生的短篇小说。这个小说写得那么好，我还从来没有看过这样美这样动人的小说。帕乌斯托夫斯基借安徒生的口说：“只有在想象中爱情才能天长地久。”“才能永远围有一圈闪闪发亮的诗的光轮。看来，我虚构爱情的本领要比在现实中去经受爱情的本领大得多。”

帕乌斯托夫斯基就这样描述他所看到和听到的爱情。这样独特的俄罗斯式的爱情纯洁而又伟大。这与我们软弱而又麻木的爱情迥乎不同。爱情显得那么的孱弱，那么的没有力量，甚至只能在想象中才能得到它。我想起刘小枫的话：“精神之为精神就在于它全然不具有任何强力，它原本天生无力。”“爱在这个世界的自然构成中显得没有力量。”我仿佛看见帕乌斯托夫斯基那温柔而悲哀的心灵，只有这样的心灵才会写出这样的爱的精神的文字。相较之下，我们的文学中的爱情是多么虚伪又是多么肤浅啊。正如谢有顺告诉我们的：怯懦在折磨着我们。是的，不论在现实中，还是在精神上，怯懦都在折磨着我们。爱情中只剩下了性——这就是我们在无数的文学期刊中看到的关于爱的描写。所以，我们认为不是文学自身出了问题，而是文学家——我们的职业写手们的心灵太黑暗了。一个心灵黑暗的作家怎能写出好的东西来呢？他没有判断这个世界的标准，他无法抓住生存的本质，他就无法写出真正的好的作品来。

现在，只要我想到夏米，想到安菲莎，我就会明白什么是爱，什么是真正的爱。我也会想到帕乌斯托夫斯基，想到他怎样地有着一颗受难的忧郁的心灵，在隐秘的泪水中写下这些令人心碎的爱情故事……

## 三

帕乌斯托夫斯基还写了一系列俄罗斯杰出的作家，其中有著名的亚历山大·勃洛克、伊凡·蒲宁、米哈伊尔·普里什文、亚历山大·格林。

帕乌斯托夫斯基非常推崇勃洛克，他说“这孩子在他短短的一生内将他耗尽在荒漠中的心灵的热情都倾诉了出来。”“只要人类未从地球上灭绝，只要‘上帝的奇迹中的奇迹’——自由的俄罗斯语言没有消失，他的诗句便会存在。”“勃洛克不论过去还是现在，永远是年轻的。几乎所有悲剧性地活着而又悲剧性地死去的诗人的命运都是这样的。”“需要有恢宏、坚韧的心灵和对本国人民的伟大的爱，才能眷恋这些阴忧的农舍、哀歌以及灰烬和莠草的气息，并透过这种极度的匮乏看到被森林和荒山所包围的俄罗斯那种病恹恹的美。”“勃洛克通过他的诗歌和散文经历了俄罗斯历史上的一段壮阔的道路，由萧条的九十年代到第一次世界大战，到哲学、诗歌、政治和宗教的各种流派的纷呈，到‘戴着洁白的玫瑰花冠’的十月革命。他是诗歌的守护天使，是诗歌的行吟诗人，是诗歌的苦工，是诗歌的天才。”（《亚历山大·勃洛克》）即使在这个秋夜寂静的乡村，我读到这些文字时，内心也涌起波澜般的哄响。关于勃洛克、关于帕乌斯托夫斯基，我内心中充满了渺茫而又复杂的思绪。

帕乌斯托夫斯基在叶列茨车站三等候车室读蒲宁的短篇《轻盈的气息》时完全沉浸到蒲宁营造的环境和人物中去了。他为小说中那个被枪杀的女中学生奥利娅·麦谢尔斯卡娅而深深地悲伤着，并深深地爱上了她。帕乌斯托夫斯基接着写道："我不知道这篇作品能不能用小说来称呼它。它不是小说，而是启迪，是充满怕和爱的生活本身，是作家悲哀的、平静的沉思，是为少女的美写的墓志铭。"他说："蒲宁的作品只能研读，切不可不自量力，试图用寻常的而不是蒲宁的语言来转述他以经典作家的笔力和精确性所描写的一切。""俄罗斯的景色，它的温柔、它的羞涩的春天，开春时的丑陋，以及转眼之间由丑陋变成的那种恬淡的，带有几份忧郁的美，终于找到了表现它们的人，而这个人是从来不去粉饰它们、美化他们的，俄罗斯的景色中，即使最微小的细节，没有一种能逃过蒲宁的眼睛，没有一处未被他描绘过。""蒲宁的作品我读得越多，就越清楚蒲宁几乎是无法穷尽的。""蒲宁度过了复杂的、有时是矛盾的一生。他的阅历、知识、爱、恨和写作都是丰富的，他不止一次走上歧途，然而他对祖国、对俄罗斯却始终怀着伟大、强烈、忠实而又温存的爱。"（《伊凡·蒲宁》）

在俄罗斯文学史上有三个写散文的大师：帕乌斯托夫斯基、蒲宁和普里什文，他们不仅在俄罗斯，而且在全世界都是散文大师，他们创造了散文难以逾越的高峰。我一直坚定不移地认为，只有他们的散文，才堪称为散文，所以我几乎将他们推荐给所有爱好一些文学的人们。我甚至不厌其烦地一而再再而三地把他们介绍给我所教的农村高中的学生们。我不管他们爱不爱听，听得来听不来，有时抓起他们的作品，随意地翻出一篇，就在课堂上如痴如醉地边朗读边讲评，尽管免不了总有几个人伏在桌子上打瞌睡，我仍然讲得热情澎湃。我甚至固执地认为，中国目前的散文作者能精读他们任何一人的任何一部作品，也将给中国散文带来难以估量的改观。他们的散文真正做到我们通常所说的散文的特点，真正地实现了散文自由自在的内在韵律。

帕乌斯托夫斯基关于普里什文亦有许多十分精到的描述和议论。他说："普里什文的一生，是一个人摆脱环境强加于他的一切非他固有的东西而只'按心灵的意志'生活的范例。……一个按'心灵'，按内心世界生活的人，永远是创造者，是造福于人类的人，是艺术家。""对于像普里什文这样的大师，对于能够把飘落下来的每一片秋叶都写成一首长诗的大师来说，仅仅活一世人生是不够的，因为落叶是很多的，有多少飘零的树叶带走了普里什文来不及诉说的思想呀，他自己就曾说过，这些思想像落叶一样轻易地陨落了！”普里什文和蒲宁都是古老的俄罗斯城市叶列茨人。“叶列茨周围的自然界，是极为俄罗斯式的，是极为朴素恬淡的。正是自然界的这种特性，甚至正是它那种在一定程度上的森然萧瑟之气，就可更清晰地看到故土的优美，就可使目光更锐利，思想更集中。”“普里什文笔下的一切都闪耀着诗的光辉，就像沐浴在露水中的亮晶晶的青草。一片最微末的白杨树叶都有自己的生命。”（《米哈伊尔·普里什文》）

这些闪着赤金般的人物，连同他们如金玫瑰一般灿烂的文学是多么地富有心灵的力量啊。我甚至在此多说一句话一个字都是多余的。在这个寂静的夜晚，在这个大家都沉睡的时刻，我的心灵也如花般悄悄绽放。这些既伟大又平凡的人类灵魂的高度挺拔的精神，清洗着我孤单寥落的心灵，使我的灵命得以渐渐地廓清，并茁壮地成长。

## 四

帕乌斯托夫斯基和蒲宁、普里什文一样在散文精确的描写和发自心灵深处的抒情方面作出了卓越的贡献，而这又与他们心灵中间浸透着俄罗斯精神和那种怕与爱的精神有着极为密切的关联。真是感谢神特别地恩赐给他们一双特别明亮的眼睛和一颗特别温柔的心灵。

帕乌斯托夫斯基笔下的精确的描写和浸含在其中的情感是永远不会使人遗忘的，他们甚至深深地摸住我们的心灵，使我们为之惊叹，为之倾倒。

“在树林里漫步比哪儿都好。牧场上风声呼呼，在树林里却笼罩着一片忧郁的岑寂，只有薄冰在脚下发出的窸窸窣窣的声响，树林里所以特别静或许是因为天上密布着阴云的缘故。阴云低低地压在地面上，有时连松树的树冠都隐没在云霭之中了。”（《心灵的印痕》）

“这时已是暮色四合。果园里到处枯叶飘零。落叶在我们脚下颤动，发出很响的沙沙声，妨碍着我们走路。发青的晚霞中，闪烁着几颗寒星。在远处的树林上空，挂着一钩眉月。”（《心灵的印痕》）

“拂晓时分的霞光中，有一种像处子一般纯洁的东西。每当朝霞初上时，青草披着露珠，树木散发出刚挤出来的热乎乎的牛奶的香味。村外，牧人在晨雾中吹着风笛。……转眼之间就破晓了。暖和的农舍里还静悄悄的一片昏暗朦胧。但是顷刻之间，圆木搭成的墙上就映出了几方橙黄的朝晖，一根根圆木像是一层层琥珀，灼灼地放射出光来。太阳出来了。”（《语言和大自然》）

我已经不必再引下去了。到目前为止，我已经引述得太多了。帕乌斯托夫斯基有一双炯亮的又非常忧郁的眼睛，他对世界（自然、社会及他所接触的俄罗斯人）有一种非凡的洞察力。他观察得极为细致，我对他笔下出现的意象群常常叹为观止。在洞察力这一点上，帕乌斯托夫斯基和蒲宁、普里什文一样卓越，甚至很难区分出他们的高下来。他们对语言有极为深湛的研究，从译文里面就可以完全看出这一点。相比较而言，我们的散文就显得太渺小了，我们的散文精神太萎缩了。我有很长时间在思索这个问题。为什么我们就无法写出属于我们的真正的散文。现在，我明白，我们的散文的语言和精神是脱节的，语言里面缺乏精神，这使得我们的散文总是意象简单，细节贫乏，情感虚假，精神沉沦。

## 五

帕乌斯托夫斯基关于文学特别是关于散文有一些精辟的见解，这些见解是非常深刻的，他指证出来的许多问题都是值得我们思索的。他关于这些方面的见解真是太多了，我只能选录其中的一些作为这篇“读记”的最后部分。

他认为：“所有与散文相邻的艺术领域——诗歌、绘画、建筑、雕塑和音乐——的知识，能够大大丰富散文作家的内心世界，并赋予他的散文以特殊的感染力，使之充满绘画的光与色，诗歌语言所特有的新鲜和容量、建筑的谐和对称、雕塑线条的清晰分明、音乐的旋律和节奏。”“所有这一切都是散文的附加财产，仿佛是它的补色。”“我对那些不喜欢诗画的作家是不信任的。”“一个热爱古典建筑的完美形式的作家，是不会让自己写出叠床架屋、结构繁复的散文作品的。”“散文作品的结构必须精炼到不能删去一句，也不能增加一句，否则就会损害作品要叙述的内容以及事件的合乎规律的进程的那种地步。”“最能够丰富散文作家语言的还是诗学知识。”“文学最高、最富魅力的现象，其真正的幸福，乃是使诗歌与散文有机地融为一体，或者更确切地说，使散文充满诗魂，充满那种赋予万物以生命的诗的浆汁，充满清澈得无一丝杂质的诗的气息，充满能够俘虏人心的诗的威力。”（《洞察世界的艺术》）

帕乌斯托斯夫基认为风景描写对于散文来说是非常重要的。他说：“风景描写对于散文来说，并非添枝加叶的东西，也并非装饰品。假如你在雨后把脸埋在一大堆湿润的树叶中，便会感觉到树叶那种沁人心脾的凉意、芳香和气息，便会浸沉在这种氛围之中。散文也如此，必须浸沉在风景描写之中。”（《在卡车的车厢里》）

关于写作的其他方面，帕乌斯托夫斯基也有许多精到的论述。关于构思、关于灵感、关于想象、关于语言……这些观点是值得我们认真学习和揣摩的。而且，最紧要的是，帕乌斯托夫斯基在这样的论述中全然不是用说教的方式，他写得那么凄美，那么地富有震撼人心的力量。就是关于“作家”本身，他也有许多令人心醉神迷又饱含正义的观点。他说：“作家一分钟也不应屈服于苦难，不应在障碍面前退却。无论发生了什么样的事情，作家的写作是一种使命。”“良心的声音和对未来的信念不允许一个真正的作家像一朵不结实的花那样在世上度过一生，而不把充满他内心的巨大、丰富的思想和感情，慷慨地、毫无保留地奉献给人们。”（《摩崖石刻》）

阅读《金玫瑰》，阅读帕乌斯托夫斯基，我感受着俄罗斯的土地孕育出来的这个天才的声音，这是一个细腻的、忧郁的天才，是怕与爱的精神的化身。他写的是真正的散文，是有精神的深度与高度的散文。那里浸润着一切，包括俄罗斯苦难的大地和俄罗斯人备受苦楚的生活，以及主耶稣基督的生命灵光。

可是，我们能够拥有如帕乌斯托夫斯基（还有蒲宁、普里什文、帕斯捷尔纳克、艾特玛托夫、索尔仁尼琴）一样的精神吗？说到底是人的精神决定着文化的精神。正如刘小枫说的：“文化精神的创造有赖于文化精神创造者的品质。”对此，我觉得悲哀。和刘小枫一样对此“不抱希望”。“不管怎么说，怕和爱的生活本身我们尚未学成，晚祷的钟尚未响彻华土，理想与受难的奇妙关系，我们尚未寻到。”（刘小枫《我们这一代人的怕和爱》）

窗外，是飘满着灰白色薄雾的深重的天空，在这个秋天的接近中午的时光，我终于踱过帕乌斯托夫斯基的心灵，在我的灵魂里，再次经过了这洗净的属于心灵的文字的抚摸。我知道，重温《金玫瑰》不论对过去，对现在，对将来的中国的人们，都仍将是一门必修的功课。

# 看海杂记

我是独自到那海边的。夜已深了。海风很紧很紧地撕扯着海边的天空。是十月份秋天的海风啊。我一个山里孩子，怀着大憧憬，心情很激动。躺在床上，怎么也睡不着。海风嘭嘭地拍打着窗，天气骤然变得冷起来。但看海的兴致却愈高昂。于是，披着毛巾毯，顶风踏沙来到海岸，心中一片苍茫。我甚至不知道做什么深邃的思索。在走到海岸那块峭石嶙峋的大礁石的长长的时间里，我的心里苍苍茫茫。想什么呢？那不是实在的海吗？那不是实在的海边礁石吗？那不是声势轰然的大海浪花吗？坐下来时，才觉得那一份独得的宁静。虽然前面是没有边际的大海，还有海浪，还有海风，声音很大很大，但心底宁静到静谧。云朵亦浓郁。深黑的乌云大块大块地在夜色中缓缓移动。没有什么月。月亮久隐忽现。光芒是黄黄淡淡的，残缺的月亮很合我残缺的心情。我是因为心情很破碎才决定来到这里的。那是一次集体旅行，同来的有许多兴致很高的同学。但我的心情很坏。我知道我很难圆我破碎的梦。我所有的梦都是破碎的。于是到了海边，到了长乐度假村。长乐度假村是心慕已久的地方，我同学不断对我提起它，确实心驰神往了。于是，在大家都睡了的时候来看海。夜晚的海水不断冲击着礁石。浪花如箭鱼，从很深的海里来，掠过海面，又激昂地冲击那岩石。海潮是永不停息的。浪花在夜色下显得暗白，很合我阴郁的心情。

天空很干净。

时间已很深。

清晨快到了。

在这以前，我总以为在黑暗深处是伸手不见五指的。尤其是今夜。没有什么月，星光也极黯淡。我以为什么都看不见了。坐久了。虽然依然那么黑，但渐渐地，除了那如飞的浪花，我发现在这样的黑暗中仍有那份清晰：海水不断地鼓涌，不断地冲向岸边，它似永不疲倦，它根本不知道我有一颗多么疲惫的心。海水鼓涌着。像龟背像无数只巨大的龟的爬行。海水在近岩石时冲起小小的浪花。浪花飞扬。放射出清凉幽暗的光芒。这样富于生命力的跳动，宛如一缕星辉，使我的心在黑暗中愈加沉静，仿佛要消融了。

远处有一小岛，如今是苍茫到一团黝黑的影了。它与白天时朦胧醉人不同，在日光下的清丽容颜已看不见。连灯塔也只见一条摇曳的影，仿佛风吹的一样。

遥远的海面无际无涯。

岩石是错杂的、嶙峋的、狰狞的，看起来真的很像一个生活了许多世纪的老人。像一座自然的雕像，沉郁地与大海相伴。

我感到很深的孤独。我全身心地感受着海。那种前所未有的孤独感使我心静如水。在大海面前，一切都是渺小的。我觉得天空很近又很远。那样一种沉静。那样一颗没有倚靠的心。人是多么孤独的存在啊。只有天地是长久的幽深的。

我是在面对太阳升起的地方坐的。我的身后是一片广阔的沙滩。如今一片苍茫苍茫到虚无。夜色下的沙滩显得神秘，而且窈远。那不是沙滩，那是我孤静心情的连绵。我是热爱沙滩的人。此时，我只用心灵去体验它的苍茫与无际。仿佛童年的幻想，仿佛接近了诗歌，接近了童话般朦胧的梦境。人的心有时候很广大，像现在面对着在黑暗中仍然喧嚣的大海，孤静的天穹，那种苍茫与无际，心境格外辽远。好像有整个宇宙那么大。非常宁静，孤单的宁静。

对于海岸线，我的感受又新颖又别致。我对河岸线的记忆更绵长更悠久。我很小的时候就见过河岸线。我是在河边长大的。我的故乡有一条蜿蜒流淌的河水。相传古时有苍苍茂茂的芷草。“芷”为香草。故乡故名“芷溪”。如今芷草是看不见了。相传芷草开白花，苍苍一片，蔚为优雅。但河水长流，河岸线蜿蜒绵长，似乎总暗示某种命运。——海岸线那么长。长长的海岸线伸展到远方。流畅自在，雍容华贵，又热烈奔放。那样无垠的海岸线，告诉我大海的无限和神圣。还有比大海更神圣的吗?

海风从耳边不断吹过。

时间在点点滴滴中走过。

我在日出前离开了海边那岩石。不是我不想看日出，我只是怕那辉煌。我离开岩石时岩石上已坐了许多人。我的许多同学。他们是来看日出的。我离开是因为我怕那实在的憧憬。他们是准备来看日出的。我不是，我为什么要看日出？我因为不准备来看日出，所以我离开。离开这憧憬。我仍然披着那毛毯。走回去的，已不是旧时的路途，不是旧时的心情。

海浪已经小了，仍然从很深的海底生出那海浪，仍然那么快，但没有那么白。不那么喧嚣。海已经是白天的海了，没有那种极致的宁静。海已经离我很远。风还是照样吹来，照样扬起我的毛毯。当一切都在晨光朗照下的时候，海变得平淡了，心情变得平淡了。孤独感在消融。白天时候，孤独是更虚伪的。我微笑着离开那岩石，可我的心仍然很孤单。黑云是如墨的黑云，红霞是那深红的红霞。还有那淡紫淡蓝的海水倒映上去的颜色，天光变得如诗如画。

我看看那远方的宾馆，沐浴在大地的晨光中，像温静的女子，展露她丰富的内容。已经人来人往了……

那天没有日出。我同学后来说。

# 南山随笔

我现在知道在我的生命中我是无法躲避南山无法躲避南山书院了。尽管我在多年以前就听到过它。但我一直都只在想象的缥缈中猜测。猜测一种自然并猜测一种人文的风景。真是亏欠啊。我凭什么与世人一般猜测它呢？那样一种生命的存在。你只能去体验只能投身进南山的怀抱；否则，你的确只能在失语的状态中作无味的遐想。

现在我终于踏进南山了。我们在走过曲折的乡间小道后终于见到了南山见到了南山书院。无需否认，我被它的安稳与慈祥深深地震撼了。那是一座古朴的平房。木架构。一种时间与岁月的力量倾注在我心灵中。我很难想象这样的小村庄竟然有一个这样幽雅别致甚至窈窕秀丽的书院，并且这样久远，有五百二十年这样长。五百二十年前它有个很雅气的名字——石头丘草堂，然后一直流淌在岁月的风雨之间。一直到 1766 年，这也有一个必有的年代。正式的南山书院开始载入时间，也载入南山吴姓的家族史中。我注视着书院，想象着五百余年来的在这里读书的人们。春夏秋冬，白天黑夜，天光云影，寒风萧瑟。朗朗的读书声模糊而渺茫地飘来，连着那些莘莘学子。那些衣衫朴素或衣衫褴褛的孩子们。真不容易啊，我心里想。这么漫长的时间，这么多的人们，这些在深处乡村的客家人。我也是客家人，同来的都是。那种生命与血的联结使我内心深处无比地惊颤与感动。

我重新走出书院。环顾四面，四面都是山。我们后来越过一片长着柳树的草坪，爬到一座不很高的山丘上。这时候我才发觉书院掩映在一片绿柳之中。恰值下午秋天的阳光斜斜照过去，我们背靠辉煌而雄浑的斜阳。阳光好像特别有情地倾泻在那一片树林中，倾泻在阳光与树林交相掩映的书院中。阳光当然也倾泻到更远的山坡和山顶。何等美好的阳光！何等丰盛的慈爱与恩典！我感到内心深处一片空明。只有空明是我此时此刻的心情，一种很美好的感觉在悄悄地升起。我知道我不必再说什么。书院在我生命中已然刻下了不可磨灭的记忆，永远不会消逝，是一种永远的永恒。

站在那山丘上，我看见了更广阔的山峦在远远近近连绵地伸展着。何等荣耀又何等奥秘的存在啊。我对同来的小东说。真是难描难述的存在啊。如此壮丽的斜阳，秋天的斜阳，并且有温暖的秋风。我仿佛是书院了，沐浴在这一片秋风秋阳中。一种惬意使我微笑着面对灿烂而辉煌的斜阳。大家在热烈地说着话。我一个人独自默默地看着四面的群山，默默地想着那些过去在这里踏青的人们。我想着那些在书院里曾经的孩子和他们的笑声……我也想到时间的广远因为过去的都已尘封都已消逝。一切都并不陌生我想。总是校园以及星月下如花般的青春少年的脸庞。我很欣悦这些如花的笑脸。所以我很感动。我感到与书院有一种特别熟悉而亲切的默契。一种心与心的交通。一种全备的互予，毫不保留的互予。

我无法详密地表达我在南山的所思所想，但我仍要写及书院前面那一个水潭。我爱水潭。我一直都是爱水潭的，就像我一直心爱着沙滩。沙滩给我许多幽邃的怀想，而水潭却总是以它的清澈洗涤我深处的灵魂。也许书院的始建者也是这么想的。书院背山面水，这水就是眼前的潭。潭不大，水也不十分清澈，但我坚信它以前一定是清澈透底的。我爱这潭，最美的还因为潭中央有几株莲，莲叶硕大。莲就是荷。李渔在他的《夏宜楼》中曾写到荷，说它是“花之美人”，与世间可爱的千百种花卉不同：“不但多色，又且多姿，不但有香，又且有韵。”我爱莲，自有它具美人的“姿色香韵”的缘故，但我更爱它的超离尘俗，圣洁分别。

我在第二天雾气迷蒙的清晨中，感到了莲的静美。在书院住宿的整个夜晚，我睡不着。是那一场关于边缘与局外写作的热烈研讨的余想使我不能入睡。我于是倾听窗外的静谧。很静。没有虫鸣的声音。深秋了，虫子也少了，只有山水流在水潭中的声音。唯一的声音使我颤动不已。于是很早起来。我哼着那首明快动人的《箭之歌》欣赏起莲来了。莲叶极美地安静在水潭中央。那种圣洁的含蕴渗透进我的心魂。我再次看到生命的奥秘在莲里的彰显。那莲是多么娇美地充满生命地长在水中啊。我感到那种叫生命的东西正向我绵绵地涌来。使我惊喜。使我快乐。

水中漂着少许的碎萍，一起装点了莲。碎萍与莲，潭中的水，晨光……静谧的清晨的雾；以及我里面鸽子一样轻柔敏感的心灵：这一切构成一幅我此生难忘的画。我在清晨梦幻一样的光景中特别地感到了书院的美好。这的确是一种人文风景的佳构。背山面水，并且有生命在其中涌流生长。

我悄悄地离开这里。我复杂的心情不是这些言语能倾诉尽了的。我感觉最深的仍然是一种极致的静美。我悄悄地来了，我又悄悄地走了。无需用语言表白，书院自然就停驻在我鸽子般的心灵中。我感到恋恋不舍，像离开一位心灵的挚友，一个同在身体内的肢体。一种撕裂般的心情在我和南山书院之间生长。弯弯曲曲的乡间小路拉长了我的思念。走进南山，使我再次透彻地看见生命的美丽与终极的意义。

我很快就看不见掩映在群山之中的书院了。但直到现在，书院仍在心灵中闪闪地发出它的光芒。这光芒是不老的。我相信这光会照亮我前面的路并照亮我心中的眼睛……直到永永远远。

# 凝望土楼

为什么总有那一份痴盼？为什么总有那一份渴望？为什么在我灵魂的里面总有一种接近并触摸一下土楼的心愿？是不是出于传媒的诱惑？或是电视剧《土楼人家》的吸引？或者是那些若隐若闻的关于土楼的点点滴滴的传说？不管怎样，土楼在我心中，确是心仪已久了。渐渐地成为不可规避的去处与存在。于是总在梦想着，梦想着有一天真的能去看看土楼真的能去摸摸土楼。当那又深又长的渴望在某一天突然变成事实，当梦想中照片中一次又一次打过照面的土楼就要出现在我面前时，我仿佛听到了那来自远遥的内心的呼唤。是的，就是那来自远遥的同是客家人的潜藏在内心深处的召唤使我最终无法规避。生命中必有与土楼相触相碰的事件就这样发生在 1996 年 5 月的某一天。这一天清晨，我们在凉风秀气的晨光中踏上汽车，驶向我梦想许久内心仪望许久灵魂深处盼望许久的土楼了……

我抑制着内心的狂喜。这种心情一点不亚于与一个久不见面的好友相聚时的那种焦急与喜悦。驶进永定境内不远，就可以看见一些土楼了。圆的、方的、长条的，我飞鸟一样的内心真似要飞出去亲近土楼了。那种心情真的笔墨难画。然而我确实觉得自己正在飞翔出去摸住了土楼一般。那粗糙的南方土墙在我手下显出了别样的沧桑。就在那一瞬间，我已经知道了土楼的苦难与艰辛，是为什么呢？我一时间难以详尽地推想，我只是有一种难以表达的从内心升起的沉思，看到那些夹杂在或镶嵌在现代砖墙水泥楼板的楼房之间的土楼，我意会了土楼的特别。它的时间的古远。它的庞大。它的家园气息。它的封闭的架构。它的满身岁月的风吹雨打。我感到了凝重。我在车上看到那些散布在永定乡间的土楼时我开始感到土楼的特别与凝重。我知道，我不能只是轻轻松松地来看看土楼，狂喜的心情飞逝了。我的心蓦然回到了清朝。回到二百多年前的满清王朝。在山间小路上行走的中巴颠簸着，一直带着我们往山的深处挺进。路的两边都是山。我们的目的地是承启楼。我后来知道了承启楼的一些情况。承启楼建于康熙四十八年（1790），有四层楼，十二点四米高，整楼有三百八十四个房间，住着六十余户三百多人。也许真的是生命的带领。我没有坐另一辆小车。如果是坐另一辆小车，我就只看得到振成楼而看不到承启楼。我后来又去了振成楼。这只能是一种幸运。我感到不可理解。为什么我要看到并摸到承启楼呢？

作为圆楼之王的承启楼，它内在的含蕴超过了我的预期。真的很高大。我们上去四层楼。我静静地踩着木制的楼板。楼板真的很老了。我怕惊醒在这里生活过的人们。我站在承启楼四楼的栏杆前，整个圆楼尽收眼底。所有的房间都是木板间隔的。木板们灰褐色地沉默着。一看就知道了它的苍老与艰辛。我感到这些木板们特别地寂静，寂静得只剩下我们这些人走在楼板上的声音，只剩下一些轻轻的交谈声、赞美声。承启楼真切地展现了它自己的身体和灵魂。它的不加修饰使它显得粗糙而素朴。我抚摸着这些苍老的堆着尘土的门板和木墙，它的干裂深深地刺激我的已习惯于握笔的手。它的陈旧甚至有些破败使我内心久久无法平静。我也抚摸着那些堆在楼房走廊上的柴火。想着这些住在土楼里的人们的艰难，那一大堆一大堆柴火为什么要搬到三楼或四楼呢？我凝视着在中午热烘烘的阳光照射下的承启楼。它的庞大使我震惊，它的安稳使我寂静。一座楼，就这样在这么山的地方一住就是这么多年。这中间有多少人有多少事，有多少悲欢有多少离合，有多少叹息有多少悲哀，有多少徘徊多少无奈。这中间有多少深情啊又有多少温爱，有多少死又有多少生，有多少凄凉又有多少轻柔欣悦的歌声。这些在这么山的地方居住的土楼人，这些有着北方血液的客家乡亲们。其实我们都是这样的客家人，所有的人都是。亲爱的读者亲爱的人们啊，在这地上，我们都是客旅，都是寄居的。哪里是我们最深的家乡，哪里是我们灵魂深处的家园，我们寻找我们盼望。我们的祖先在这大地颠沛流离寻找栖居的地方，我们的原来在北方在黄河流域的更多更杂的其他地方的人们，那些祖先们离开家乡来到南方，来到这个叫永定的地方。来到这么山的山村，建筑这么庞大的土楼。一米多厚的土墙修筑起他们对家园最深的寻找和富于心灵的最深的盼望。他们在寻找肉身的寄居地时，也在寻找着灵魂的家园。因为漂泊不是生活，因为我们需要灵魂的家园和伴侣，我们需要青草地，我们需要可安歇的水边。我看着承启楼外四面连绵的群山，翠绿的群山显示了生命的华美，在这样的地方，我们和我们的祖先可以安居了。

承启楼寂静在五月正午的阳光中。我们后来又来到了它的祖屋，就是离之不远的又一个圆形土楼。一个五十多岁的土楼人带我们去。这座土楼看上去更加破败。三百多个房间只住了六七个人。正门的楼檣已经很倾斜了，泥墙也已经历尽风雨显得坑坑洼洼甚至看得见泥土里的筑墙用的木板了，铁皮钉制的厚重的双合大门也已经锈迹斑斑。里面中间的屋顶长着青青小草，蜘蛛网到处都是，阴沟里的水是不动的。一个上了年纪的老太太坐在家门口脸色苍白地看着我们。所有的门窗和墙板都呈黑褐色，唯有中间屋子边沿的青石板条映射出些白光，长条的石板显示出建造者们的豪气。整个大而高的土楼静静寂寂。我感到里面有一种幽冷的情怀爬上来。我凝望着这座承启楼的祖屋，一座更古老的圆土楼。一种莫名的忧伤和悲凉在我内心不可遏制地生长起来，我开始知道什么叫做盛衰荣辱，开始知道什么叫做历尽沧桑，什么叫做时间，什么叫做岁月的无情。

我们终于离开了承启楼，在一条通往振成楼的泥沙路上，我凝望着车窗外边的青山，一座一座连绵横亘的山峦在我眼前飘逝而去。承启楼很快就看不见了，很快就被青山裹住了。我询问自己：是什么缘，是什么其他更重要的非缘的东西使我看到并触摸了承启楼？是什么勾起了我深长的喟叹？是一种什么样的命定和根本的联结使我与承启楼有这样一番相遇相连？

比较于承启楼，振成楼年轻得多。建于 1912 年的振成楼也幸运得多。是省级文物保护单位的振成楼前有许多游人。他们都是一些兴高采烈的人们，楼前停着的小轿车显示了他们的非同一般。他们说说笑笑，他们摆着各种姿态优雅地照相。振成楼里面有服务小姐，这些永定客家乡亲的姐妹面带笑意。装饰一新的中厅里有飞扬的书法联文。门楼也是那么高，那么大。前面并且有很大的坪，也有一些商店。我也知道了什么叫做旅游业。但不知为什么，我对振成楼感觉又遥远又陌生。形同偶像的振成楼仿佛是永定土楼们的显贵，它华丽地摆在那里吸引许许多多的人们，它也收纳他们发自内心的惊讶与赞美。我站在振成楼前，凝望着这位华丽的土楼少年，心里想着六公里外的承启楼的破败与荒凉。内心渺茫而不知所措地想到了遥远的过去和没有到来的未来。

我们在振成楼逗留了一下就回来了。

内心里一直出现的还是承启楼。承启楼显示的正是客家人本质的素朴和迁徙游离的漂泊与艰辛。我也一直回想着坐在承启楼祖屋家门口那个目光老重脸色苍白的老太婆。沉默不语的老太婆和这座又老又凝重的土楼一并构筑我此番土楼之游艰辛难忘的记忆。生命中必然拥有的这份记忆再次启示作为客旅和寄居在这地上的我寻找内心真确的灵魂的家园。这样，土楼于我，就有了生命一样紧密的联结，而非土木结构的了……

# 望云草室记

由张姓上祖于清朝咸丰年间作为书房而兴建的望云草室，坐落在新泉镇古称竹山坪的地方。现竹山已逝，邈无翠影。但驰骋胸臆仍可遥想竹林阴翳、枝叶婆娑的繁盛气象，以及那在竹林掩映翠影斑驳之中的望云草室在当年美逸而又沉静的风姿。

但望云草室的远近闻名，却与七十年前的“新泉整训”有关。1929 年 6 月和 12 月，毛泽东等率领红四军分别从旧县和长汀进入新泉，著名的“新泉整训”就在闽西这个狭小但山清水秀的地方展开，并起草了《古田会议决议案》，为后来的“古田会议”做了充分的准备。当时红四军前委机关、政治部均设在望云草室。伟人的足迹和红四军将士的驻扎，给这座原来美逸而沉静的古建筑平添了许多的森严和凛然的气魄。

轻轻走近这座青砖白灰的建筑，那青盈盈的瓦铛更透出历史的烟尘与往事的蛩音。大门两边的对联须仔细辨认：

座中香气循花出

天外泥书遣鹤来

原来在此间读书的主人的精神气格就清澈地凸现出来了。

走进大门，中厅四个韩愈的行草大字——“鸢飞鱼跃”突入眼帘。前厅中间有一方桌，桌上有当年毛泽东、朱德、陈毅他们用过的大茶罐和几个茶杯（也有人说是后面补上去的）。那罐子和杯子暗暗地透着那时家用瓷器的细腻质朴的光泽。前厅左边厢房是陈毅工作和居住的房间。从屏风的边门进去后厅，左边是毛泽东住过的房间，右边是朱德住过的房间。里面的陈设充满了古朴的气息。那高大的木质靠背椅，那油盏灯，那古式的简易客家雕花床，都一一透露出那个时代特有的味儿。

后厅还有一个小天井。天井的右角有一扇小门。门外就是原先那片茂密的竹林。竹林再往外，就是环绕新泉村的连南河。若有什么紧急情况，从这扇小门出去，就进入竹林，进入竹林后，就可安然脱险了。

现在，望云草室已是省级文物保护单位。每年来这里参观的人们真不少。在这里，可以倾听七十年前的革命涛声，并可以欣赏这座保护得相当完整的清代青砖建筑。

（注：2006 年 5 月 25 日，望云草室由国务院公布为第六批全国重点文物保护单位。）

# 小金山记

一个地方吸引人，一是这地方是有些特别，第二呢，要有人去发现它并描述它。我相信小金山就是这样的地方。小金山不大。不过是一面山坡，坡顶上有很平坦的山顶。山脚下有一条河流流过，这就是新泉河，也叫连南河，又名旧县河。山右边还有一条溪涧，终年有不灭的山水。那水真是澄清之极。小金山背后与比它更高的群山相连。站在小金山上，看得见金石寨。金石寨是新泉这一带顶高大的一座山峰。小时候我去过。那还是小学四年级时，我们在老师的带领下气喘吁吁地攀缘到金石寨顶上，就在那儿放飞我们各式各样的风筝。山顶相当开阔，几乎是岩石身体，野莽丛生其间，可以来回奔跑。风筝顺风而飞，在阳光下照耀得非常美。那种飞扬的样子很使幼稚单纯的我们作飞扬的遐想。那么投入地放风筝，又是在那么高的金石寨顶上，心也变得非常逖远。站在金石寨顶上，可以看到极远的山峦在连绵地如波似浪地伸展着。看得见宽阔的蓝天，蓝天上的白云轻柔轻柔地飘拂着。天空高朗而美好。那时候就听说新泉有小金山，就在金石寨前面靠近新泉河的地方。转眼间十多年飘逝而去，我登临小金山时已到了 1991 年的秋天。1991 年秋天我被分配到新泉中学。从那以后我频繁地散步到小金山。在六年中，我频繁地站在小金山上远望新泉幽雅的风姿，并想一些缥缥缈缈的不着边际的事情。

小金山在新泉中学左边一条通往车头村的路上，走出校门就看得见它了。山体凸现在路边，从学校去大概一公里的样子。路的右边是新泉河，左边是田野和山峦。菜叶和泥土的味儿混合着河水的清凉轻送过来，飘溢着连绵的清香。你并且会感到奇妙，尤其是当你渐渐地走过一些地方或生活过一些地方，你会觉得这一切都是那么相似，这是多么奇奥的事情呢。特别美的是新泉河秋天寂静的河水，倒映着乡村明朗的天空。以及河对岸瑶下村庄黄绿高拔的竹林，和通往上杭的新泉大桥的丽影。若在夕阳时分，因夕阳的余晖把这一切渲染得色彩丰富而富于美感，这一切就会更加地吸引我。河水在瑶下南端转一个弯就下去了。宽阔的河面上有几只小船自顾地横着，颇有“野渡无人舟自横”的诗境。在薄暮渐深的时光，宁静的河水也映射出小金山沉思的面容。更有那淡淡的水上的薄雾，把乡村那种恬静，修饰得如同贞洁严肃的处女的面容。走在通往小金山的泥石小路上，我感到舒心而美好……

站在小金山上，风景变得更加别致。这时候的新泉河仿佛婀娜的女子了。河水蜿蜒而来，河床看上去更加苗条。瑶下小村庄的绿竹与栽着的各种花果菜蔬的倒影清晰地宁静在水面。新泉看上去更加开阔。乡政府和中学的楼房点缀了新泉的文明气息。至于那遥远的灰蒙蒙又有些淡紫淡蓝的群山，就成为华美的衬托。整个景致沉静如一首山水田园的诗。新泉本来就很幽静，站在小金山上看新泉，新泉显得更加温情脉脉，一如那古典娴雅而又姣美的女郎了。

小金山上有一个寺庙，平时静寂得很，只有一两个老尼在那里侍奉她们的偶像。我过去很向往她们这种远离尘嚣的幽静生活。后来我才怜悯地知道她们的清寂与苦闷，那种没有生命的寂寞与荒凉。寺庙不大，但钟声却幽幽地传得到很远的地方。有一次我孤单地在通往上杭的公路上散步，天空下着潇潇细雨。那是一个春雨凄迷的黄昏。路上车辆稀少，河水丰满而庄严地往下流去，整个眼域宽阔湿润。就在我欣赏这细雨中的美景时，我清晰地听到小金山上寺庙里的钟声悠扬明亮地传过天空穿过我的内心。钟声肯定也传到了更远的地方。我循着钟声看见了小金山上寺庙的灰影。一种很宁静又很特别的感觉攫住了我。那寺庙在潇潇暮雨中寂然如一块沉默的石头。看得不太分明，遥遥地显出大概的轮廓，而景致却更见悠远……飘摇了……

# 冠豸记游

## 回忆或开始

这是一次难忘的旅游。我知道在我生命中确有一些东西有一些地方我无法逃脱。我再次去冠豸山再次投身进她的身体和灵魂中时，已是我初次游历冠豸山的十二年后。十二年，就这样轻易地在指间滑走了。1985 年秋天，我和几个同窗去冠豸山。那时的冠豸山还不是省十佳风景区。我们在秋阳朗照中徒步而去，徒步而归。去过哪些地方，看过哪些风景，已经没有什么印象。只记得上了冠豸山后不久就有一块巨大的岩石，岩石上有“上游第一观”的镌刻。后来，我们又走到冠豸山和石门湖相接的香兰亭一带。秋天的石门湖没有多少水，我们失望着折了回来。十二年后，就在 1996 年 6 月下旬，我同着省内外二十几个作家再次来到阔别已久的冠豸山。这时候的冠豸山不仅仅是省十佳风景区了，它并且是国家级的风景区。十二年中，我也多次梦想着要去冠豸山，这次恰逢如此佳美的机缘，不善言辞的我内心感到无以言传的浓密的喜乐。冠豸山，就这样再次成为我灵魂深处惊艳的去处。她的自然造物的浑成和她的人文精神的点缀都使我赞叹和惊奇。我感到了造物主奇妙的创造及生命的博奥。在历时两天的游历中，我们去了竹安寨、冠豸山和石门湖。竹安寨本质上就是冠豸山的一部分。而石门湖，却以她优雅的阴柔和冠豸山雄伟的阳刚混合成一曲生命的歌谣。冠豸山和石门湖，一阴一阳，像人类里面的一男一女，就身体说是两个，就内在的生命说，却是联结在一起的一个。让人深切地知道生命的奥妙在这里的彰显。她像一道生命的大光，照澈我暗昧的内心，使我在面对冠豸山时禁不住喃喃地低声地赞美。在一步一步与冠豸山的会晤和交流中，我感到了生命的佳美。噢，冠豸山，你奇妙的被造，是我灵魂的牧养者，是我生命得以洁净的甘泉与圣地……

# 未开垦的竹安寨

不知道为什么，一听到“竹安寨”，心底就莫名地升起一股美好的感觉。想象中的竹安寨是个姿态柔美的女子。我后来才知道竹安寨的雄奇与险峻。我们在登上五谷仙庙不久，就兵分两路向竹安寨的山顶挺进。愈往里面的山路愈像山路。山路狭小，两边的野草和灌木往路的空中伸延。人们一个跟一个往里摸索前进。不久就可以看到一座又一座岩石构成的山。这就是丹霞地貌了。这些山呈灰褐色或浅黑色，端的是风格昭然。我目不暇接地看着这些丹霞岩山，心里不住地暗暗赞美。潮湿的山路延伸了我的幽思，我的心飞扬起来。我巴望着快点见到竹安寨。带路的谢老不住地告诉我们攀登摩天峰的艰险，说从山下到山顶有三百六十五个阶梯，两边俱是峭崖，没有扶手，异常险峻。我不以为然，我一直都是不以为然的。在我心中，竹安寨乃是一个文秀的女子啊。直到后来，我才知道自己的大错。我也才真正知道凡是风景绝佳的地方，确是在险峻深奥之处。恰如王安石说：“世之奇伟、瑰怪、非常之观，常在于险远。”

我们不久就来到摩天峰下。仰望摩天峰，上接云端，就一座山峰，矗立在竹安寨群体的山峦中。石阶直直地向上耸。我仗着自己年轻，从小爬过不少山，开始时大步往上奔跑，一点不觉得它的险峻。不久我就遥遥领先，快到半中央时，那几乎垂直的石阶使我身心全然要失去倚靠一般。两边的山岩变得模糊一片，阳光照得我热汗淋漓，我的脚摇撼颤抖，仿佛地的根基也摇撼了。我觉得我要摔下去。我想我要完了。我回望走过的石阶，那些石阶在我眼底变得非常模糊。而远处的群山仍在连绵地伸展。我抬头往上看，看到山顶有一寨门，还有好远的距离。怎么办？下去是不可能了，只有上！那一刻我感到自己多么卑微多么软弱，我趴在石阶上像一只虫子。我在想象中看见自己滚下山崖摔成粉末。我在头晕目眩中无意识地往上攀登。那的确是攀登，我用双手攀着前面的石阶往上爬。有好几处几乎是垂直的，有好几次我觉得自己要摔下去，像小鸟一样地摔下去。在快到寨门的最后关头时，我感到自己快要崩溃了。

终于进入寨门了。这就是竹安寨。我站在寨门右边的空地上，环视四面，那种寥廓的感觉深深地攫住了我。我顾不上周身汗水涔涔，在山顶上这边走走，那边走走。我看见了四周山峦的连绵。站在这里，可以放眼竹安寨大貌了。竹安寨显得又大又广，但最美的还是那些丹霞山峦。那些通体由岩石构成的山峦使我忍不住高声歌赞。我也想到了竹安寨的过去。据说太平天国石达开部的残余军人曾到过这里。我想象着他们那奔命的疲惫与惊恐，那撕裂的战衣和旌旗，那些吆喝声，那些伤兵们的呻吟，还有那夜晚的凄凉和清晨的美好，那警觉，那失败军队的慌乱与骚动，那许许多多的鲜血淋淋的死亡……他们根本无法领略这里的奇奥存在与美丽风光。他们看中的只是这里的荒僻与险峻。然而他们最终还是要逃亡……他们最终还是被剿灭了……

我们后来在竹安寨摩天峰顶眺望了这里的风景点——天池、寿星岩和雄鹰展翅。同生命的创造相比，这些都不算什么，它们仍然攫住我的视野是因为深藏在它们里面的艰辛与力量。夏风猎猎，我凝视着周遭阳光倾照下的山峦，以及灌木丛林，一种壮丽和沉重的幽思在我心中升腾起来。面对竹安寨，我不能再说什么。想着那满身岁月的艰辛与沧桑，那杀声震天的残余军人的搏斗的余响，那至今仍存的古老的城门和倾圮的泥墙，我愈来愈感到了沉重。我现在知道，任何山水，只要它与人类的生存相联系在一起，它就无可避免地要打上苦难与艰辛的印记。竹安寨也是一个有苦难有艰辛的地方。作为风景区，她是未开垦的处女地；而作为这大地的一个角落，她却有人类逃难的艰辛记忆。哪里是我们精神的家园呢？在离开竹安寨回去的路上，我一个人孤寂地走着，不住在思索这个问题。

## 从石门湖到冠豸山

石门湖果然是一个绝色的女子。站在湖畔远望，石门湖宽阔而平静。清晨的凉风拂过我的视野，在凉风习习中石门湖更显得清秀柔美。我们后来穿行在湖水中。电动船缓缓地托着我们在湖上徜徉。虽然已是夏天，但湖水丰满而清凉。我把手伸进水中，水凉凉地穿过我在尘世奔劳许久的凡心，那种凉凉的感觉立时使我心清灵明。湖水极为宁静，倒映出群山清秀的姿容。湖水围绕的山上遍满松林。我看着那些倒映在水中的群山、松林、灌木丛，以及清朗的天空，水也变得碧绿迷人，并且油油地凝碧着，像透明的处女的肌肤。我禁不住把手一再地伸进湖水中，那水仿佛要入我心中了。我感到了洁净，内心被洗过一般。在这样凝碧的湖水中穿行，在这样天然的没有人工斧凿的水中徜徉，有谁没有洁净而宁谧的感觉？我并且觉得了轻松，感到一种美，一种生命的美。

这里确有一种生命在彰显，大自然真是无处不在彰显出生命的华美。我们在离开翠岛后重新往前领略石门湖的芳新景致。湖水青青地向我们昭示她的纯粹和美丽。我们后来转过几道弯后，看见一处崖壁裂缝下面赫然有一个女阴式的圆圆的洞，这就是被誉为“生命之门”的石门湖新景观。大家默默地注视着这个奇妙的创造。这确是一个天造的神品，我这才真正知道何以石门湖是阴柔天下无双，石门湖就是这样展露自己宛若女子的身体和灵魂啊。我没有看过哪一个湖泊是这般逶迤婀娜，这般被群山环绕又这般环绕群山，山与水在这里得到了和谐的联结。石门湖，是美的。她是一个绝色的女子。她美在清静、凝碧、逶迤，美在水与山的自然谐调。若是划着小艇，更可体验曲径通幽而又豁然开朗别有洞天之美。

然而石门湖真正的美仍在于“生命之门”与冠豸山“定海神针”的生命联结。“定海神针”恰似男性雄烈勃昂的“生命之根”。我们后来在香兰亭弃船登上冠豸山。水的柔媚在眼前逝去了，山的雄伟峻峭再次展露在我们眼前。冠豸山主体虽然不如竹安寨那般巍峨险峻，但冠豸山仍在最大程度上展露出丹霞地貌的雄奇多姿。我们攀着栏杆爬上鲤鱼背，跃到长寿亭。长寿亭无疑是一个制高点。站在长寿亭外面的岩石上，我们可以领略以“定海神针”为中心的群峦叠石。那灰褐色的岩石静默在夏日中。山风猎猎地飞扬，而岩石岿然屹立着，一点也不动摇它们坚强的意志。

站在长寿亭外面的岩石上，自有一种登高临远之感。在这里尽可极目远眺，甚至可以清楚地望见竹安寨，看得见雄鹰展翅和寿星岩石。在这里当然也看得见更远的群山连连绵绵地四面伸展着逶迤着。我在长寿亭外，真正地觉得了竹安寨和石门湖都是冠豸山的一部分。他们是一体的。在这里我除了再次感觉自己的渺小之外，又再次知道了生命的伟大。这真是伟大的创造啊！何等的壮丽，何等的雄阔，何等的满溢着生命的朝气！

我们后来去了莲花洞。从莲花洞出来时，就真正领略了“生命之根”的那种酷似的粗野的美。那的确是生命的图腾般的勃起。只有生命的创造才能如此的真确和美丽。站在这生命之根面前，我无论如何也没有羞耻的感觉，我感到深深的震撼。一柱岩石，就这样昭示了创造者的美意。从“生命之门”的幽深奥妙到“生命之根”的突兀雄放；或者从“生命之根”的突兀雄放到“生命之门”的幽深奥妙，都不能不使我想到了生命的美好。我想，冠豸山与石门湖，因为这而深深地联结在一起了。这是多么奥秘的联结啊！这是放眼世界而仅有的创造啊！我抑制不住内心的激越，忍不住高声赞美起来。

这一番旅行，冠豸山所有的景点几乎都去了，诸如凝碧山房、东山草堂、修竹书院、仰止亭等等。景名风雅，景致沃若。然而最吸引我的仍然是冠豸山石门湖阴阳相合的神奇创造。这是有生命的活物和人类在看似没有生命的自然景界的奥秘彰显。万物都是有生命的，这就是冠豸山游览之余得到的至深体味。像男女离开父母二人联为一体一样，冠豸山与石门湖，也以他们奇妙的创造而生机地结合在一起。我想，这也许就是冠豸山风景与天下所有的风景最大的不同吧。

# 北京记游

## 悠长的梦想

作为一个词语，北京是那么早那么早就深刻地掘进我的脑海中了。小时候最大的梦想就是要去北京。那时候不知道还有什么地方比北京更遥远。北京对于像我这样生长在闽西的孩子来说，是多么远啊。比梦想更远，比天空更远。天空抬眼就看得到，爬到背头山就可摘到星星了，但北京要发挥想象才能梦得到。到识字时，就知道得多一些。北京，是我们的首都，是几代王朝建都的所在，也叫北平，又名燕京，又称京师。土地平旷幽远，历史积蕴凝重而深广。北京在我心中，显得愈来愈高大奥秘了。去北京的心思，怕就是这样悄悄地埋下种子了吧。

后来，我读到了老舍的北京。那么自然，那么丰富，那么调和的北京。我也读到了郑振铎的北京，那是春天的北京，有宏伟的建筑，有舒适的生活，也有地下的黑暗的生活，那是特殊的时代下面的“杂合院”者的生活。我也读到鲁迅的北京，那是与刘和珍杨德群联系在一起的北京。我真想也有自己的北京，我真想进入北京呵。老舍说：“我真爱北平。”他是北京人，自然爱。但“这个爱字几乎是要说而说不出来的”，就像“我爱我的母亲。怎样爱，我说不出”。真的，我也爱我的北京，虽然我没有见到真正的北京，但就像我爱着我理想中的爱人，我爱上她的一切，因她的一切都是美好的。那样的一种美让人怦然心动，让人朝思暮想。我在心中更滋生着去北京的梦想，我甚至有一种直觉，我就要去北京了。

事就这么成了。我终于去了北京。1997 年 8 月，我终于去了我梦想了许多年的北京了。我和游伴达镇划筹许久，决定到赣州转京九线直达北京。第一次出省界的我心里又紧张又兴奋，就这样穿越江西、安徽、湖南、湖北、河南、河北诸省，跨过长江、淮河、黄河等大江大河。火车过南昌后，几乎全是平旷的原野。福建是多山的省份，开门见山。福建人做事较拘谨保守，是不是就因为山太多了，挡住了视线。众多的山阻隔了南方人的视野，北方因它的平旷注定就拥有那种宽厚远宏的精思。火车出了江西省，展现在我眼前的是无限宽阔的土地，土地上生长着富饶的作物。大地一片生机盎然。让我知道这地上的一切所造，是何等佳美，何等丰饶。万物似乎都在启示我世界的博大，似乎都在警示我是何等地卑微弱小微不足道。

8 月 10 日八时许，我们到了北京。西客站。

悠长悠长的梦想中的北京就出现在我眼前，我也实实在在地站在北京的土地上。北京，中国的首都，祖国的心脏，血脉突然奔流猛泻，我激动的心情至今仍历历在目。西客站高大宽阔的样子就这样永远地留在我的记忆里。

踏进北京城，好像踏进了绵延许多年的历史，我感到历史的画面纷至沓来，使我顿时觉得时间的色彩缤纷而又深重凝滞。就在那一刻，我感悟到“历史”两字的深长意味和沉厚蕴藉。我看见自己也在这个时间与历史的链条上行走着，梦想着远方……

## 在天安门前

北京的大，是早有耳闻的了。而在书本上看到的北京又是何等的阔绰。现在，我又亲眼看到了北京的大。单是天安门，就大得使我惊奇。确是大极了。护城河绿油油地透出了历史的黏稠与沧桑。站在天安门前，我不由陷入了沉思。现在，我每到一个地方，总是积习般地想起这地方的过去。从创造的伊始，到如今的现在。它有多少故事，有多少辉煌。天安门使我想到更多的是它的故事。一座大大的城楼，沉静地凝立在北京广袤的大地上，极为安稳，极为静谧，就是众多游人也搅扰不了它的这种因年代久远历尽沧桑之后的恒久的静谧。

从天安门进去，经过厚厚的城墙通道，踏着结结实实的水泥地板，一直通到故宫，仿佛就这样走进中国历史的深远厚重。在这里，细细地倾听从地底从天空传来的历史声音，细细地沉浸在这样的倾听之中，我心里油然而生出一种博大，一种宁静，一种沧桑，一种复杂的心情，内心里充满了对这个国家的深深的钦佩，深深的爱，以及其他复杂的思绪……

可是，真正要体会天安门的大，就要进入广场。许多游人在广场流连，但广场看起来依然宽阔，疏朗。就像冬天的大树上几片叶子的残留，使这树显得更高大。站在广场北面，左边是中国革命历史博物馆，右边是人民大会堂，中间是人民英雄纪念碑。乍一看，没有什么感觉，但一细想，感觉就出来了。非常地宽广宁静。北京确是大啊！一个广场就告诉了我，而使我更为震惊的是纪念碑。那四面的雕像，那白玉栏杆，那上面遒劲的大字，那深藏在其中的血泪斗争的历史。我想起了五四运动，就是在这里，开始了中国现代的历史。我也想起了 1949 年，新中国就是在这里诞生。当代中国的许多大事就这样与之有不解之缘。一个地方，一旦与人的活动结合在一起，是多么地富于历史性的悠长记忆。反溯过去，元明清三大朝代，都在这里演示过漫漫的历史和故事，中国的历史就这样与它紧紧结合在一起。我又由此想到了北京的深。北京确实是又大又深的地方啊！皇城气象，内在境界；天地之高远，历史之悠长，幅地之平旷，人员之繁盛，文化之积淀，学者之泱泱，无不显出北京的大与深。

漫步在广场上，夏风遍地而来。广场异常旷远，从天安门广场的北端慢慢地踱到前门箭楼，就像走进广场的历史，走进北京的历史，走进中国的历史。就在我写这些文字的时候，我依然清晰而明历地看见自己走过广场的身影。还有那夏日的热风，还有那高朗澄净的天空，那天空中的太阳。那太阳的光芒，仿佛明亮的晨星，仿佛那启示我内心智慧的生命之光。那一步一步的徜徉，就像一步一步走在时间征程中的老人。后来走过前门，再慢慢地踱回广场北端，轮回似的昭示出广场的圆满通融，仿佛只我一人走在那寂静的时间之中。

在我离开北京的前一天傍晚，我看了在这里的降旗仪式。说是看，却没有看，因为没有看到。说没有看，却又看了，是看了许多许多的人在这里看降旗。距离降旗还有两个多小时，就已有好多人在这里等待了。我看时间尚早，就重新这里走走，那里走走，广场的宽敞不是我能走完的。我只能看。后来，等到我觉得差不多可以看降旗时，我已经看不见，只见旗杆围栏四周挤满了人，多少层也说不清。总之，我是看不见了。我又矮又小，典型的南方人，怎么跳也看不见那戎装笔挺的旗兵规范庄严的神情，一切只能凭我的猜测。我只是从那密密匝匝的人群的又兴奋又凝重的眼神中看出国旗在人们心中的位置。在这里，国旗确是一面心灵的旗帜，在这里，我心里有一种震撼，有一种尊严。我想，如果有一天，我到了国外，到了任何别的国度，我一定更能体验我在这一天看到的国旗的印象，更加深我对中国这一神圣名称的理解。

因我住在偏远的朝阳区。我无法看到这里的升旗仪式。但是，从降旗的仪式，我可以想见升旗的壮观和端严。当我坐着计程车飞速经过长安街离开广场时，我心里升起一种特别的情感。不是惆怅，不是别离，不是怨尤。它是一种深长深长的情感。我凝视着天安门和天安门广场，这里依然一派繁华，热闹；一派宽广，宁静。人们在广场静静地流动。徜徉。思索。这情景使我觉得北京的大与深。在这种大而深的内在景界中，显示着北京的绵亘和悠长，显示着北京的气质和丰彩，显示着北京的丰赡和华严。那是迫近夜幕围笼的时分，一种苍茫如雾的朦胧，使这里的一切更增添一分美好，那红红的门墙更显示出历史的渊深。我孤静的心幕上有了复杂又多情的幽思，我恋恋不舍地随着计程车飞速地离开了天安门。

## 颐和园和圆明园

写下这个标题，心里虚弱得很。这种心情很像余秋雨先生写《西湖梦》。他在《西湖梦》的开篇说：“西湖的文章实在做得太多了，做的人中又多历代高手，再做下去连自己也觉得愚蠢。”以我粗略地闲游这两个天下闻名的大园，实在不配写这样的文章。自己也觉得又愚蠢又无聊。然而昆明湖的水实在又是不断地在遥远的北京招摇着我，还有圆明园的千亩荷塘，也像在纷纷地把它们华严艳丽的美色呼唤着我苍茫的内心。我于是振作精神，庄严而清穆地写下这个标题。毕竟，那亲历中许多的感觉依然存在，挥之不去。我只得用我这稚弱的笔墨，写几句关于颐和园关于圆明园的文字了。况又想起朱自清和俞平伯二位先生不也有同名同题的《桨声灯影里的秦淮河》？

虽是匆匆的旅途，然而，在颐和园我仍然感受了它的非同一般和尤为别致新颖的美。我们从新宫门下车，顺着昆明湖东岸一路漫步。经文昌阁、仁寿殿、玉澜堂、德和殿。拐到乐寿堂，进入长廊。那廊相当古雅。我想清朝末年那个慈禧在这里游玩时一定非常地豪奢极侈吧，一定有众多的飞彩流光的宫女吧，一定很是热闹吧。站在长廊上，我被昆明湖的水迷住了。真想不到在北京有这么大这么美丽的湖泊。在这里，可以看到远处的万寿山，包括在其中的佛香阁、听鹂馆。万寿山的林木丛蔓，一片葱茏。昆明湖水波微兴，清绿迷人。在这里，你会以为到了江南平原的水乡。这哪有一丝北方的气味儿？这里简直比江南更是江南。湖水在阳光下鳞光闪闪。湖中有许多摇船荡水的游人，他们恬静优雅自得其乐的感觉深深地抓住了我。

我们也租了一条脚踏船。我和游伴达镇，一人一边在船里往前荡舟。那时已是下午三四点了，西斜的阳光雄浑而热烈。在小船里，更觉得昆明湖的大。在我家乡连城有国家级名胜区冠豸山，其中有石门湖，显出江南女子般的秀丽妖娆。特别是其中仿如女阴的新景点“生命之门”，更使石门湖博得“阴柔举世无双”的美称。但石门湖蜿蜒逶迤，山重水复，曲径通幽，别有洞天，群山环绕又环绕群山，实在没有昆明湖这么平旷博大。昆明湖更像丰满温柔的北方女子。对于一个像我这样在福建特别是在闽西待了二十几年的人来说，昆明湖给我的感觉是大极了。它也不是那种汪洋般大到无垠，它大得有节制，大得匀称而潇洒，不是那种大而无当的大。它使我想到“博大”“幽深”“有气质”“有氛围”“雍容华贵”“风韵腴美”这些词。只有万寿山在北面略略地高凸着，显示出些雄伟与森严，别的地方都是平坦宁静。这就很使我奇怪，在这样的地方，在北方，竟然会有这样一个浩瀚的湖泊。大自然是多么的丰富蕴藉，匪夷所思。看着昆明湖，我无端地又要想到慈禧。我觉得慈禧那雍华的样子就形如这个昆明湖，令人难以测度。

昆明湖的水在下午斜阳脉脉的照射下富有气质地漾动着。这水虽有些深，但仍然很吸引我。船载着我们在湖上缓慢而悠闲地走着，在湖上漫无目的地走。有时同踩船闲荡的朋友相撞，都善意一笑。在深沉广大的湖水的双重感染下，我顿悟出中国文化具有极为宽厚包容的一面。仿佛宽厚的君子，他温柔地把你给融在其中了。中国文化因它的温柔宽厚很具有吸引世人及至域外文化的能力，这就好像走进北京的胡同北京的四合院一样，漫浸在其中，不能不感受到它的闲柔平和。你不自然要被它吸引乃至收容。昆明湖的水也是这样，在它看似平淡温厚的气质中，我不自然就深深被它吸引被它融化，在漫漫的闲游中越觉出它的奇特美好。这真是一种奇妙的感觉。我游荡别的水域包括江河湖泊都没有这种感觉，像闽江、像闽侯十八溪、像汀江、像石门湖、像福州西湖。而这昆明湖竟就不知不觉中把我的身心灵性都勾引去了。

后来我们绕过南湖岛，钻过十七孔桥，就往回走了。当我们满怀惬意地又依依不舍地往回走时，我又真确地感觉了昆明湖在下午阳光斜照下的美好。当我回望十七孔桥、西堤和万寿山时，我再次感受了昆明湖高贵而雍容简朴又丰赡的美，内心里总觉得昆明湖不平凡，非常独特，有个性。也许是年代久远积存的灵气使我有这样的感觉吧，也许是那众多妖韶姿媚的清代宫女们和格格们使我有这样奇特的感觉吧。

接着我们来到圆明园，相当大的一个园。但圆明园的冷清是我绝没有想到的。游人甚少，寂静而凄清。关于圆明园的过去，已无用我在此赘笔。我们不顾疲惫不顾时间的匆忙逼仄仍然来到这里，相当大的成分是与那场火烧此地的历史有关。心中怀有凭吊的想法。圆明园已远非昔比了。它比颐和园清寂得多。颐和园的游人摩肩接踵，圆明园却稀稀落落，处处透出凄凉况味。我至今不清楚，为什么颐和园那么热闹而圆明园却这般冷寂而凄凉？

圆明园吸引我的是千亩荷塘。去的正是时候，荷花正在开放。有正开着的，有待开的。那笔直的花杆，那鲜红硕大的花骨朵非常地吸引人。荷叶硕大，田田地连缀着。尽管疏于管理，但千亩荷塘连在一起的绿浪和点缀在其间的千万朵荷花都使我有置身“荷林”的感觉。关于荷的文字已经很多了。朱自清《荷塘月色》哀艳凄绝，清华园的那一块小小荷塘竟被朱自清先生写得如此凄迷。而李渔在《夏宜楼》中很香艳地写了荷的“姿色香韵”的花之美人的风范。周敦颐的《爱莲说》更写出莲（就是荷）的君子风味。我爱荷，我不止一次表达过我对荷的深爱。我爱荷密密匝匝地相依相靠的温情脉脉，我爱荷那绚烂地把生命献给自然和人类的那种无私精神，我还爱荷的那种谦谦君子卑以自牧的谦卑精神。现在，我就漫步在这连续不断的荷塘边，凝眸这连绵起伏的荷叶和荷花，心里暗暗惊奇。此时已是日落西山的时分了，天也起了凉风。当一阵一阵微微的夹着荷香的凉风拂过荷叶荷花的时候，我感到一种特别的温柔之美。我相信在这样的漫步与交谈中，我已经与这里的荷花取得了内在生命的联结。我相信有一种奇特的属于生命关联的东西在我们之间生长。我和荷花，荷花和我，当然还有那晚暮的凉风，还有凉风吹动的远处的杨柳，包括四处的树木蔓草，结合而成一幅夏晚的画。这画是在我心中的，我只要想它，它立刻就会出现在我眼前。

从颐和园到圆明园，我再次经过了历史的沧桑洗礼。我慢慢地又再次知道了“时间”“历史”“生命”“风云”“沧海桑田”等等词语的意义。词语在我们的生活中承载着生命的轻与重。而有些词语非得亲历才能成为我们生命中自己的确实存在。我不知道我还要作怎样的肉体和心灵的跋涉，才能透彻地理解“我是谁”的永恒话题。还有我和这大地上每一个地方每一个存在事物的种种关系。我愿意我的肉体和心灵再作新的不懈的跋涉。我愿一千次不止两千次不止三千次不止地走进颐和园的昆明湖和圆明园的千亩荷塘，一如永远地走进那赐我们生命的灵光。

## 三联书店·美术馆·王府井大街

去美术馆前，我们去了美术馆东街的三联书店韬奋图书中心。里面有各种各样的书籍。对于一个像我这样爱书的人，这实在是一个大饱眼福的机会。早就听说过北京有许多书店。与书有很深的缘分的我一头扎了进去。来这里购书的人也很多。在这里，我看见不少在翻看考研资料的人。有二十几岁的年轻人，也有三十几岁的靠近中年的人。我看着他们翻阅比较的专注神情，心里也被感染似的。考研曾一度成为我人生的志向和目标，但我终于没有能够一试，为着多种多样的缘由。我心里格外钦佩他们。我紧张而目不暇接在书林中徜徉着、搜寻着。好书实在是不少的，但囊中羞涩，只买了几本小书。像夏多布里昂的《墓中回忆录》、罗伯·葛利叶的《幽灵城市·金姑娘》，还有刘小枫的《这一代人的怕和爱》、艾吕雅的《公共的玫瑰》，以及北村的《玛卓的爱情》。最后，迎着朝阳，在书店门口拍了一张照片留念。

在美术馆，我们参观了李文信等人的个人画展和纪念中国人民解放军七十周年画展。李文信先生的作品朦胧而简约，而纪念解放军七十周年的作品因其主题鲜明格调清朗而更易引起共鸣。我特别记住了一些作者和作品的名字。张天霖的《磐石》、刘再新的《盾》、于桂元的《高原医疗队》、赵文元的《血肉长城》、赵初凡的《微山湖山静悄悄》、陈琪的《托孤》，表现力相当强，并且很能震动人的心灵。如果说李文信是代表着个人艺术精神的探索而显得深奥并可能有多种解释的话，这些为了纪念解放军在各个历史时期的感人画面则因它们的意义鲜明构图单纯而显得易懂并且易释，并由于它们追求那种雄伟悲壮的艺术境界而时时叩击着人们的心弦。

除了画展外，我还看了儿童摄影展，台湾、香港、澳门等地的华人书法展。从外表看，美术馆相当宽宏华伟，并且很对称，很和谐。美术馆本身就是一件杰出的美术作品。来美术馆的游人不多，里面又相当宽阔、寂静。非常宁静。这么沉静地看画、看摄影、看书法，又在这么宽阔的地方，让人有从容优怡之感。当看的画越来越多，当看的摄影和书法越来越多，心胸好像沉浸在其中了。整个人显得很宁静，很艺术，仿佛精神及品格都被拔高了。

我们从美术馆出来，就往王府井走。仿如演戏一般，王府井的热闹和美术馆的宁静成了鲜明的对照。美术馆很静，静得仿佛不是北京了，而王府井却很热闹。有很多的人，很多的商店。走在王府井大街上，我的心蓦然想起了曾经在此地生活过的一个人——是我们福建籍的邓拓。当时邓拓在这里的人民日报社办公将近十年。回望邓拓，他的生命和道路是何等枉屈何等悲壮呢？1944 年被党组织怀疑，1958 年被误解而离开《人民日报》。“文革”开始后成为最早一批横遭迫害而自杀的知识分子。由他的死我想及老舍的死、傅雷的死，都是知识分子，都在那个时代受冤屈而死。这样的联想使我沉重，使我走在这样繁华的大街上在这样熙攘的人群中感到非常沉重，街上有很多行人，有很多商店，这些人这些商店浑然不知一个我突然造访这里。大街上充满了陌生的人，在这群陌生者中我们彼此孤单。我孤单，你孤单，他孤单。然后是邓拓，邓拓也是孤单的。在这样热闹的大街上想起一个三十多年前死去的人是很奇怪的，尤使我觉得王府井的深重和幽寂。我仿佛看见了这位忠心耿耿的革命的知识分子。现在，又有多少人知道邓拓呢？又有多少人在这样的大街上想他呢？人世沧桑，烟云缈缈。走在王府井长长宽宽的街道的时间里，我显得漫不经心，心如滋生繁茂的蔓草，内心里有大片大片的空白。一个人，在历世历代的芸芸众生里是多么的轻，多么的小。他的死，他的生，是多么的微不足道，真如蝼蚁一般。奇怪，我在这样的闲游中本应挤进商店，浏览如云的商品才是，但我们一直都只在街路上徜徉。这使我有时间作闲散的遐想，王府井，真不是一个简单的地方。

走在王府井的大街上，我想着一个问题，就是这么多人挤在这个大地上究竟有什么样的目的？我们每天活着为了什么？在王府井，我彻底地感受了城市的存在和城市人的生存。高楼大厦，商店如林，人流潮涌。这么大的城市，这么多的人，他们为了什么在忙忙碌碌？生存的目的究竟在哪里呢？万事都是互相效力的。我走在王府井大街上，这样的感觉新鲜而奇特。这种感觉确不同于我所在的新泉。新泉也是一个历史久远的地方。在新泉，我体验更多的是一种从容，一种宁静，一种悠闲。况且，在新泉，开门就见山，开窗亦见山，更多了一种与自然相契的时机。在王府井，你看到的永远只是楼，只是人。而且，我觉得孤单。这么多的人，都不是我熟悉的人。这使我在片刻之间想到"人""个体的人""单独""孤独的人"等等词语，它逼迫我思考生存的问题，我相信有许多人在这大地上生活一辈子，都不知道他活着的目的。他空有双眼，却是近视，他只看得见很近的东西，诸如名利、地位、金钱、欲望。这是一个欲望的时代，一个金钱的时代，人一辈子就为这些忙碌、忙碌，然后他死去，怀着依恋，怀着爱，或者恨。他进入死亡的阴间，在永远的火湖里受苦。走在这样宽阔热闹的大街上，使我更清楚人真正需要一种向上的仰望。需要有信仰，需要被洁净，需要一个灵魂的故乡，需要一个精神的家园。这样想着时，我觉得自己很实在。我的口袋里虽只有很少的几块钱，只够我坐车和吃饭，但我充实、丰富、喜乐。我是一个平凡的人。谁不是呢？但我相信，我也是一个幸福的人。因为我知道我在过一种信仰的生活。我想起一个人说过：一个能够仰望的人，他就是幸福的人，也是一个能够歌唱的人。现在开始，我要歌唱生活。我虽然知道我的局限，我也知道我是多么孤单软弱，但我知道我生存的目的，我找到了我永生不灭的灵魂栖居的天乡。写到这里，我的双眸蒙上了泪水。

借着王府井，我的灵魂得到再一次清洁。我感到宇宙多么好，天空多么好，世界多么好。

真的很好，我轻轻地告诉自己……

# 杨凌行纪

## 一

2008年9月初，应黄高才教授的邀请，参加了他主编的高职高专《大学语文》教材的编写。因为这个教材的出版方是陕西杨凌西北农林科技大学出版社，所以，就有了这次去杨凌的机会。

说来惭愧，我竟不知道有杨凌这个地名。找了本地图来看，才知道杨凌是在西安附近。是一个很有历史的地方。在此之前我从来没有去过陕西，看到陕西那么多的充满历史感的地名，心里就对这次会议有了很大的期待。

在坐了四十个小时的火车后，9月5日上午十点左右，终于到西安了。先是西安汽车科技职业学院的贺彦峰老师在火车站迎接。因为火车晚点了，让贺老师在火车站外多等了四个小时。不久，黄高才教授也来了。和我同一天到的还有从北京来的王培远教授。我们一行人就坐西北农林科技大学出版社的车往杨凌出发。我们先到咸阳，再到杨凌，十二点多才到。迎接我们的是西北农林科技大学出版社的刘卫科副社长。

很久没有坐这么长时间的火车，说不累，那是假话。吃过午饭后，就在西北农林科技大学宾馆住下了。这时候，才有时间看这片我憧憬了许久的西北的天空。天空很高远，又好像离我很近。尽管旅途劳累，我还是被这西北的天空所吸引。关中平原平旷的土地，在这里是十足地彰显出来了。天空蔚蓝，比我久居的厦门的天空还要蔚蓝——这是我没有想到的。我站在宾馆的走廊，奋力地呼吸着这北方的空气。天气比我想象的要热，在我的想象里，北方这个时候应该是有点凉了，可是，我没有感觉到凉意，甚至还觉得有些热，但这种热，又与南方的热不同，热烘烘的让人觉得舒服。我不禁为自己带来的那个大大的行囊感到好笑，里面塞满了衣服，还有一件厚厚的西装。

杨凌是个安静的地方。这也是我没有想到的。这个地方真安静。宽敞的路上，行人很少，车也少。整个杨凌安安静静的。就像是到僻静的乡下一样。我在厦门感受到的是城市的喧嚣，那些川流不息的汽车有时把我搞得晕晕的。就是在厦门大学附近，你感受到的也是喧闹声和熙熙攘攘的人群。可是在杨凌，你感觉到的是它的安静。这真是一个适合读书的地方。

## 二

杨凌原来叫杨陵。新中国成立后，先后隶属于宝鸡市扶风县和咸阳市武功县，设区后是咸阳的一个区。1997 年 7 月 13 日，国务院决定设立杨凌农业高新技术产业示范区，这个区地域不算大，但它的管理却与众不同，它实行的是“省部共建”的领导和管理体制，由国家十九个部委与陕西省共同领导和建设。在示范区成立时，考虑到“杨陵”这个地名或许会影响投资者的心理，同时也寓示示范区志向高远，就将“杨陵”改为“杨凌”了。因为这个“凌”被赋予了“壮志凌云”的意思。在我看来，完全没有这个必要。一个地名的产生，往往有深厚的历史背景和历史渊源，尤其是像杨陵这样的地方，我想现代人也不至于没有基本的历史眼光和历史修养吧。而且，叫“杨陵”不是正可以显示它的悠久历史吗？

既然叫杨陵，一定是与陵墓有关的吧。问了西北农林科技大学出版社刘副社长，才知道真是与陵墓有关。原来，就是因为隋文帝杨坚的陵墓坐落于此，才有了杨陵这个地名。我知道后，很想去看看杨坚的陵墓。我想，既然到了杨陵，而杨陵又因为杨坚的陵墓而得名，如果不去看看的话，真是太可惜了，简直对不起这次来杨凌的机会了。我把我的想法说了，刘副社长很支持，另外几位老师也有这个意思，所以，在六号下午会议开完后，大家看时间还早，路也不远，就决定去杨坚的陵墓看看。陵墓在杨凌的西北边。这个地方古代叫“三畤原”，也叫“周原”，或称为“北蟒原”“渭北高原”。实际上，“渭北高原”是一片宽广的地域，杨陵只是其中的一个小小的部分。

出版社司机小李，很年轻，也很帅气。他是杨凌人，对杨凌的历史也很熟悉，滔滔不绝地跟我们介绍关于杨凌的历史。他说，其实，杨陵那边看不到什么东西，只剩下一个土堆了。小李说他小时候常常去杨陵那一带玩，他经常和一些同学跑步或骑自行车去那里玩耍，那时候还看得到一些石碑，后来就没有了。小李的年纪也就二十来岁吧，可见，就在这二十几年中，一切又发生了多大的变化哪。我说，就是土堆也想去看看，毕竟是杨坚的陵墓。同去的黄教授、王教授都说我是杨家的人哪，哪有不去看的道理。不过，即使我不姓杨，我也想去看看。既然姓杨，也就多了一个去看看的理由。

小车拐了几道弯后，就到了一条更加僻静的水泥路，路的两边是田野，平旷得没有边似的。小李说，他也很久没有来了，有点认不清楚路了。他问了一个老大爷，才确定路的走向。等我们下车时，太阳快要沉落了。将落的太阳的光芒带有一点辉红色，倾泻在这片大地上。我们下车后，就往一条小路走进去。大概走了两百米，就有一个圆圆的小山出现在我们面前。小李说，大概就是这里了。但是，这里根本看不到任何东西。小李就说，还要上去，也许就是了。于是，我们就沿着小路上去了。上到小山顶时，仍然没有看见什么。只有几个女的在看羊，还有几个小孩子。我们问她们杨坚的陵墓在哪里，她们告诉我们说在下面。她们说的下面在西面，我们来的时候是在东面。所以，我们就往西面下去了。路不太好走，我走了几米后，看见前面有个小村庄，我问小李这个村庄叫什么名字。可是，小李也忘了。我又往回快跑问那几个女的，有个年轻的女子说，那个是王上村。远远地望过去，王上村在夕阳下显得老旧，只有很少的新房子。我想，杨坚的陵墓一定是在这附近了。不然，这个村子怎么会叫王上村呢？这样，就顾不上别的了，我们就往下面走去。

终于看到杨陵了。就在这个小圆山下面的一片田野上。说是杨陵，其实只有一块墓碑。墓碑离地面有一人多高，墓碑上的字是阴刻的。看上去不太旧的样子，但要清楚地看碑的字却又不容易。墓碑中间是隶体的“隋文帝泰陵”五个大字。左边的字比较小，我们仔细辨认出从上到下是这么几个字“赐进士及第兵部侍郎兼副都御史陕西巡抚毕元敬书”，右边从上到下是“大清乾隆岁次丙申孟秋知扶风县事熊家振立”。看到这个墓碑，心里忽然涌起一种酸楚、一种寂寞、一种虚空的情感。其实，真正的陵墓还是墓碑前面的这座小圆山。现在，除了这座圆山，除了满山的灌木与杂草，根本看不出一点点陵墓的样子。这就是杨坚的陵墓吗？这就是隋朝开国皇帝杨坚的陵墓吗？我心里直接想起的就是所罗门说过的话：虚空的虚空，虚空的虚空，凡事都是虚空。我的心里也想起杜甫的诗句：旧时王谢堂前燕，飞入寻常百姓家。

我也想起苏轼的词：大江东去浪涛尽，千古风流人物……我还想起什么？站在这个偏僻、寂寞、凄清的陵墓前，我的心里缥缈地想到久远的过去和无法期待的未来。

杨坚（581—604年在位），弘农（今陕西华阴）人。我们杨姓的郡望就是弘农。他的父亲杨忠是西魏的大将军，被封为隋国公。杨忠去世后，杨坚继承了这个爵位。杨坚的女儿是北周宣帝宇文赟的皇后，周宣帝只做了不到一年的皇帝就去世了，由年仅八岁的宇文阐继位，是为北周静帝，这一年是公元579年，即静帝大象元年。大象二年，杨坚以“辅政”为名，总揽了北周大权。大象三年，也就是公元581年2月，杨坚取而代之，建立了隋朝，到589年，统一了中国，结束了从三国到南北朝混乱的局面。杨坚统一中国可谓是丰功伟业，他的成就和功业有很多都是开创性的。比如说确立三省六部制度、开始科举制度等。尤其是科举制度，对中国历史的影响真是太大了，从隋朝开始科举制后，除了极少数时候因各种原因中断，在一千三百多年里，科举制一直是各朝代选拔官员的制度，这对于中国的政治制度和文化传承来说，不能不说是影响深巨的事情，直到1905年才被最终废除。杨坚对文化的保护也是强有力的。在他的诏令下，凡献书一卷就赏绢一匹，因此，很快就聚集了大量的书籍。在杨坚的努力下，隋朝藏书最多时达到三十七万卷。

中国的历史，有两个朝代的更替颇有些相似，一是秦汉，一是隋唐。秦王朝结束了春秋战国五百多年的战乱，但很快又被推翻，最后被刘邦取得政权，而汉朝的历史就长多了。隋朝也是如此，它的功绩在于结束了三百多年的战乱，在这一点上，杨坚的功绩是可以与秦始皇相蓖美的；而且，杨坚在文化上的建设显然是胜于秦始皇的。但不幸隋朝的历史也很短，只有三十七年，就被唐朝代替了。奇怪的是，唐朝的历史却延续了两百八十九年。

历史上关于隋文帝杨坚的记述很多了，对于这个结束分裂三百多年的中国的隋文帝，他的被人歌颂和纪念是很正常的，尽管他取得帝位的手段并不光明正大。隋朝的李德林在《天命论》中说隋文帝：“帝体貌多奇，其面有日月河海，赤龙自通，天角洪大，双上权骨，弯回抱目，口如四字，声若钏鼓，手内有王文，乃受九锡。昊天成命，于是乎在。顾盼闲雅，望之如神，气调精灵，括囊宇宙，威范也可敬，慈爱也可亲，早任公卿，声望自重。”初唐的李延寿在《北史》中赞美隋文帝：“皇考美须髯，身长七尺八寸，状貌瑰伟，武艺绝伦；识量深重，有将率之略。”李德林的记述很有些将杨坚神化了，但是，像杨坚这样的伟人，或许真的有些异象。而李延寿的记录似乎更可靠些，因为“武艺绝伦”“识量深重”的品质对于杨坚来说显然是十分必要的，没有这两个基本的品质，要统一中国，还真不容易呢。

连隋炀帝杨广也曾经这样歌颂过父亲杨坚：“高祖文皇帝受天明命，奄有区夏，拯群飞于四海，革凋敝于百王，恤狱缓刑，生灵皆遂其性，轻徭薄赋，比屋各安其业。恢夷宇宙，混一车书。”

隋文帝杨坚还是中国历史上第一个穿黄袍的皇帝，“开皇元年，隋主服黄，定黄为上服之尊，建为永制”（《读通鉴论》）。自隋文帝开始穿黄袍以后，中国皇帝都穿黄色的衣服了。

无论如何，杨坚的确算得上是个具有开创性的人。历史选择了他来开创了一个崭新的朝代，但历史又似乎和他开了个玩笑，因为隋朝的历史是那么的短暂，这也许是他未曾想到的吧。不仅如此，隋文帝杨坚的死也是悲剧性的。他是历史上许多非正常死亡的皇帝之一。604 年，隋文帝杨坚六十三岁，他病了，他的儿子杨广来伺候他，因为杨广逼迫他父亲的宠妃陈夫人与他淫欲，被杨坚察觉，杨广就杀死父亲，并当了皇帝。这种宫廷悲剧的发生，杨坚肯定是始料未及的。杨坚死后，被埋葬在杨陵北蟒原上。隋文帝杨坚的陵墓原来规模宏伟，有城墙、城门楼、庙阙、司马道等，还有石人、石马、石兽等艺术品，但这些早已看不见了。据说，在现在我们看到的土堆下，还可能有不少东西，但限于人力物力，谁也不敢轻易去挖掘考察。我希望杨凌方面能够好好地挖掘一下杨坚的材料，做一个“隋文帝杨坚博物馆”，一定会给杨凌增色不少。

## 三

我们看了杨陵后，就往回走了。坐上车后，小李师傅把我们载往西北农林科技大学老校区，也就是北校区。我们到老校区的时候，太阳已经看不见了，天空似乎有些阴暗，风也大了些。我们漫步在西北农林科技大学的老校区，宽敞的校园里，也是那么的安静，不时有一些学生在校园里走动。走了一段路后，就看见了西北农林科技大学著名的第三教学楼，上面有一块匾

“国立西北农林专科学校”。这栋著名的教学楼，1934 年 4 月 20 日奠基，1936 年秋季建成，当时被称为西北第一高楼，高达七层。借着暮色，看到题写校名的居然是戴季陶，熟悉民国历史的人没有不知道戴季陶的。戴季陶出生于 1890 年，名传贤，号天仇。祖籍浙江吴兴，出生于四川广汉。1905 年到日本留学，并参加了中国同盟会。辛亥革命后，投奔孙中山。1927 年投奔蒋介石。是“攘外必先安内”政策的炮制者之一。1949 年 2 月 11 日在广州自杀。

戴季陶在 1927 年后，担任“国民政府”考试院院长。1932 年，日本侵略中国的行动变本加厉，加上西北连年灾荒，可谓内忧外患。所以，一些知名人士提出“建设西北、开发西北”的建议。而当时的“国民政府”也提出“兴学兴农”口号。就在这种情况下，1932 年初，当时担任“国民政府”监察院长的于右任、立法院长张继、考试院长戴季陶以及杨虎城等人就提出“要在中国旧文化发源地上建立中国新文化”。联想到当时的情境，这不能不说是一个有深远历史眼光的主张。在内忧外患的境地中还能坚持办教育，坚持新文化，真是不容易。

就在这一年 3 月，戴季陶在参加完“国民党四届二中全会”后，到西北考察。当他到西安时，就建议在陕西设立西北农林专科学校。到 10 月时，成立了“筹建建设西北专门教育委员会”，12 月，这个委员会改名为“建设西北农林专科学校筹备委员会”，常务委员有三人：戴季陶、于右任、张继。

从 1933 年 1 月开始，经过戴季陶、于右任、杨虎城等人和其他农林专家近半年的努力，终于选定在当时属于武功的张家岗（今杨凌）建立西北农林专科学校。戴季陶还先后写了《关于改定校址及工作进行之意见》《为改定校址及推进工作事呈政治会议文》。

1934 年 4 月 20 日，国立西北农林专科学校奠基，戴季陶还作了奠基辞，祝辞说：“建国之业，教学为先。民德归厚，百业兴焉。”“惟今之日，百业凋残，克勤克俭，创业之源。”“以仁为教，以教为学。”“脚踏实地，步步向前。金满山，银满田，八珍七宝满中原。光荣历史，从此开篇，奠基礼成万众欢。祝我学校万万年。”

所以，国立西北农林专科学校的校名由戴季陶题名就不奇怪了。

1999 年 9 月，在西北农林专科学校奠基六十五周年的时候，经国务院批准，同处杨凌的原西北农业大学、西北林学院、中国科学院水利部水土保持研究所、水利部西北水利科学研究所、陕西省农业科学院、陕西省林业科学院、陕西省中国科学院西北植物研究所等七所科教单位合并组建为西北农林科技大学。转眼间，合并后的西北农林科技大学已经走过十年的历程。

我们几个人都是第一次来参观西北农林科技大学，所以对这栋老教学楼都很有些兴趣。毕竟，从1936年到现在，它已经有七十二年的历史了。在那烽火连天的岁月里，他们这一帮人士，都是怀着为国家办事和为民族教育的发展作出过努力的。因此，尽管天色已经有些阴暗了，我们还是照了个集体照。在离开这栋大楼的时候，心中忽然有了许多的依恋之情。在频频的回望中，我看见了在树木掩映中的西北农林科技大学的这栋大楼，高高的尖顶直直地耸向天空。我不知道以后还会不会再来到这里。但是，在这一刻，我的确充满了留恋。

## 四

因为时间的关系，我在杨凌待的时间很短。6号，会议开完。7号上午去参观西北农林科技大学的博览园，然后又去参观杨凌农业科技示范园。博览园里有昆虫博物馆、动物博物馆、植物博物馆、土壤博物馆、中国农业历史博物馆、农史馆，其中，最吸引我的是昆虫博物馆，这个昆虫博物馆是目前世界上最大的昆虫博物馆。它收集了国内外昆虫标本一百二十多万号。真是叹为观止。这个博物馆让我知道了西北农林科技大学的大，也知道了它的深。杨凌真是有福气的地方啊。这样一所大学站在这里，使这片土地陡然生出许多高贵气息，抹也抹不去。

回来厦门后的一个夜里，我做了一个梦，我又到杨凌去了，醒来时，只见窗外透进的月光幽幽地发出亮光，我叹了一口气，却怎么也睡不着了，于是，想起了在杨凌的一切。我也知道，那是我生命中必然要去的一个地方，那是助我灵魂生长的地方。

# 神农架行纪

## 一

2014年7月，应复旦大学出版社邀请，我到湖北宜昌参加第七届全国学前教育高峰论坛暨“复旦学前”十周年纪念研讨会。出发前几天，知道还有到神农架的安排。神农架——早已闻其大名，却实在没有想到会因这个会议而有去旅行去亲近的机缘。机缘者，巧合也。虽然也可以这么说，但是在巧合之中或许也有其冥冥之中的必然。我常固执地以为人与人相交或相离有必然性，这使我往往能够随遇而安，或者如范仲淹所说的“不以物喜，不以己悲”。总之，少了许多的恩怨。我也固执地以为，人与山水的相遇或相离，也有其必然性。总之，事就这么成了，行程就这么排定了。

我以为从厦门到宜昌的动车票很容易买到，又因为我仍不善于网上购票——说出来很让人觉得可笑吧，我在7月12日那天才不急不忙地到厦门北站去买票，没想到只买到21日去宜昌的，回程票却卖完了。因为我26日还要赶回老家参加连城三中1993届高中毕业生毕业二十一周年聚会，所以必须买到25日从宜昌回厦门的动车票。但现在居然买不到，真有些意外。虽然也可以先买到中途，上车后再补票，但总觉得麻烦，只好先买了去的票。我想要回来总有办法。可以先到武汉再转车回来，实在不行，不是还有飞机吗？

7月14日，因为没有买到宜昌回厦门的票，又到网上查询，发现居然还有一百多张票。真是奇怪了，不是已经卖完了吗？或者有人退票了。于是又到北站去，果然有。

坐7月21日早上7点28分的动车，十多个小时的行程，不到下午6点就到宜昌了。天气炎热，动车上屏幕显示武汉43℃，宜昌是40℃。这样的高温，在厦门是不容易遇到的，所以从动车上出来时，就觉得置身于一个火笼中。还好，毕竟是内陆地区，虽然高温，汗却不多，尽管有身在火笼的感觉，总算还可以忍受。

按复旦大学出版社谢丛深先生在QQ里、电话中联系报到的地点，那是宜昌市夷陵区一个叫山水和颐的饭店。到的时候，天色已近昏暮，热气却似乎仍很猖獗。

报到后，住下，吃饭，一大堆陌生人。饭后到大街上转悠。要了解一个地方，最好的办法是随意漫步。当然我到大街上漫步，是想看看有没有书店，最好是旧书店，可是，走了很久也没有看到。这不免让我失望。这也许是目前城市多数的真实情形。书店太少了。人当然多，从各商店传出来的流行歌曲，仿佛整个城市都被歌声充满了。

同房间的是山东职业技术学院的刘建华教授，以后几天里，我们常常在一起，这也是一种缘分吧。

## 二

主题会议22日中午结束，午饭后，略休息，就乘旅游车去神农架。

在厦门时，我查阅了些神农架的材料。怎么说也要做个有准备的旅游者。其中神农架林区文化馆馆长胡崇峻的《神农架历史文化的起缘》很有些价值。文中讲到神农架的来历，照录如下：

神农架之名，始见于清同治版《兴山县志》。1942年房县县长率部考察神农架后，写出《神农架探查报告》呈报给当时的湖北林业厅、民国林业部请求开发时才把神农架纳入房县版图。清同治版的《兴山县志》把神农架山脉作为界山入志，现抄录如下：

兴山县国，峰峦重复，界以凡水分路，其山脉皆出自县西北之神农架，县境第一高山也。神农山出自四川大宁、兴湖，北房县交界之太平山。（逶）迤九十里为房县九道梁，山又西九十里入县境为神农山，一名神农架山。自神农山南出为茅湖（今林区红花境内，名茅湖岭），白羊、清风、万朝、妃台诸山是也。

白沙水以西之山自神农山，北隶巴东，南隶兴山，为三邑界山，一名神农架（农与龙互见），高寒，为一邑最幽深险阻，多猛兽，产百药。……邑廪生陈宏庆经彩溪，远望神农积雪，询之，土人云，山上常八月积雪，至明年六月始消。有长六月飞霜，久雨初霁，峰峦隐现，有如城郭村落，相传为山市，每岁元宵、中秋、夜除夕，时闻爆竹鼓角声。

老君山高寒，屋瓦被冻多坼，居民以木为之。产赤蛇，长五寸，有独角兽，有羚羊重千斤。明崇祯初见，邑被兵，癸巳复见，邑为冠据，传为不祥之物。山上有老君观，观旁有大人迹，长一尺，广六寸。东二十里八里垭（坪）。

葱坪多葱（野葱，又称天葱），相传诸葛亮曾驻师于此。

（以上又见《清一统志》）

胡崇峻在引用《兴山县志》之前，还引用了其他一些古书上的记载，比如：

《山海经·中次八经》描述：“凡荆山之首，自景山至琴鼓之山，凡二十三山，二千八百九十里，其神状皆鸟身人面。”徐显之先生注：“此《中次八经》地区，是今鄂西北一直到鄂东北地区，这个地区与鸟神龙首和鸟首龙身的江南地区接近，是纯粹以鸟为图腾的。”是后来楚人以凤为图腾的基础。

据《清·房县志》地图载：景山是神农架东北部的送郎山脉东段与古水（原为鼓水）与房县交界山。正如《荆州记》所载“景山东与荆山连接，有沮水源山焉”。沮水源于新华乡唐扎营的油山。荆山地处于今南漳与保康之间，古代荆山包括神农架东部地区。徐显之在译《中次九经》时又说“熊山是巴人集中地区”。学者温少峰在《〈山海经·五藏山经·中次九经〉地理考释》引“熊山”，“又东一百五十里，曰熊山，有穴焉，熊之穴，恒出入神人，夏启而冬闭，是穴也，冬启而必有冰”，这条考释说：“我们疑此熊山，即湖北兴山‘神农架’的古名。经文‘熊山，帝也’，可见此山之地位。”清《兴山县志》载：“老君山最高处曰神龙架”，也叫“神农架”，因“龙”与“农”在古时同家互用。也即神农氏传说的根据之一。

袁珂在《山海经·大荒西经》的译文中指出：“施巫从此升降，百药爰在灵山，疑即巫山（亦即禹攻云雨之山）。”又云：“栔栔（jiá）之山，当在巫山附近，又云‘有互人之国，炎帝之孙，名曰灵栔，灵栔生互人，是能上下于天’。”徐显之解释为：“十巫是个部落名称，包含十个氏族，十巫住在灵山，即巫山。这里山高且险，一径冲天，出产名贵药材。所以说‘以此升降，百药爰在’。”我猜想，这百药爰在的地方，很可能是神农架主峰一带，因小神农架与巫山相连（下谷的乌云顶）。徐显之又云：“岷山地区，包括着岷山、大巴山、巫山山脉，延绵于川甘陕鄂等省边境，这一带是我们祖先最早活动的地区之一。”

关于神农架的来历，传说的就很多了。如今网络发达，要找资料比过去方便多了，估计导游小姐们也是从这些传说中得到的信息。所以，导游们讲的多是网上流行的说法。

豆瓣上有段文字也讲到神农架的传说，很有些意思，节录如下：

传说炎帝神农氏是上古时代三皇五帝中的一位贤圣的帝王，是中华民族的化身。我国许多史籍，如《左传》《礼记》《汉书》《荆州记》《帝王世纪》《水经注》《括地志》《汉唐地理书钞》《路史》《大清一统志》等，都认为炎帝神农氏的出生地是厉山、列山或烈山，即今湖北省随州市厉山镇。据清同治《随州志》记载：“列山上建有神农庙、神农井、炎帝庙。”相传神农氏诞生于厉山镇南九烈山第五座山头半山腰中的神农洞。神农洞的附近有古庙一座，内供伏羲氏、神农氏、轩辕氏的塑像。随州市厉山镇距神农架林区只有两百公里，前者是神农氏故乡，后者是神农氏长期生活的地方。至今，两地的民俗风情、方言、有关神农氏的传说故事，都大抵相似。两地皆系炎黄文化的发源地之一。

神农架最早的名称，被称为“熊山”。《山海经·中次九经》云：“又东一百五十里，曰熊山。有穴焉，熊之穴，恒出神人，夏启而冬闭……熊山，帝也。”（从王念孙校）一些学者认为，《山海经》讲的“熊山"，从名称、地望、方位来看，即今神农架（参见四川省社会科学院出版社 1986 年版《<山海经>新探》一书）。有趣的是，当代科学家们通过考察后认为：神农架发现的熊不仅数量特多，而且种类最多，不愧是中国“熊的王国”。其中的“神人”，是屈原《山鬼》诗中的“山鬼”，即今轰动全球的神农架高大的“野人”。“熊山，帝也”，是说神农架是古代帝王的圣地，这位帝王，当指炎帝神农氏。

无论传说也好，神话也好，史料也好，神农架都跟神农有关，所以，普遍认为，神农架得名是因为炎帝神农氏在这里架木为梯，采尝百草，救民疾天，教民稼穑。

关于炎帝神农最早的记载是《国语·晋语》：

昔少典娶于有蟜氏，生黄帝、炎帝。黄帝以姬水（陕西武功漆水河）成，炎帝以姜水（陕西宝鸡清姜河）成。成而异德，故黄帝为姬，炎帝为姜。二帝用师以相济也，异德之故也。

《史记·五帝本纪》里也有相关记录：

黄帝者，少典之子，姓公孙，名曰轩辕。生而神灵，弱而能言，幼而徇齐，长而敦敏，成而聪明。轩辕之时，神农氏世衰。诸侯相侵伐，暴虐百姓，而神农氏弗能征。于是轩辕乃习用干戈，以征不享，诸侯咸来宾从。而蚩尤最为暴，莫能伐。炎帝欲侵陵诸侯，诸侯咸归轩辕。轩辕乃修德振兵，治五气，艺五种，抚万民，度四方，教熊罴貔貅貙虎，与炎帝战于阪泉之野。三战，然后得其志。蚩尤作乱，不用帝命。于是黄帝乃征师诸侯，与蚩尤战于涿鹿之野，遂禽杀蚩尤。而诸侯咸尊轩辕为天子，代神农氏，是为黄帝。

但是炎帝神农的发祥地有多种说法，主要有陕西宝鸡说、湖南九嶷山说、湖北随州说、“黔中”说。黔中，今湖南沅陵西，包括今会同。多数人以为陕西宝鸡说比较准确。也有的说，神农在北方跟黄帝在阪泉一战中输掉了，就来到了神农架。此行的导游小裴就是反复这么告诉我们的。在神农时代，神农架当然更加荒僻，人烟稀少。因此生存更加困难。神农作为最高领导，自然要解决大家的吃穿住用，于是，尝百草以治疗疾病，制耒耜以种五谷，建市廛以辟市场，制麻布以遮羞防寒，此外，制五弦琴以乐百姓，制作弓箭打猎御敌，制作陶器大大改善了生活。

从宜昌到神农架的木鱼镇，四个多小时的时间。

还没到木鱼镇，我已经领略了神农架的非凡气势。那山特别高峻，尽管我们只是坐在车上，但已经感受了神农架的不平凡。要是没有修建这些公路，要到达神农架的深处是不容易的。那些连绵的巨大的山体确使我感到震撼。

木鱼镇被称为神农架的南大门，大概从宜昌去的游客基本上都先来到这里。前一天晚上导游叫大家准备一件外套，因为神农架天气变化很快，也许会比较冷。我没有带长袖衣服，于是多带了件睡衣，万一真的变冷了，至少可以抵挡抵挡。刘建华教授说，这种天气就是冷也有限。他不带。我大概属于比较怕冷的人，于是就带了。

到木鱼镇后，天气没有我们想象的那么冷，但的确不怎么热了。木鱼镇的海拔有 1200 米左右，我很少有到海拔这么高的地方，感觉的确凉爽了许多。

整个神农架的人口只有八万左右。木鱼镇有一万多人。只有一条街，小商店里卖的基本上是旅游纪念品：各种木制的刀剑、按摩工具、各种草药、各种山珍等等。我想既然到了神农架，不买点东西回去好像说不过去。但是我又担心被坑了。接触了几家老板后，发现还行，价格大体还是比较公道。我买了竹米、猴头菇等几种特产。

意外地，在一家小百货店看到两本一模一样的书。我抓起来一看，是《野人魅惑》，封面右边还有竖写一行字——张金星神农架科考探险自述。

神农架野人的说法曾有耳闻，也看过一些报道。但后来没去多关注，而且，张金星这个探险家也不熟悉。现在居然看到他的自述，我当然要买。卖东西的是一位大妈，见我对这本书感兴趣，就和我讲了张金星这个传奇人物。她说，要是他在这里，跟他照相，还要出钱呢。然后滔滔不绝地跟我谈起这个人来。我自然对张金星更加好奇，就买下了这本《野人魅惑》。当晚就基本上将这本书看完了，总算对张金星有了一些了解。

张金星是那种为理想而活的人。1954 年，张金星出生于一个没落的地主家庭，上有年迈的祖父母，父亲多病，母亲辛劳，有六个弟妹。加上他的家庭成分，在相当长的时间内，生活是不容易的。他十三岁做临时工，十五岁插队，十八岁当泥瓦工，二十二岁做材料员，二十五岁搞工会工作……他的经历在他这个年龄段的人中是很有些代表性的。真正改变张金星的经历可能是 1983 年开始自己一个人去旅行，他怀揣八百四十块钱，在半年中，游走了些大好河山，成为一个早期的纯粹的旅游者。1993 年 9 月 3 日，神农架再传目击“野人”新闻，张金星的心像被撞了一下，终于找到自己的理想了。张金星说，“一种旷日长久的愿望在心中激荡，我梦寐以求的那个‘梦’终于有了结果，就是在神农架的‘野人’！”经过精心准备，1994 年秋，张金星开始了十几年在神农架自费探险科考的历程，前后发表了数十篇神农架科考的论文和报告。《野人魅惑》就是张金星在神农架科考探险的精彩自述。可惜这次没有能够一睹张金星的风采。

当然，对张金星执着在神农架的探险科考，褒者有之，贬者也有之，旁观者更有之。无论如何，这是张金星的个人选择的行为，我以为他是一个理想主义者。野人有没有真的找到，仿佛已经不重要了。在《野人魅惑》中，我们看到的是张金星为寻找自己的梦想历尽艰辛矢志不渝的执着精神。

## 三

7月23日早八点，我们一行（据说有一百四十多人）从木鱼镇出发，到神农架风景区集散中心换车。上午游览了板壁岩、神农谷、小龙潭、金猴岭、瞭望塔；下午游览天燕景区的燕子垭、燕子洞、天门垭。

板壁岩距离木鱼镇四十五公里。很快就到了。下车后，迎面就是板壁岩。阳光灿烂，这里的阳光感觉确乎是不同的，天也格外蔚蓝。板壁岩海拔二千五百九十米，尽管如此，因为天气好，一点不觉得冷，甚至有些热。迎面的山上，到处是各种怪石，嶙峋森然，遍布在山体上。灰黑色的岩石，寂静在天地之间。连绵的巨大的山峦向四处伸展，给人以巨大的冲击力量。这些海拔在四百余米和二千一百余米之间的山体，覆盖了森林和草甸。人们自然给各种怪石命名，什么美女照镜、骆驼饮水、群猴蹦跳等等。还有貌似男根的岩石矗立在天空。我向来不以这些为然，但造物主的神奇确乎令人惊叹，造物主的大能也从被造之物的神奇中处处彰显。板壁岩就是彰显造物主神奇大能的地方。游客们川流不息。照相，以各种姿势进行。我也不能免俗，略照了几张。我知道，照相只是证明我来过这里。以后还会再来吗？谁知道呢。

然后是神农谷。据查：神农谷属华南、华东等多种植物区系成分的交汇处和过渡地，植物资源极其丰富。公园内有蕨类植物39科209种，种子植物169科721属1518种，其中木本植物有95科281属751种，珍稀树木有银杉、大血藤、钟萼木、穗花杉、福建柏、大院冷杉、南方红豆杉、南方铁杉等。已列入国家和省级保护的植物达49种，此外尚有可供观赏的植物355种，药用植物903种，食用菌52种。森林植被为野生动物的栖息与繁衍提供了良好的环境。境内野生动物资源丰富，有陆生脊椎动物25目69科211种，其中属国家一、二级保护的有29种。珍稀动物有华南虎、金钱豹、黄腹角雉、短尾猴、金猫、水鹿、苏门羚、白鹇、金鸡等。短尾猴是区内最活跃的动物群体之一，约400余只。

这么丰富的动植物资源，散布在神农谷景区内。神农谷国家森林公园，分为甲水、田心里、东坑、桃花溪、平坑等五大景区，我们没有一一到达这些景区。人的力量始终是渺小的。面对大自然的神奇瑰伟，人实在太渺小了。

据说，神农谷很早就有人类活动，传说炎帝神农曾经在这里采药。历史上记载，初唐的骆宾王为躲避武则天，曾在武则天垂拱元年（公元685年）居住在神农谷森林公园的瓜寮婆婆仙，并题诗留念。可见这确实是个有历史的地方。

然后是小龙潭和金猴岭。小龙潭的确小。所谓的潭，看上去有点名不副实，水也很少。而金猴岭也只有一只金丝猴，这是我们此行唯一见到的四足兽。来之前，满心以为可以看到许多神奇的动物，但除了在板壁岩遇到的被称为好蜂子的飞虫，以及若干飞鸟，就是这只金丝猴了。金丝猴被关在一个大铁笼内。只见它偶尔蹲伏在笼内，偶尔做几个上下攀爬的动作。这些动作显然是驯兽师教它的，它也似乎做得熟练了，因为它断续做的动作都是一样的。尽管如此，看的人仍然很多，逗金丝猴玩的人也很多。我也拍了照片，并录了像。

然后到了瞭望塔。瞭望塔位于2997.9米的望农亭上，塔高40米。这里立了一块神农顶的碑石，实际上这里不是神农顶，神农顶海拔3105.4米（2011年9月21日修正为3106.2米），是华中第一高峰。瞭望塔是目前一般游客能够到达的神农架海拔最高的地方。我们去的时候，天气非常好。连导游都说我们真是好运气。阳光直透下来，在神农顶上，确乎有一览众山大的感觉。从这里可以看到神农架的伟岸，神农架有华中屋脊之称。游客们在瞭望塔附近四处散步。我也到处走走看看，却怎么也看不够。从近处到远处，全是巍峨高大的山峦。巨大的山峦连绵伸展，使你不能不赞美造物主的神奇，不能不感到大自然的丰富与奇伟。在这里，你可以看到高山草甸的碧绿，可以看到群峦叠嶂的苍茫，可以看到高大的树木迎风矗立，你也可以看到大山之间的盆地与沟壑。

从瞭望塔下来，已经中午了。下午游览天燕景区的燕子垭、燕子洞和天门垭。它们之间距离比较近。从燕子垭到天门垭不过 3 公里，而从燕子垭到燕子洞就更近了，估计只有 500 米左右。燕子垭主峰海拔 2328 米。我们游览的地方，地势略显开阔。风从四面吹来，略显干燥。我们在燕子垭简单游览后，就到燕子洞去。燕子洞之名，源于山洞里住着一种叫"短嘴金丝燕"的燕子。从外面看去，燕子洞属于石灰岩溶洞，洞口显得开阔，洞口的岩石是不规则的。崚嶒嶒的，有一种粗犷的美。虽说有燕子，但因为洞口黑，进去后就更黑了。所以，这种短嘴金丝燕我们并没有看真切。张金星在《野人魅惑》中也写到燕子洞。据说，燕子洞可进去 3731 米，但实际上我们进去大概不到 1500 米。因为里面很黑，不少人都在燕子洞洞口租手电筒进去。我借着他们的手电筒的光亮，算是把燕子洞走了一遍。快出来时，才看到不少燕子飞来飞去，却仍然没有看清楚燕子的模样，这不免使我遗憾，但也算到此一游了。

神农顶、板壁岩、天门垭等地，据说都是野人主要的活动区。尤其是神农顶、板壁岩，被刘民壮称为"野人大本营"。刘民壮是华东师范大学生物系教授，被称为中国唯一的"野人教授"。刘民壮是徐州人，1933 年出生，1956 年毕业于华东师范大学生物系。从 1977 年开始，先后九次到神农架，收集到野人毛发 8000 余枚，野人脚印数百个。他撰写的《中国神农架》是世界上第一部有关野人考察的经典著作。张金星在他的《野人魅惑》中也多次写到刘民壮教授。惜乎刘民壮教授于 1997 年过早去世了。

## 四

7 月 24 日早上八点，我们仍从木鱼镇出发，游览了神农祭坛、天生桥、昭君纪念馆（包括昭君宅、昭君纪念馆、碑林、汉白玉昭君像等）。

如果说，昨天游览的是神农架自然景观，那么，今天游览的就是神农架的人文景观了。

其中，最值得一叙的自然是昭君纪念馆了。

昭君纪念馆是这次神农架之行的最后一个景点。去昭君纪念馆之前去了神农祭坛。去神农祭坛的游客也相当多。我们到的时候，已经熙熙攘攘了。

神农祭坛就在木鱼镇，所以我们半个小时车程就到了。神农祭坛最壮观的就是神农雕像。这个雕像与我2008年在陕西杨凌看到的神农雕像最大的不同就是它是牛首人身。神农雕像高21米，宽35米，相加为56米，据导游们说是象征56个民族紧密团结，欣欣向荣。从下面逐级上去，要走365个台阶才能到神农雕像前。也有人说没有365个台阶。我没有上去，当然无法验证，我只在下面空地上四处看看。

然后去了天生桥。天生桥最壮观的是奔腾的水，尤其是一个叫鹰潭的地方，瀑布大极了。水沫飞溅到我们身上，清凉极了。从进去到出来，仿佛走了一个圈，却都在山水之间。清新的空气使人陶醉。我一直想从溪水中捡拾有纪念意义的石头，却没有如愿。但水的清凉，却使我真正陶醉在神农架的山水中了。

王昭君是四大美女之一，当然是大家都熟悉的。今天来到昭君故里，我却没有想到。因为我从来也没有想到会到这里。我们看到的昭君故居，虽然是现在修建的，也可以说是风景绝佳之地。从昭君故里的小门往外看，清风疾来，凉爽之极。外面青山满目，树影在阳光下一片翠绿。昭君故居占地广大，又偏居在这人烟稀少之地，令人心生感慨。

王昭君的故事，传说得很多，史书上记载的也不少。她的哀荣，也是令人感慨的。《西京杂记·王嫱》中记载：

> 元帝后宫既多，不得常见，乃使画工图其形，案图召幸。诸宫人皆赂画工，多者十万，少者亦不减五万。独王嫱不肯，遂不得见。匈奴入朝，求美人为阏氏，于是上案图以昭君行。及去，召见。貌为后宫第一，善应对，举止闲雅。帝悔之，而名籍已定，帝重信于外国，故不复更人，乃穷案其事。画工皆弃市，籍其家资巨万。

大意就是说王昭君不肯贿赂画工，所以画工将她画得不够漂亮，因此得不到汉元帝的宠幸。后来匈奴入朝，求一美人为呼韩邪单于阏氏（单于的嫡妻）。汉元帝根据画工画的肖像来选择，漂亮的舍不得，就选了王昭君。后来，汉元帝召见了昭君，才知道是后宫第一美女。但最后还是把王昭君嫁到匈奴去了。

《世说新语·贤媛第十九》也有记载：

> 汉元帝宫人既多，乃令画工图之。欲有呼者，辄披图召之。其中常者皆行货赂。王明君姿容甚丽，志不苟求，工遂毁为其状。后匈奴来和，求美女于汉帝，帝以明君充行。既召，见而惜之，但名字已去，不欲中改，于是遂行。

但《后汉书·南匈奴传》记载的是王昭君自己要求嫁到匈奴去的。

无论如何，昭君出塞的故事就这么流传下来，绵延至今，两千余年。这也可以说是不朽的传奇了。至于王昭君嫁到匈奴后的种种经历，就更足以使人感慨。

其他人多数跟着导游走了，我不想跟着大家闹哄哄地走，于是自己一个人走着。我在昭君故居四处走走，看看。天气非常热，但我却老想着这个两千多年前的女子。无论如何，当年生在此处的王昭君被选入宫，绝不是件容易的事，她自己估计也没有想到会被嫁到匈奴去。但后来真的嫁到匈奴去了，她也尽力做好单于妻子的本分。后来单于死了，也依从匈奴的习俗，再嫁给单于前妻所生的长子。这对王昭君当然不是件容易做到的事情，但她做到了。所以，王昭君也可以说是个奇女子。历来文人歌咏她，或许也因为如此吧。

7 月 25 日坐动车回厦门时，同座的一对年轻人中，女的就是神农架人。于是一路上听她讲神农架的种种见闻，不知不觉就到厦门了。这虽然不算是奇遇，至少也是巧遇吧。

# 十八溪记

闽侯十八溪是我在福州最有记忆的去处之一。我相信它也是构成我生命历程的一个必然处所。我始终坚信一个人的游历会至终决定他的性格涵养。十八溪正是这种能使我的生命和灵魂得以长大的地方。那里空气清新，景致清澈。大自然以它丰富的仪表和积藉在其间的蕴藏告诉我生命的奥秘。我甚至认为作为一个福建人，作为一个在江南的人，没有去过十八溪，是一种多么巨大的缺憾呵。

十八溪的水是清澈透底的。甫一见面，我就被她清湛和晶莹的美所惊倒。水而至于美的境界，在我所见过的诸水中，唯有十八溪的水能有这样的质地。那水有一种无法形容的美。她使我想起苏联杰出的散文大师帕乌斯托夫斯基笔下那个尼基弗尔的护林员的女儿——赫利斯嘉的蓝得像天空的眼睛，深邃而又空明。这水极为清澈莹湛，没有一丝杂质，比泉水更美好，像湛蓝湛蓝的天空一样没有瑕疵。开始见到的溪水都不大，但极为清湛。两岸是重叠翠绿的群峦，群峦上榛莽丛生，各种灌木、藤蔓、野草、蒺藜长得密不透风。又因雨后，树叶和草丛荆棘丛都呈现出非常新鲜光亮的绿色。这鲜绿的绿叶、草丛、荆棘丛倒映在清澈透底（就是水底一枚针也瞧得见）的水中。溪水绿油油的碧得惊人。有时以为水消失了，不知这水从哪里出来。但沿着溪岸前进，一湾更大的水域出现在我们面前。水依样清澈，依样迷人，依样像赫利斯嘉的蓝得像天空的眼睛。有的水段因为落差的关系，又因水底被大小不一的石头阻隔，水势漂急，流花飞溅，丰蔚宜人。山重水复，溪水变幻着各种姿态，这姿态因着地势的平缓峻急而变幻着，山与水都一重又一重地吸引着我。我这才想起十八溪又称十八重溪。十八重溪就是这样重重复重重，把她惊人的美一层一层剥给世人赏阅啊！

十八溪那时还是个人迹罕至的去处。尽管我们一行有几十人，但仍然感到清寂。我们在第十溪找了块空地驻扎下来。从护林员那里租来帐篷，搭起后就在里面歇息。帐篷外燃起篝火。大家一起说笑、唱歌、吹笛、弹琴、朗诵。篝火的光芒热烈而辉耀，大家的脸庞在火光与夜光的浸沉中显得格外俊美。特别是那些女孩子们的脸庞，更显出特别的美丽，呈现出处女特有的贞静和红润的光芒。我们一群在师大读书的朋友们一起来到这里，年轻的心没有遮拦不需提防。大家都玩得自由、舒适、愉悦。我性本清静寂寞，也被激烈起来。又是说，又是笑，又是唱，又是舞。篝火旺旺地闪着红光，照得我们里外热烘烘的……夜已很深了。有许多人耐不住疲劳，都睡着了，就睡在篝火旁，睡姿如葩似卉，很是秀美……二胡的声音激越悲凉。我睡不着，就信步走出篝火堆，走出篝火的光芒所能照得到的地方。一条幽径通向溪水岸边。幽径上遍布着小草，草都是湿湿的……

夜色黑黢黢的，看不见一点星光。在夜色中站了一会，渐渐地，我的双眼适应了夜空。夜的微光就是在草莽榛密的山间也放射出来。这时我看见了雾。这是我迄今见过的最大的雾……雾……到处是雾。山也没有了，全被浓雾蒙住了。浓雾像珍珠粉一样泛着白光，又带着粉色。山看不清楚，只见浓雾把山裹上一层光。这雾把山裹蒙得像泼墨写成的山水画。近处的树冠也被雾迷蒙成一团黑黝黝的影子。重雾把我也给裹住了，我感到周身满了雾光。我回望远处的篝火，篝火上空四周的雾气仿佛一粒粒细密的珍珠，反射着珠光，又氤氲成一片，显得光彩陆离。尽管如此，歌声还是穿破浓雾传过来，包括一些谈话声，一些若断若续的吉他声、口琴声。我在众声中沉浸下去了，把自己放松，在沉浸中获得一种空灵明透的感觉。这样的感觉清虚而雅致。仿佛雾的声音也被我捉捕到了，雾的光芒也似被我看见了。远处的溪水流淌的声音，水流在深涧中的声音都穿过浓雾传过来。还有虫鸣声、鸟鸣声，虽只偶尔，却异常清晰地直抵我明亮透彻的内心深处。

后来，我走到一块岩石前，我坐在那里，感受着十八溪寂静的丰富的声音。大家都休息了，篝火的亮光也逐渐黯淡，世界变得更加岑寂，但内心更为幽远清明。就在那个夜晚，我明白水是有声音和光芒的，我也清楚地知道雾的光芒和声音。大自然真是一部广博深奥的交响乐啊。大自然的乐音好像就透过山川草木花鸟虫鱼的微细变化隐秘地流泻出来，而这些都只有在这样极度的寂静与沉思中才能聆听得到。像那静谧的启示，像那出自心灵深处的光芒。

# 石壁的缅想

雾雨轻轻地飘洒下来，轻烟飘浮中笼罩着一种历史般的静谧与忧伤。天灰蒙蒙地，淡黑的厚厚的云弥漫了整个苍穹。

这是五月的某一天，汽车载着我们穿行在宁化的土地上。尽管“石壁”这个词对于我并不陌生，可是啊，我怎么也想不到我要来到这里，我怎么也想不到“石壁”会与我有这样深刻的缘，仿佛命中注定的一般。

我坐在靠窗的地方，凝望着车窗外越来越浓重的雨，细雨构成雾一样的灰茫模糊了我的眼睛。我的内心充满了惊奇。关于石壁，关于客家，关于逃亡，这种种的意绪都一齐涌上心头。这是一条并不宽敞的路，它的蜿蜒曲折了我的幽思，一种历史的忧伤在我心头浮泛。那飘逝而去的窗外风景，引起我无穷的遐想。我凝视着倾斜的重雾似的雨丝，雨的凄迷使我有一种悲凉凝重之感。路一直往山的深处挺进，我的心也越来越飞向那遥远的远方，飞向那时间的深处，飞向那众多的祖先，飞向那已逝去许久的往事之中。那雨的潮湿加重了我的忧伤，这好像在冥冥中有一种必然。在雨的幽思中，我的眼前出现了那最早的先民，那最早的从中原出发的晋代先民。混乱的西晋末年，那最早的迁徙之民从中原出发来到南方。然后是唐末。我已经无法想象那千余年前在那么简陋的时代之下的混乱中的逃亡的故事，只知道在这次的逃难中已有先民携家带小到了宁化。然后是北宋之末，靖康之耻，先民们更是大举南迁。汉民族的历史，有一种奇怪的轮回。从来也没有一个民族会这样经历频繁的战乱，从夏商周以降，中原历史演绎了人类最典型的战乱斗争的历史，强悍的儒家文化与精神也显得那么软弱式微、无可奈何。

就这样迁徙，就这样流亡，就这样形成了一个叫“客家”的民系，可是，有时候我想，到底有没有这样的民系？按着圣灵给我的启示，在这个大地上，我们都是客旅都是寄居的。这世上的每一个人，谁不是异地的居民？谁不曾颠沛流离？自从那人类的始祖被驱出伊甸之门，我们的祖先就开始了那最初的逃亡，开始了汗流满面才得糊口的痛苦生活，开始了客居的艰辛与沧桑……

终于到了石壁，这就是石壁，这就是古代称为“玉屏”的地方。果然是一个开阔的地带，又四面环山，在交通工具那么落后的古代，这里无疑给我们的祖先提供了一个宛如世外桃源的佳境。我站在“客家祖地”的大门楼前，那崔嵬高大的气势强烈地震撼着我的内心。这大门洋溢着对称和谐之美。轻雾似的细雨微微地洒下来，又夹些从灰云深处迸将出来的阳光，给我看见的这石壁增添了一种别致之美。从大门望进去，是一条宽阔的水泥大道，大道往里面伸展，像一条历史的道路，给我许多莫以名状的幽邃之感。因为早，因为又是这样一个非假日的时候，石壁显得非常清寂。整个“客家祖地”只有我们这些人，静寂得连我们走路的声音都听得清清楚楚。从水泥道路进去，在慢慢的踱步中，我缅想着石壁的过去，那最早的从中原迁徙而来的祖先们，就这样穿越千年，扑面而来，也许还有惊喜，还有逃亡之余的欢欣。这些原来在黄河两岸的我们的祖先们，成群结队地来到闽西这个叫石壁的小小的盆地，他们当中肯定有颇识文字的读书人，但更多的是草芥一样的普通人。生与死似乎都已消逝在他们的心灵深处，在这个四面环山的盆地开始他们的生活。

然后还是迁徙，还是逃亡。石壁，就这样成为“客家”民系的中转站，成为我们这些客家后裔们魂牵梦萦的心灵的故乡。石壁，就这样成为如我一样的客家子弟缅想的祖地。我终于来到“客家魂”碑亭。我在想，如果真有所谓“客家民系”的话，无疑也有“客家魂”的。我默想着“客家魂”。“客家魂”含示的是一种“客家的精神”。客家的精神是在这种流动和逃亡中慢慢形成的。客旅和寄居的思想形成了他们奋发努力和圆滑世故的双重性格。同时，由于他们始终在心灵深处对中原文化和故土有一种深深的依恋，他们又坚持不懈地固守那片中原土地赋予他们的性格。就在这样的矛盾中滋养着客家的精神之产生与流变。我站在“客家魂”碑亭，远望着“客家祖地”的大门，深深地觉得这里的美好。这里确是一个躲避战乱的好地方。同时我也想在交通和信息愈来愈发展的今天，人口的流动比过去任何一个时代都更加可能也更加频繁。与过去因战争迁徙的逃亡不同，今天剧烈的人口迁徙更富有主动性，逃亡的故事几不复在。一个更加开放的时代正在到来，“客家”人正在增多，乡土观念正在淡薄。什么是故乡？什么是客家？我在缅想中感到心疲灵软，甚而有了一种隐隐的伤痛。

在“客家公祠”，我见到了那排列得整整齐齐的客家祖宗的神牌。这密密匝匝的神牌自有一种森严之感。在这里，你可以明显地感觉到他们的实际存在。就这样，我们的祖先从北方而来南方，来到这个名叫“石壁”的地方，然后又是不断地迁徙，不断地拓展生存的空间，继续留在石壁的人已经不多。更多的人在这大地上继续迁移漂泊，寻找肉体和精神的栖息地。

在有关“客家”的论述中，青年评论家傅翔的话颇值得我们注意，他说：“一个民系的精神是这个民系得以站定的根基，没有精神的民系是不存在的，正如举世闻名的犹太人一样，他们的卓绝的精神使他们即使四分五裂也仍然成为最优秀的一支民系。”

也就是说，精神是最主要的，客家的精神决定着“客家”之所以是“客家”的根本。与犹太人有统一的信仰不同，客家人没有统一的信仰，正是在这一点上我感到了悲哀，一个没有统一的信仰的民系是不会有统一的精神的。所以，四分五裂的犹太人能够拥有最坚强的凝聚力。以色列尽管是一个弹丸小国，却有一股凛然的气概。而客家民系在本质上是一盘散沙，毫无凝聚力可言，这样的民系是值得怀疑的。认识到这一点使我感到痛苦，可是我不能不顺理成章地指证出来。当我离开石壁时，我对“客家”已有了更新的认识。没有人不是客家人，在这个广大的土地上，我们不过是大地上的过客，我们都是客旅，都是寄居的，也就是说，我们都是客家的。

雨慢慢地飘洒下来。我又一次经历着灵魂深处的清洗，我甚至不知道我的下一站会漂泊到哪里，我不知道。

# 漫步鼓浪屿

早上起来，阳光灿烂，天空明媚，显然是晴暖的天气。于是，决定一家人去鼓浪屿走走。

说起来，至少有两年没有去鼓浪屿了。鼓浪屿是个非常美的小岛，也是个游人喜欢去的地方。我想，每天去鼓浪屿的人一定是很多的。

舒婷说："来到鼓浪屿的人，最大的憾事是不能成为这里永久的居民。这里不仅有四季如春、礁石成趣、植被茂密的海岛风光，更有积淀深厚的文化底蕴，以及独具特色的闽南风情。是一幅融自然风景、历史文化、民俗风情于一体的美丽和谐的画卷。"

鼓浪屿的美，美在它的小巧，美在它的精致，美在它的安静。到鼓浪屿去，只能坐船。到了岛上，除了电瓶车，你看不到机动车了。电瓶车当然也有人去坐，可是去鼓浪屿的人，大部分还是喜欢在这个小岛上走走，我也是喜欢在鼓浪屿走走的人。

其实，我住的地方，离鼓浪屿很近，坐公交，到轮渡去坐船，只有四站。平时，只要到楼顶去，或者到鸿山公园，就能看到在淡淡烟雾中笼罩着的鼓浪屿。天气好的时候——厦门天气好的时候可真是多呀，鼓浪屿仿佛就在眼前似的。

可是，越是近的地方，可能越不会想到要去走走。总想着有的是时间，什么时候想去就去。这么想，反而很少去了。这不，近在咫尺的鼓浪屿，已经两年多没有去了。

所以，看到这么好的天气，就突然决定去鼓浪屿看看，去鼓浪屿走走了。

到了轮渡，才知道去鼓浪屿的人真是多。排队坐船的人肩挨着肩，觉得气有点闷，但心情是高兴的。

到了鼓浪屿，顺着人群，就往前走着。那些卖票的景点就不去了。鼓浪屿最高的山是日光岩，以前去过了，孩子也因为学校春游去过了，孩子的妈妈说她也不想去。或者是想去的，但六十元的票觉得还是省着吧。我们沿着鼓浪屿的小街、小巷一路走走看看。从延平路，到龙头路，也到福州路、漳州路……觉得还是这样走走比较有意思。看到那些摆着的小东西，喜欢的就看看，实在喜欢的，也买两个。那些小饭馆的生意真是火爆啊。那些卖小吃的摊点也不少，各种烧烤、鱼丸汤、油饼、春卷，多得很；卖水果的小摊也不少。我们走得有点累了，也有点饿了，就买点吃的。在熙熙攘攘的人群中间吃东西，那感觉，还真不错。我想，来鼓浪屿的游客，达官贵人固然不少，但如我等小民肯定更多。走在鼓浪屿的小街小巷中，觉得很惬意。海风吹在身上，凉爽极了；阳光照在身上，暖洋洋的。

不知不觉，走到了菽庄花园。往前再走一点，就到了一片沙滩，那里是海滨浴场。沙滩上很多人在游玩。在这里，看得见日光岩了。我们想，既然日光岩不去了，以它为背景拍张照片也不错。于是，就照了若干张照片。沙滩的岸边，有椅子可以乘凉。我们被太阳照得实在有些热了，就在这些椅子上小坐了会。

沙滩是我们的终点，其他地方也不去了。

回去的路，也是这么散着步。一路上，来来往往的人还是那么多。很多人来到这里，也有很多人要回去了。

在鼓浪屿漫步，任凭海风吹拂，任凭阳光洒照，在嘈杂的叫卖声中，在熙攘的人群里，在隐隐约约的海浪的声响里，感受一点世俗的生活气息，还有那些年老的人们，坐在海边吹着风，眼目中含着历史的烟云。我在海边的时候，听到有个老太太对一个年轻的女子说，她在这里生活了七十四年了。我看着那个老太太，看着她安闲的容颜，那是岁月熏染的吧……

我希望我能够常来这里漫步，在这里，你真能忘掉尘世的许多烦恼……

# 住 店

2009年11月6日，去福州开会。

汽车还没有到福州，天就黑了。主人又打电话，又发短信，问我什么时候到。我估摸了下时间，到的时候肯定是七点以后了。

虽然已是秋末的最后一天——因为第二天就是立冬了，可是天气一点儿也不冷。这个季节超乎寻常的温暖，也温暖着孤单旅程中的我。

到福州南站时，我果断地下了车。虽然我不知道（乘车员也不知道）我要到的目的地距离这里是否比终点站（汽车北站）更近，因为这直接影响到打的的费用。

通常每年都会有一两次机会回到这个我曾经读过四年大学的城市，可是每一次面对它时，我仍然感到陌生，就像面对许多熟悉的朋友，陌生感也是突如其来。

打的到了预定的饭店，居然不远，只花了八块钱。

主人给了我房间钥匙。她们有别的事情忙，我一个人拎着行囊去吃自助餐。自助餐厅很安静，有很多种菜，当然也有米饭。我打了些在家时常吃的菜，很快就吃完了，吃得额头上有些汗渗出来。

饭店很气派。我坐电梯到十七楼，进去我住的房间。这是个标准间，却只住了我一人。洗刷后，一个人枯坐。灯光很幽暗，就像我住过的所有饭店一样。因为会议时间短，没有带书来看，也不想找熟人。

我试图打开窗户，可是打不开，窗户被钉死了。我想到这是十七楼，想到饭店的良苦用心，不由一笑。

尽管这里禁止吸烟，到处都有No Smoking的小告示。可是，我还是在这个封闭的房间点燃了一支烟。我在等待有人来敲门，我打开门时，漂亮的服务员礼貌地对我说：对不起，先生，这里不准吸烟的哦。我会抱歉地说声对不起，然后把香烟摁灭。可是敲门声一直没有响起。我于是又点燃第二支烟……我吸着烟，站在窗门边，探望这暮色中灯火阑珊的城市，心中有一种说不出来的感觉在油然而起。

我下了楼。在附近转了转。期待能够看见一个卖旧书的小书店或小书摊，不料竟没有，连卖新书的也没有。咖啡馆、酒吧、时装店、烟酒店倒是不少。楼都很高，我偶尔仰望这些高的楼。路上的行人不多，车却不少。

一个小时后，我回到饭店，回到那个在十七楼的封闭的房间。依然幽暗的灯光，还有一台电视。我后来还是打开了电视，转来转去，看《传闻中的七公主》，这是一部不错的韩国电视剧；后来又看《我的兄弟叫顺溜》。不同的国度，不同的文化，不同的题材，不同的时代，在这个夜晚，都在向我呈现……

我做了一个醒来时已经忘记的梦。醒来时，我还以为是在厦门的小房子里，直到看见那个封闭的窗户，不觉莞尔……

# 我的父亲

父亲，乃是永恒的悲壮

——萩原朔太郎

父亲九岁丧父。只读了一年半书，却会背很多的《论语》《孟子》。幼年丧父，是人生的大不幸啊。父亲也由此走向了社会。那是1943年，正是抗战时代。事实是当时十六岁的大伯被捉壮丁一去而音信杳邈，祖父不愿做手脚赎回大伯。祖父于是一病不起，英年早逝了。这也算是战争给一个小人物的家庭造成了一个微不足道的悲剧吧。我无法揣测当时年仅九岁的父亲有什么感想。大伯走了，祖父又不幸故去，父亲理所当然成为家中最大的男子，挑起生活的重担，开始他的小贩生涯。父亲以小贩始，又以小贩终，似乎完满地为他在人世匆匆的六十三年生命作了一个轮回式的表演。有人说，我们不过是戏子，戏子就得演戏，只是父亲的戏演得过于艰辛与沉重了。

父亲极少谈起他自己，他是一个寡言的人。我所了解到的父亲的过去，大部分是从叔伯婶婶们口中星星点点听来的。不确切，也不多写了。只知道父亲很艰辛地度过了他的一生。他做过多少事，他自己也说不清。他打过短工，挑过担，卖过小吃，卷过纸烟。种过田，是犁田的能手。做过生产队长，最后把自己养的耕牛也垫进去，后来就辞职不干了。割过十年松香。会编竹器，会些泥水，会些木匠，管过食堂，在煤矿里记过账，还能写一手不坏的字。

父亲有过七个儿子，其中第三个夭折了。有过一个女儿，因八字不合抱养给别人了。又抱养回一个女儿，后死于脑膜炎。父亲把姐姐抱去新泉卫生院，但在半路上姐姐就不行了，父亲又把姐姐抱回来。多少年来，我老是在眼前在心底出现父亲抱着死去的姐姐的样子，他怎么抱着，怎么悲哀，怎么穿过芷溪弯曲的石子路的样子，一一如电影般放映。现在我也做了父亲了，只有一个孩子，尚觉得很艰难。父亲要维持这么大的家庭，几乎全靠他一个人。真是每一念至则潸然泪下，心底涌起无限的伤感和深切的悲哀。

1979 年，父亲开了一间小店。那一年我十一岁，正读小学三年级。小店在老家芷溪正街上，斜对面是合作社，左边是烈士纪念室。那时候的合作社常有一些连环画和少数的书卖。我后来知道，在 1980 年前后的几年是中国连环画非常繁荣的时代。所以，一看到连环画或有什么书，我就禁不住拿店里的钱去买。我买过《三国演义》连环画一整套，有四十八本之多。有一种六十本一套的我也买过一些。《水浒》也有。其他如《杨家将》《说岳》《说唐》及各种各样的连环画。这些连环画都画得非常好，买了多少我也说不清。当然也买书，主要还是《说唐》《说岳》《杨家将》。单是《杨家将》就有不少版本。这些书我都反反复复地看了多遍，这些连环画更是反反复复地看。如果说我后来能比较喜欢读点文史，如果说我后来迷迷糊糊地又似命里注定般地能进了中文系，如果说我后来能断断续续地写一点文章，不能不说和这些连环画、这些书的启蒙有关。从 1979 年到 1984 年，在几乎整整五年里，我就这样拿着店里的钱经营起我的藏书来，养成了我买书的习惯。可是，父亲，我用这些钱从来没有跟你说过，这种偷钱的把戏我想父亲一定了然，而那时自以为做得很绝密。现在想起，我是多么有罪啊，我是多么傻啊，父亲待我又是多么宽厚仁慈啊。那时候，家里早饭煮得迟，我经常没吃饭去上学。父亲后来就买两个米粑（老家话叫印粄）给我当早饭。我有时候又额外拿点钱，再买两个油炸糕（又叫灯盏糕），有几次被父亲撞着了，父亲也只是看我一眼，或装着没看见，而我在这种时候也不和他打招呼就溜走了。父亲是不断地宽容我，他从来也没有因为这些打过我或骂过我。现在，我一一想起他慈悲的心和容忍的爱，而这一切都已成为过去，使我在感到时间的瞬疾无常中又觉得了深切的悲情。在父亲去世的近一年中，我常常梦见他，梦见他像还活着的时候一样，高大、慈祥，和我握手、交谈。

后来，我去县城一中读书，又去福建师大读书，最后出来教书。我与父亲的交谈就越来越少了。我结婚，及至有了孩子，回家更是少了。父亲也从来不说什么。见了面，有时也鼓励我要认真工作。父亲说你能写文章就多写一点吧。而我有时也以这为借口待在学校。现在想起，心里真如钝刀割锯一般。古人言“子欲养而亲不待”，我也计划着等日子好过一点了，再多多地孝敬父亲。可是，父亲，你为何走得如此之匆忙，你才六十三岁啊。在这样的时代，六十三岁并不算老迈啊。

父亲是一个秉性纯孝的人，尽管操持着一家十几口的日用生活已很不容易，但仍然隔几天就买一些滋补的中药，像当归、党参、枸杞、熟地，加上红枣蒸瘦猪肉给祖母吃。有时，实在紧张，也不忘去小吃店买一碗扁肉或面条，这些事大都由我来跑腿。当时，不觉什么，有时还偷偷吃上几口，可现在回想起来，却真是难得的孝心，特别是在这个“孝”字沉睡的时代，更显出父亲的伟大和不易。祖母能以九十岁高龄无疾而终，不能不归功于父亲。小时候，我就想，我长大了，也要这样煮东西给父亲吃。可是，我是怎样地背弃了小时候的决心，又是怎样地使父亲失望。父亲没享一点福，他就匆匆走了，离开这苦难沉重的人世间，离开他希望他想做的一切，走了……

我不知道说些什么，在这个并不寒冷的初春。1997 年，是我永不忘怀的一年，这一年我二十九岁，好像正合着了俗世说的逢九灾。十年前，我十九岁时祖母去世。现在，十年过去，父亲又积疾成疴撒手人寰。从此以后，我就是没有父亲的人了。从此，我不再能说我父亲怎么样怎么样了，而是说以前我父亲怎么样怎么样了。有好几次我都忘记了，说出来才又改了口，这真是让我沉痛伤心的事。

1993 年父亲中风了，是脑血栓。那一年父亲五十九岁。当宾叔、大嫂、润弟把病得不会说话的父亲送来新泉卫生院时，我刚刚躺下睡着，是润弟急促的敲门声惊醒了我。当我们七手八脚地把父亲抬进病房时，我简直不敢相信父亲会病成这个样子。他躺在那里，一个字也说不出来，连发声都是咕噜咕噜的，而且很小声。后来，医生下了药，他们都回去了，我一个人守在病房里。乡下卫生院弥漫着阴森冷寂的气息，灯光非常昏暗，一种死亡的恐惧感一阵一阵袭击着我。我一根一根地吸着烟。我凭直觉判断父亲是脑血栓。第二天清晨一大早我就敲响了慧颖学宽夫妇的门，叫学宽用摩托车载我去叫二哥回来把父亲弄到县医院去。后来到了县医院，经过治疗，半个月就出院了，会走路，只是言语迟钝，记忆严重衰退。一生坎坷的父亲本来看上去就显得苍老，这次病后使父亲从外貌到行动完全是老年人的样子，酒也戒了。以前父亲每天都喝一斤左右的米酒。刚开始开店时，父亲偶尔也打打平伙，后来就几乎不打平伙了。烟却没有戒。父亲说，我抽烟是为了解愁。父亲愁什么，我怎能猜透呢？这次病后，他多次说，他担忧的是两个小弟，母亲也在梦中几次梦见父亲这样说了。老了，病了，死亡的脚步就要追上来。父亲心里有多少事啊，他却终日寡言，一个人抽闷烟。

1997年3月18日，父亲再度中风。再度中风的父亲的病症一开始就非常严重，并且一开始就反对去医院。现在住院太贵了，普通人哪里住得起医院，一生俭省至极的父亲甚至舍不得给自己治病。其时，父亲已说不出话来，只是用手势，手不停地抖，唤他也认不出是谁了。我们送父亲去县医院，在那里住了八天，不见好。父亲不会吃饭，又便秘，实际上自18日父亲病后一直到他去世整十七天里都便秘，小便也不行了，控制不了。后来转到龙岩市第一医院，医生很好，但好医生也挽救不了父亲渐渐远去的灵魂。大哥列了父亲的病单，共有这几种：脑栓塞、心房颤动、左心室肥大、心衰、肺部感染、前列腺肥大、喉肌损坏，其中最严重的是心脏和肺部感染。在医院服侍父亲的那十七天里，我心情很坏，不断地吸烟，其中愁苦惊惧，笔墨不能尽述。父亲终于离我们而去了。在父亲生命的最后几天里，他瘦得不成样子，原先仍然强劲有力的手突然变得绵软无力，口腔严重糜烂，痰一天比一天多，已经是弥留之际了。

是清明前两天吧，天空里飘散着阴沉阴沉的云朵。面对父亲清瘦至极的身体，我一直不敢相信这个身高一米七六的大汉会变得如此单薄。他穿拖鞋走路的声音和穿木屐走路的声音我都曾那样熟悉。他又亲手教我炒花生炒黄豆，我炒出的花生和黄豆是相当好的，父亲相当满意。连包东西的三角包形状，父亲也耐心地教我，现在已经很少人会这样包东西了。父亲从来不骂我，他对我期望很高，指望我能写好毛笔字，指望我能写出好文章，指望我能熟悉农村各项事务的规矩，指望我做一名先生，能处理红白喜事。他抄些古圣贤言给我，让我学习。可是，我是怎样使他失望，我什么也做不好，有时候还生他的气。父亲，我真希望我能做好你指望我做好的一切事。父亲，现在，我求你在天上祝福我。

大学时代我去过一次火葬场。那是1989年6月，我的一个同学去闽江游泳时被大水淹没了。我忘不了火葬场那灰暗的死亡气息和悲凉哀痛的气氛。那个同学是独生子，他的母亲哭得几次昏过去了。我也伤感至极，泪水涟涟……

这一次，我又来到火葬场，不是在福州，而是在龙岩，不是送同学或是送某一个朋友或别的什么人，而是送给我生命的父亲。我亲眼看见父亲怎样去世，怎样在太平间洗身，怎样被抬上火葬场的车，怎样来到这个设备简单的火葬场，怎样被推进灰黑可怕的焚烧炉。我哭得手都痉挛了，泪水哭干了。不久，我被叫到后面那个出炉间。我永远也挥灭不去这记忆。我看见地上的灰色骨灰，这是我第一次看见骨灰，这是我父亲的骨灰。我不敢相信那么高大的、活生生的父亲竟会变成这样一堆像碎石片一样的东西。我哭了，泪水顺着脸直流下来。我捧着骨灰盒站在那里。后来他们叫我把骨灰盒放在地上。两个工人面无表情大大咧咧地用铁锹把骨灰铲到骨灰盒里，他们做得很熟练了，却不知此时此刻我的心有多么悲伤。就是现在，我写这些时，心也还在抖颤着，手更是抖得厉害。因为我从来也没有想过父亲的死是这样的一种方式的死。当我抱着父亲的骨灰走在回家的路上时，怎样也想象不出，这样温热的骨灰就是我父亲的骨灰。人啊，你是多么脆弱啊。生与死，就这样构成两个世界。就这样构成永诀。父亲的死，迫使我更进一步更深一层地思考人的存在问题，思考生命的问题。

我还想再说些关于父亲的话。

父亲做什么都要强，都不甘人后。在家族中父亲是二十四世的老大，房族里的事他都参加。

父亲的鼓打得特别好。因为身体方面的原因，他有几年没有击鼓了，1997 年过年时，他破例又去打了半天的鼓。他是否在冥冥中觉得这是他在此生最后的击鼓呢？打了半天鼓的父亲，回来后满脸是汗水，在店里的竹椅上躺了很久都讲不出话。父亲太衰弱了，他的心脏不好，肺也不好。父亲自己也许不知道，这最后的鼓声，竟是他送别自己的绝响。

父亲年前在芷溪漫游了一天，芷溪是个大村庄。回来后，父亲说，现在芷溪的店真多啊，哪个角落都是店。联想到父亲从小在小店里待，后来自己又开了十几年的小店，终因负担过重，店一直都扩大不了。中间又摆过几年小摊，每日摆进摆出，风雨无阻。我有几次在凄风苦雨中看见父亲坐在摊子角落里卖东西，心里难受得如刀割一般。父亲原先开的店是祖父留下来的，后来给满叔开了。父亲一时找不到店，租店又租不起，于是选择了摆摊。父亲在这种内心极为复杂压抑的情形中，终于积郁成疾，有了第一次中风。后来每况愈下，其间苦味，谁人能察。我一个柔弱的书生，领几块钱工资，亦无法帮助父亲多少，其间愧责，又有谁人能知。

在芷溪，父亲是一个名人。因为他是六个儿子的父亲，儿子也算争气，几个上了大学或中专，这在他本是骄傲的事。他想盖一些房子给我们住。十几年来，省吃俭用，买了一些木材和承载屋瓦的木片条，终于只做了一个店面。现在，店出租了，不知父亲高兴不高兴。

父亲只是众生中极普通的一个人。他的生，他的死，都注定是寂寞的。愿上帝记念这个劳苦担重担的人，愿上帝记念他数十年如一日的苦楚与艰辛。愿主赦免他与生俱来的罪，愿主的生命的光芒照亮他以后的道路。父亲是一个平凡至极的人，平凡到像大地上随处可见的草芥。虽然他没有多少文化，虽然他在这地上、在这永恒的时间之流里只默默无闻地生活了六十三年，但是，我愿意把他的名字写在这里，给能看到这散乱的芜杂的文字的人们，增添一点信息吧。

父亲讳本林，乳名宗澍，生于1934年，享年六十三。

呜呼！我不知说些什么，才能表达我对亲爱的宽厚仁慈的父亲的挚爱之情。但愿我能好好做人，像父亲那样做一个正直的人，一个善良的人，一个力争上游的人，一个有益于家庭进而有益于社会的人。

# 我的岳父

## 一

2014年6月某日，整理旧物，在一大堆装着各种材料的大信封中，发现其中一个写着“杨永兴材料”“2004年10月”字样，说明这个材料是2004年10月整理的。可是，我怎么也想不起来当时怎么会有这份材料的。我问松妹，我们什么时候有你爸的这份材料的？松妹也想不起来。她说，好像是大姐在家里整理老爸的遗物时找到的。但怎么就到我们这里了，实在想不起来了。

我仔细看了这个材料，封面上写着《杨永兴自传》（下文简称《自传》），写《自传》的时间是“公元一九五六年五月五日”。估计这份材料是岳父当年写入党申请书时附带写给区委会的个人材料。原稿纸张已经发黄，边角略有磨损。看着这个近六十年的旧物，感慨时间过得真是太快了。

杨永兴是我的岳父。他老人家在当地有一定的影响力。若是在民国及以前，大概属于绅士一级的人物。可是我对岳父的历史了解很少，所了解的只有零星的一些情况。比如，在芷溪，有些长辈偶尔会跟我说，当年杨永兴在管理区工作过，很有办事能力，对人也很好。管理区是指芷溪管理区。芷溪管理区就在我老家附近，走出大门就可以看到。我小时候常在管理区和小朋友们一起玩各种游戏。“文革”期间，岳父被批斗时，就在芷溪管理区。据说被打得很厉害。

1994年初，我们第一次正式见面，他身材魁梧，相貌略显威严。那时他已七十二岁，但身体很健康。他对我这个晚辈，倒是很和气。那时我在他老人家面前大大方方地谈古论今。后来松妹很多次跟我说，几乎所有的人看到“我四叔”（松妹称其父亲为四叔）都会害怕，你为什么不怕。我说我也不知道啊。她不知道我有长辈缘，我在家里从来喜欢与长辈一起聊天。在我父亲的店铺，从早到晚，每天都有许多长辈来喝茶。只要有空，周末或者假期，我总是那个烧水的人，偶尔也帮忙泡茶、倒茶。然后就听长辈们闲聊三国唐朝，讲鬼论道，偶尔还会插几句。因为听得多了，自己也看过一点这方面的书。这一次正式见面，我不知道算不算是一种考核——当时没有这种想法，但年底我就和松妹结了婚。

岳父住的地方叫园塘，是个自然村。过去属于线岗村，现在属于官庄村。一般人当然不太清楚这类小地名。就像芷溪一样，芷溪的小地名可真是太多了。园塘村小，居民大概在一百人左右。除了两三家外，其他都是同个爷爷传下来的。岳父的父亲叫杨瑞机——这也是这次从《自传》里才知道。或者说，整个园塘，基本上是瑞机公的子孙，如今已传到第五代。现在瑞机公的子孙有一百五十人左右。

因为从我工作的学校去官庄和从我老家芷溪去官庄，差不多都是五里路，所以，我去官庄还是比较多的。加上我两个舅舅、一个姨姨都在官庄，我去官庄变得顺理成章。那时候也没有什么大事，教书之余基本上看看书，然后四处走动。那还是一段安静的生活。虽然生活不会永远安静，因为在安静的生活中也常常有不安静的事情发生。人生大概永远这么过下去，细细碎碎地过下去，细细碎碎地过着所谓的生活。普通的人生，不太可能有轰轰烈烈的生活；而普通的时代，同样不太可能有轰轰烈烈的人生。我们幸运地生活在这个普通的时代，过着普通的人生。或者也可以说是不幸。幸运或是不幸运，全靠我们自己怎么看。

我对每一个老人，常常怀着很深的敬意。因为从出生时那么小的一个孩子，在这个世界上生活到那么老的一个老人，真不是件容易的事。因为生活不总是那么浪漫，虽然我们常常没有直面人生的勇气，但直面现实，却是多数人的常态。

杨永兴成为我的岳父时，已经离休在家十余年了。离休之前他在新泉乡政府工作。所以，我去岳父家，基本上可以一家子在一起聊聊天。那时候，所谓的一家，除了岳父，还有岳母（我们叫四嫂）、小姨子（小妹）；大姨子（三妹）早已结婚，也常常会和姐夫出来。所谓聊天，也无非是聊些家常。小孩出生后，当然也聊聊孩子。

在这样的生活中，很奇怪，我们很少听到岳父聊他的过去。

如果不是看到岳父这份《自传》，他过去做过的许多事情我们可能永远都不知道。这很使我想起胡适在《四十自述·自序》中写的话：

我在这十几年中，因为深深地感觉中国最缺乏传记的文学，所以到处劝我的老辈朋友写他们的自传。不幸得很，这班老辈朋友虽然都答应了，终不肯下笔。最可悲的一个例子是林长民先生，他答应了写他的五十自述作他五十岁生日的纪念，到了生日那一天，他对我说："适之，今年实在太忙了，自述写不成了；明年生日我一定补写出来。"不幸他庆祝了五十岁的生日之后，不上半年，他就死在郭松龄的战役里，他那富于浪漫意味的一生就成了一部人间永不能读的逸书了！

梁启超先生也曾同样的允许我。他自信他的体力精力都很强，所以他不肯开始写他的自传。谁也不料那样一位生龙活虎一般的中年作家，只活了五十五岁！虽然他的信札和诗文留下了绝多的传记材料，但谁能有他那样"笔锋常带情感"的健笔来写他那五十五年至关重要又最有趣味的生活呢！中国近世历史与中国现代文学就都因此受了一桩无法补救的绝大损失了。

胡适还劝梁士诒、蔡元培、张元济、高梦旦、陈独秀、熊希龄、叶景葵等人写自传。当然，胡适先生所劝之人都是一时之俊杰，都是大师级的人物，他们的自传当然不是常人可以比拟的。

但是，我想无论在过去还是现在，像胡适、林长民、梁士诒、蔡元培、张元济、陈独秀等等这样杰出的人士毕竟是少数，他们的自传自然有不可磨灭的价值。多年来，我也很注意搜罗名人自传，尤其是学术界思想界名人的自传。通过阅读这些名人自传——有的以回忆录命名，如夏衍的《懒寻旧梦录》，可以了解过去时代的许多旧事。而且尤其喜欢看这些自传或回忆录中他们早期的经历，他们的家庭生活、学校生活等，能够从中得到许多的启发。

那么，普通人的自传有没有价值呢？普通人的经历有没有价值呢？我想普通人的自传也一定有自己的价值。有史以来，毕竟普通人占了人口中的绝大多数，他们的经历也一样与时代相联系，一样可以看到时代的沧海桑田。

所以，我也向胡适学习，建议普通人也不妨写写自传。普通人写的自传，不管写得好不好，总可以汇聚到自己所属的大时代当中。如果说名人的自传是耀眼的花朵，那么普通人的自传也可以是素朴的绿叶。

杨永兴当然是普通人。他几次说过要写自传，但总是说等以后有时间再写。就这样一年一年地过去，终于没有写成他的自传。这虽然不影响什么，但对于和他有各种关系的人——亲人、朋友、同学，还是一个很大的损失。

大概在1998年，岳父身体就出了毛病。他年轻时得过肝炎，那时候因为穷，自然没有彻底治愈。“文革”期间又被打，身体就落下了病根。最关键的是，岳父是个很注意形象的人。每次出门都要梳妆打扮一番。大概因为牙齿坏了，影响到美观。1997年夏天，就去拔牙齿，打算把牙齿换了，这样美观些。但他又没有去好一点的医院，而去新泉一家私人牙科诊所。七十多岁的老人，满腔牙齿被拔掉，这当然不是件容易事。牙齿拔掉后，他就完全是个老人了。大概拔牙过程中吃了不少苦头，而且很可能因为拔牙过程消毒不够，也为后来埋下了肝病复发并转为肝癌的原因。

2009年2月，我看了台大医学教授叶曙的《闲话台大四十年》，这本书黄山书社2008年出版。其中讲到叶曙拔牙的事情。叶曙牙齿不好，先后拔掉了大部分，但最后自作主张留下了七颗。为什么留下这仅存的七颗牙齿呢，因为假牙不能欣赏食物的美味。最后他说：我的“自作主张”的主张，经过二十年的考验好像完全做对了，二十年来我固然欣赏了美味，牙科方面的趋势似乎也改“拔”为“留”了。

可惜我看到这段文字太晚了，否则我一定会建议岳父别随便拔牙。叶曙先生的《闲话台大四十年》写的是1945年到1985年的回忆录。这本书1989年由台湾传记文学出版社出版。这说明在1980年代，台湾对拔牙这件事已经有改“拔”为“留”的倾向。但大陆方面，就是现在，我身边的朋友讲到牙齿问题，多半还是主张拔牙。完全的不拔牙齿，固然很困难，但绝不要轻易地拔牙，也是我们要注意的。

岳父自从拔牙后，身体的老况就日渐显露。到后来，他被检查出肝癌，就开始与病魔斗争了，到连城县医院、龙岩市医院、福州协和医院接受化疗。各种治疗方案都试过，各种话说有用的药物也都用过、吃过，但病情反复，最后还是离开我们了。那一天是2000年11月26日。那时候我刚到连城县文体局上班不久，在园塘岳父家里，似乎昏暗的灯光也在诉说着老人去世的悲伤。那个晚上，留在家里的只有岳母、小妹和我三个人。大舅子去龙岩考试，二舅子在福州，小舅子在加拿大，大姨子在庙前。因为我们根本没有想到岳父会在那一天去世，松妹和儿子也在连城。在那种恓惶之中，我觉得特别寒冷。这种感觉在我父亲去世时也有。

## 二

像岳父这一辈分的人，总的来说，经历都是坎坷的居多。岳父于 1922 年 2 月出生在园塘小村庄里，他的父亲杨瑞机按成分说是个雇农。生活来源主要靠租种地主的土地，业余则做草鞋、打短工，借此维持生活。大概因为穷，岳父小时候也没有读书。后来终于在十五岁那年开始读书，但也很不顺利。1937 年 2 月到 1939 年 1 月，在本村读小学。1939 年 2 月插班到芷溪小学读四年级下学期。1941 年上半年毕业会考，但没有顺利毕业，这使他和瑞机公感到难过。如果按照正常情况，就不太可能继续读书了。但这个时候正值抗战时期，瑞机公的长子已被国民党征去部队（后来因为身体不好，被遣送回来）。当时不少年轻人都因为抗战被征兵。我大伯十六岁时也被抓去部队。如果不希望到部队去，唯一的办法就是继续读书。因此，1941 年 8 月到 1942 年 1 月，岳父就到宁化职业中学去读书。

“精忠报国”“天下兴亡、匹夫有责”“位卑未敢忘忧国”等，说明在国家危难中，国民奔赴国难，本是值得赞赏的行为。抗战八年，热血男儿挺身而出，与日寇决一死战的军人也大有人在。几百万军人洒血疆场，说明当时精忠报国者不在少数。可是为什么在民间流传许多逃避当兵的事情？我小时候也听过不少，这也不像是有意歪曲。我想也许是当时具体实施征兵的人徇私舞弊，导致老百姓对政府征兵不理解甚至不满意。比如家里出得起足够钱的人就可以免去当兵，没有钱的就只好去当兵。当时正在大战中，谁都知道到部队去意味着什么。所以大家逃避征兵，倒不是怕死，主要原因可能还是因为具体做事的人不公道。

在宁化职业中学读书期间，因为水土不服，岳父经常生病。于是就投考省立连城师范，顺利被录取了。1942 年 2 月开始在省立连城师范学习。当年 7 月，学校要求提供高小毕业证书，因为岳父在芷溪小学读书时没有得到毕业证，没有办法，被连城师范退学了。

回到家里后，家里人又难过一阵。恰好这时上杭私立古蛟初级中学招生，于是去投考，又被录取了。这样，从1942年8月到1945年7月就在上杭私立古蛟初中就读。据《上杭县志》记载，私立古蛟初级中学创办于民国三十年（1941）八月，当年招生一百人，首任校长林念慈。就在岳父读初三时，老家的保长到家里找瑞机公，叫他儿子永兴回去当兵。但古蛟中学校长陈哲文建议，要他毕业后才可以去当兵。保长于是又把瑞机公的第二个儿子抓去当兵（《自传》）。后来瑞机公的二儿子也回来了。不久瑞机公的第六个儿子又被抓去当兵。据说后来去了台湾，但始终没有与园塘老家联系。就这样，岳父终于在1945年7月从古蛟初中毕业。那时岳父已经二十四岁了。

从古蛟初中毕业后，出路又成为问题。初中毕业生要找个工作自然不容易，但如果留在家里种地，又难免被国民党征去部队。因为两个兄弟都去当兵了，出于任何一种情况考虑，无论瑞机公，还是岳父自己，都不愿意。这个时候，一个在连城师范读书的同学张志仁叫他再去考连城师范。当时连城师范的生活费由政府提供，自己只需筹备书本费和一些零用钱。自然又考上了。在连城读了半年后，连城师范迁到长汀，并改为长汀师范。1948年7月岳父从长汀师范普师科毕业。

从长汀师范毕业后，由当时的福建省教育厅分配到上杭县，再由上杭县分配到大溪乡中心小学大地分校任教。（按：大溪乡中心小学应该在永定县。但大地小学属于上杭县）。在大地小学任教半年后，岳父回到家乡，不愿意再回去了。原因是："我在此工作半年，生活非常节约，积蓄了一些伪币带回家中过年开支。不料当我回到家乡时，所带回的伪币小票市面上不用，致使我家的年账无法开支。"（《自传》）

所谓天无绝人之路，正在这时，庙前私立晨光小学（庙前中心小学前身）董事长江子芹请岳父前去负责，工资是每月五块银元。这样，岳父在晨光小学担任校长工作，但也只负责了四个多月。工资却只领了三个月，原因是当时学校的经费由旅粤同乡筹措，但那时候旅粤同乡生意不好没有汇款回来。

1949年6月，闽西解放在即，晨光小学董事长江子芹参加起义工作。岳父也离开晨光小学，到闽西义勇军政务训练班学习。

闽西义勇军成立于1949年5月22日。这一天，国民党闽西地区军政负责人练惕生、李汉冲、傅柏翠等在上杭通电起义，发表宣言，宣告和平解放。

同时，组织人民解放军闽西义勇军临时行动委员会，主任傅柏翠，副主任练惕生、李汉冲。并成立闽西义勇军司令部，司令员练惕生，副司令员林志光、李玉、赖作梁。（《上杭县志》）

岳父在闽西义勇军政务训练班接受了一个多月的训练后，于 1949 年 7 月被派回连城县政工室工作。半个月后，因国民党军队又回到连城，因此，岳父仍回新泉。从这时到同年 9 月，因当时敌我双方情况复杂，是非常危险的时期。当时官庄一带被国民党军队抓去的壮丁有五十多个。

1949 年 9 月，岳父等人与江子芹的起义部队会合，进驻连城，接管了连城县政府工作。同时，这支起义部队改称连城武装工作队。岳父负责宣传工作。

1949 年 11 月 6 日，中国人民解放军福建军区第八军分区驻连城县军事代表团接管连城。11 月 7 日，军事代表团发布公告，宣布实行军事管制。由于工作需要，岳父被派到朋口税务所工作。

在朋口税务所工作一个多月，因中国人民解放军空军后勤部政治委员杨尚儒（1903–1986）（1955 年被授予少将军衔）回到家乡朋口，岳父拜访了杨尚儒将军，杨将军答应带岳父到北京学习。这是一个极好的机会。于是岳父向朋口税务所主任江海平提出辞职，并由江海平主任向县局（应该是县税务局）核准。这样，岳父就和杨尚儒将军一同坐车往长汀方向出发。但因为岳父当时身体衰弱，晕车很厉害，到长汀时已经不省人事，而且当时正属严冬，岳父担心就算到了北京，也可能受不住北京的寒冷天气，于是返回老家，因此错失了一个很好的机会。

岳父从长汀回来没几天，受新泉税务所江主任的邀请，岳父到新泉税务所工作了几个月。后来因为江姓主任贪污事发，岳父离开了新泉税务所，然后拿着长汀师范毕业证书到县文教科（相当于后来的教育局）请求工作，县文教科派他到官庄小学担任校长。

1950 年 3 月到 1952 年 1 月期间，岳父在家乡官庄小学担任校长，当时地方上还比较混乱。解放初期，连城的土匪据说在全国都是有名的，猖獗得很。当时全国有三大匪区，东北、湘西、闽西。闽西土匪又以连城土匪最为厉害。因为土匪猖獗，村里原来的文书坚决要求辞职。当时的乡长（即村长）杨永崧找不到合适的人担任文书，因此请岳父负责文书工作。出于大局考虑，岳父就将官庄小学工作交给其他人负责。白天在村政府搞群众工作，晚上和乡长带领民兵放哨守卫。在山上破庙里住了四个多月。1950年底，岳父和乡长及民兵队长在一个晚上抓了五名反革命分子，其中三名被镇压，一名被释放，一名判处有期徒刑十年。

这件事情结束后，岳父回到官庄小学担任校长工作，并协助乡文书工作。

1951年，土改工作开始。官庄小学也协助展开土改工作。在土改中，官庄小学增加了课桌椅等设备，并在初小附设了高级班及民校。

此后几年，岳父的工作一直处于变动之中。1952年2月到1953年7月调新泉初小任校长。1953年8月调儒畲小学任校长。儒畲小学原来是单人校，到1956年，儒畲小学已经办成完全小学，邻近四十余里的十五个自然村的儿童都到儒畲小学读书，对当地及附近的儿童教育产生了极好的影响。其间还到龙岩专区小学行政干部讲习班学习。

《自传》也体现了当时的话语风格，不妨照抄其中第“（四）”点的内容如下：

自解放几年来，我们几家（学校）执行了新的教学计划，并进行了教学改革工作。我们自五二年开始学习苏联课堂教学制度，掌握了新的教学方法，纠正了过去那种法西斯反科学的教学方法。通过了新教育学的学习，明确了过去的教育界为资产阶级反对派服务，为统治阶级服务，作为统治人民的工具。而我们今天的教育是科学的大众的，为培养社会主义社会全面发展的人才而服务的。在几年来的工作实践中已初步掌握新的教学方法，思想上明确认识到在新社会里教育是一种光荣豪迈的事业；与旧社会小学教师不值一文的对比毫无共同之处，因此使我更加的安心工作，建立起为教育服务的专业思想。

岳父当年的这份《自传》共有八部分：（一）家庭情况介绍，（二）参加革命前的个人经历，（三）新中国成立后参加革命工作的经过，（四）在几所小学担任校长的体会，（五）新中国成立后参加的几项主要运动和学习的收获，（六）在三反中受到处分及其现在的认识，（七）在反动社会所参加的反动组织与现在的认识（所谓反动组织主要是三青团），（八）各个历史时期的证明人。

岳父在儒畲小学担任校长到1958年7月为止。

1958年8月到1966年6月，调新泉公社工作。

1966年6月到1967年1月，调新泉中学工作。

1967年2月到1973年10月，调回新泉公社工作。估计其间到芷溪管理区担任书记一职，在芷溪被打也在此期间。

1973年10月调罗坊公社工作，后又调赖源，再调回新泉公社工作，担任宣传部长职务。

1983年4月，岳父办理了离休手续，休闲在家。

1999年7月1日，岳父被授予“共和国创立者”勋章。

## 三

从1993年年底初次认识永兴叔，到后来他成为我的岳父，到2000年11月26日岳父去世，前后算起来有八年时间。他老人家给我的印象几乎是完美的。他有旧式中国人讲究礼义的传统。他虽然是从旧时代走过来的人，但他接受的教育总归还是在新旧之间。近几年来，人们常常怀念民国的教育，最根本的是民国的教育对个人品行的重视，对学业水平的重视。岳父当然不是个值得大书特书的人，但他身后留下的美德，至今还在当地被人传讲，这就很不容易了。我想主要还在于岳父的德行。《左传·襄公二十四年》记鲁国大夫叔孙豹说的三不朽：“‘太上有立德，其次有立功，其次有立言’，虽久不废，此之谓三不朽。”自然，要真的做到三不朽，何其难哉。三不朽也不过是我们生而为人的一种理想而已。自有人类以来，默默无闻者总是绝大部分。岳父会买油送给那些家境贫寒者。岳父去赶圩场，无论需要不需要，都要在小摊贩那里买点东西，理由是小摊贩也要赚点钱养家糊口啊。

岳父离休在家后，一边在家疗养，一边自学中医伤科，也旁窥妇科方面的知识。岳父年轻时跟舞狮的师傅学习过伤科知识，也学过武术，似乎是长拳，在长汀师范读书期间参加省武术比赛获得第一名。离休在家后，就开始精心研究中医伤科，对接骨术尤其精通。但刚开始时，还不敢直接给人接骨。有一天，刚好有只母鸡的脚断了，就给母鸡接骨，几天后，居然成功。这就给他很大的信心，逐渐开始帮人接骨。后来名气渐渐大了，远近都有骨折、脱臼的病人找上门。岳父不收病人的钱，但病人家属也不好意思完全不给点意思，于是送点鸡蛋或其他特产作为谢礼。有的骨折病人在大医院都没有治好，也来找他，居然治好了，对方非常感谢，还有认岳父为干爸的。连城县城就有几个，但这些人姓甚名谁，我们也不太清楚。还有结婚多年不育的，岳父给他们开几副中药，后来居然怀孕生子，对方千恩万谢。即便在岳父病重期间，也还陆续有人来找他开药方。有次岳父自己不能写字了，他就口授药方，由松妹在旁边代写。我也在岳父房间见过几本骨伤科的书籍，全是线装书，且为手写影印本，肯定有些年代了，后来这些书不知道哪里去了。

岳父是有名的孝子。年轻时，所有收入都交给父母，连自己的零用钱也还要向父母要。岳母需要钱的时候则向婆婆要。据说，岳父的母亲对岳母很不好，岳父也从来不忤逆母亲。岳父的父亲瑞机公年纪大了，还经常到新泉的温泉（当地叫“汤窟”）洗澡。洗温泉澡后，肚子会有饿感，岳父交代新泉某店家，只管让瑞机公在那里记账吃点心，岳父则每月给店家结账。

在整个官庄，尤其是在园塘，岳父绝对是个说得上话的人。但他无论说什么话，总是注意大节。对弱者或需要帮助的人，总是给予最大的帮助。家族中的子侄，也总是悉心照顾。他常有忘年交。就是幼儿园的小朋友，岳父也跟他们玩得很好。这显示出他未泯的童心，也可以说是一种仁爱的表现。当然也遇到过以怨报德的人，但他总是一笑了之。

岳父的晚年，除了岳母，还有留在身边的两个小女儿。大女儿因为嫁到庙前，近得很，也是常常回来陪伴的。因为有妻子在身边，又有女儿在身边，岳父的晚年可以说是幸福的。

岳父对子女的教育不仅言传，更重身教。他常常跟孩子们讲做人的道理。他也不光讲道理，而是讲故事，在故事中讲道理。松妹经常说，她受岳父影响很大。那些道理虽然有的当时不理解，但每到紧要时候，岳父对她的教导就会起作用。所谓潜移默化，大概就是如此吧。

岳母黄兴兰嫁给岳父时，年仅十七岁，比岳父小十岁。在他们五十二年的共同生活中，夫妻感情是很深的。他们的美好爱情在当地传为美谈。岳父离休后，经常读书给岳母听，或者给岳母讲故事。有时候，岳母都睡着了，他还讲得起劲。有时候，岳母临时有事走开了，岳父还在讲故事。我想起

《雅歌》中关于爱情的诗句："爱情，众水不能息灭，大水也不能淹没。"美好的爱情给人至深的温暖。即使在岳父病重期间，他们的爱情也没有一点点减弱。最后岳父也是在岳母怀中离去的。那样的一种悲痛，一定痛彻了岳母的心……当时我也在场，我也无法用语言来安慰她老人家了。

在岳父离开人世七年后，岳母亦于2007年7月9日去世了。

我们祝愿岳父岳母在天堂依然美满地生活着……

# 佛英姑

2010年12月7日，因为参加侄女婚礼，我回老家芷溪，住在大哥家里。闲聊中，知道佛英姑今年去世了，享年七十六岁。很遗憾我没有能够参加佛英姑的葬礼，大哥也没有告诉我。如果知道，我一定会回去的。

佛英姑是满公的女儿。1984年，我初中毕业，考上了连城一中读高中。之前就知道有个姑姑在县城。像我这样从小住在乡下的孩子，县城离我是很遥远的。初一暑假时，去过一次县城。大哥在县城工作，我和长弟一起去大哥单位玩。那时候，我根本没有想到两年后我会到县城读高中。因为按照常规，芷溪的初中生，要读高中，一般都选择十里外的新泉中学，即连城三中。那时候的新泉中学教学质量很好。但我填志愿时填着玩，就填了连城一中，而且我也不知道自己究竟能否考上，后来居然考上了。据说芷溪村已经很多年没有人到连城一中读书了，我们那一届考了六个到一中。长辈说，仿佛过去中了秀才。

在一中读书，自然是住学校。佛英姑住在造漆厂宿舍，离一中不远。我偶尔和同学散步时，会顺道去姑姑家。表哥表姐表妹也常常在一起拉家常。但我总还是去得少，主要的原因是我那时候不太喜欢说话，加上一副乡下孩子的样子，有时候手脚都不知道怎么放。

逢年过节，佛英姑会提早来我宿舍叫我去吃饭。她嗓门大，身材微胖，给我很深的印象。虽然在城里生活多年，佛英姑的普通话讲得并不很好。那时候打电话很不方便，所以，几乎每次都是她亲自来叫我。第一次来叫我的时候，她说她找了很久才找到我，我感动得眼泪都要掉出来了。

在一中读书三年，我都是开学去，期末考完试才回老家，当然也会有思乡思亲的时候。那时候很羡慕那些家在城里的同学，每天可以回家。文亨一带的同学，因为靠近城关，周末一般也有回家的机会。可是，我的老家芷溪，距离县城有一百里左右，汽车票要一块八毛钱，这在当时是一笔不小的开支，所以从来就不敢想着平时能够回去。但到了期末考完试，那种归心似箭的心情，就立刻出现，从来没有等拿到成绩单就直接回家。所以，高中三年，我都不知道自己的期末成绩。

因为平时不回去，乡愁这样的心思，有时也会在莫名的时候出现。虽然我很注意锻炼，身体却并不很好，经常小病。但我也有自己的解愁方式，就是不断地看书。那时候还是六天制，于是周末就到外面租书。通常一毛钱看一个上午或下午。看的无非是各种小说，也看些杂志和小报。

在这样的生活境况中，佛英姑对我来说就很重要了。尤其是年节，中午和晚上几乎都去佛英姑家里吃饭，还可以跟表哥、表姐、表妹说说话。佛英姑非常热情，她的热情源于天性。一大家人一起吃饭，特别是冬天，那时候的冬天比现在冷，热气腾腾的饭菜，常常使我舍不得下桌。遇到这种场合，我也会喝点酒。开始自然是说不能喝，因为是学生啊。我想少喝点是没有什么关系的。但也有例外。记得有一次中秋节，我就喝得太多了些，晚自习都晕乎乎的。

后来我大学毕业，被分配到新泉中学教书，每个期末都要到县城改试卷。每次到县城，我还是习惯到佛英姑家里坐坐，也常常在那里吃饭，跟佛英姑、表哥、表嫂、表姐、表妹等说说话。

有几次，我和妻子夜谈，讲起佛英姑，讲她对我的好。讲着讲着，很有些伤感，但更多的是甜蜜。像我这样的人，如果没有亲情没有友情的支持，是很不容易走到现在的。

佛英姑对老家的人都很好，很多老家人在她家里落脚，在她家里吃饭。这很不容易，因为她的经济状况也不是很好。现在想想，更觉得佛英姑的不容易。从这点说，佛英姑是个很看重亲情很看重乡情的人。

在现代化的过程中，我总是觉得，现在像佛英姑这样的人越来越少了。社会变迁的急剧，也无情地冲击到我们最温柔的人情关系中。每次想到一直爱我的佛英姑，想到她的去世，我竟然不知道，使我觉得深切的悲凉。但我也知道，在我心灵最深的角落，一直有佛英姑。就在我写这些微弱的文字时，她的音容笑貌，也立刻出现在我眼前……

# 曾仕强访谈记

## 小 引

得知要采访曾仕强教授，心里萌生一种期待，又萌生一种略微紧张的情绪。2009 年 10 月，我在看“百家讲坛”时，看到了曾仕强教授在讲《易经的奥秘》。说起我看“百家讲坛”，还与我的孩子有关，今年读初中二年级的他一直以来就喜欢看“百家讲坛”，像易中天、阎崇年、王立群、曾仕强、钱文忠等都是他喜欢的。其中，尤其喜欢看易中天的《三国》、王立群的《史记》、曾仕强的《易经》、钱文忠的《三字经》。有时间我也会跟他一起看看。这样，可以说是早已与曾仕强教授神交了。后来又在书店买了一本曾教授《解读中国人》的书。但是，从来也没有想过有一天能够与曾仕强教授面对面地交流。所以，当知道要采访的就是曾仕强教授时，那种期待和紧张交织的感觉几乎是油然而生的。

曾仕强教授这次厦门之行，是应厦门大学管理学院邀请给管理学院 EDP（The Executive Development Programs）学员作主题为“商道——周易智慧与中国式管理”的演讲。曾教授是在 11 月 13 日下午在厦门大学建南大礼堂作的演讲。一个朋友告诉我那种盛况，言谈之中表露了没有能够直接聆听的遗憾。我当然也是遗憾者之一，因为我也没有去听曾教授的讲座。好在我在百家讲坛中已多次听过曾教授的演讲，因而能够想象那种激动人心的场面。

因为第二天就能见到神交已久的曾教授，所以，我也就释然了，尽管那个朋友一直对我说“你没有去听真是太遗憾了太遗憾了”的话。

14 日早上，我和厦门大学管理学院 EDP 中心副主任赖英群先生等人到环岛路亚洲大酒店迎接曾仕强夫妇一起到五缘湾飞驰游艇公司。这天的天气真好。环岛路美丽的风景在阳光下熠熠生辉，秋天的厦门温暖得就像是春天。当我在宽阔的酒店大堂里见到曾教授夫妇时，曾教授看起来精神很好，他的太太刘教授也很好。曾教授的个头比我想象的要高，他的头发已经白了，但脸色是红润的，你根本想象不到他今年已经七十六岁了。

在亲切握手的那一刻，我的第一印象就是感觉曾仕强教授身上有一种“温暖和煦的光芒”，原来的些许紧张情绪没有了。因为你没有必要在这样温暖和煦的光芒中有任何不好的感觉。我想，这就是大师的精神与魅力吧。

访谈是在厦门飞驰游艇有限公司一个会议室进行的，座中有不少企业界人士，他们中不少人已在13日下午聆听过曾仕强教授的讲课，今天再次相聚，自然显得格外亲切；后来一起共进午餐时也谈论了许多事情，算是访谈的延续吧……

## 身世与经历

在交谈中，我们自然谈到曾仕强教授的身世与经历。曾教授说，他是漳州人，1935年出生于漳州新桥草寮街。那时候家里有钱，是大户人家。祖父曾季鸾是中医，父亲是学艺术的。曾教授说：“我们家每一代都有一个学艺术的。”曾教授说他有个弟弟在英国就是做古董鉴定的，很权威。曾教授还有个弟弟叫曾仕良，毕业于台湾辅仁大学中文系，是台湾南开科技大学的专任教授，对传统文化亦深有研究，有《文学探索》等著作二十余部。曾仕强和曾仕良兄弟俩还合著了《论语的生活智慧》一书，这可以说是当代学术佳话了。

说到自己的名字为什么叫“仕强”时，曾教授说，他出生的时候，有个和尚对他祖父说，这个孩子长大后是要帮人家忙的。祖父想，虽然是要帮人家忙，但也不能帮人家太低级的忙，要帮忙，也要帮大一点的忙。要帮人家大一点的忙，当然要读书了，所以就取一个“仕”（即“士人”，也就是“读书人”），再加一个“强”字，因为在祖父看来，读书人也不能弱不禁风啊，这样，就有现在这个名字了。

说到名字，曾仕强曾经说过，按中国人的传统，父亲是不能给孩子取名字的，祖父才能给孙子孙女取名字。这个传统在许多地方都是如此。笔者是客家人，在我的家乡，小孩出生后，都是由家族中德高望重的长辈取名的；不仅要取名，还要附上八字。曾教授说，这是一个很好的传统，但现在有些乱了，年轻人都喜欢自己给孩子取名字。

说到自己的名字来历，曾教授真是如数家珍。但是，他说，自己从小就是一个“糊里糊涂”的人。整天打篮球、看书、吃饭、睡觉，毕业后也没有什么大志。曾教授说，他大学毕业后，回到台南教了一年书，后来去当兵。当兵后决定再也不教书了。为此，爸爸还批评说：你师大（指台湾师范大学）毕业，“国家”培养你，居然不教书。意思是这怎么像话呢？从部队退伍后，曾仕强去办公司。一年后，打电话给爸爸说这辈子再也不做生意了。为什么呢？因为觉得自己不适合。曾仕强说，一个人做生意，需要三个条件：一是眼光要稳，二是脚步要稳，三是心要狠。第一、二点容易做到，第三点自己觉得不行。第三点的“狠”有两种：一是无情无义的“狠”，二是有情有义的“狠”。不管是哪一种狠，自己都觉得做不来，所以自己觉得不能做生意。

既然做不成生意，曾仕强就回来教书了。一直教到七十岁。当然，说曾仕强教授教书教到七十岁，是指他教书作为职业教到七十岁。事实是，一直到现在他仍然在教书，以另一种形式在教书。比如这次到厦门大学为 EDP 学员做“商道”的讲座也是一种教书。

说到教书，曾仕强说，他的爸爸原来也是教书的。曾仕强的爸爸曾乃超先生是漳州市华安一中（当时叫华安县立初级中学）的首任校长（1946 年 3 月—1947 年 2 月）。曾仕强的启蒙教育也是在漳州市南方小学（现在叫新桥中心小学）进行的。曾仕强回忆自己小时候的经历充满深情，他说那时候家境很不错，家里的房子是三进厅，房子很大。祖父是中医，家里的书也不少。但小时候比较贪玩。后来因为爸爸去厦门，他也就到了厦门。他初中是在厦门双十中学读书并毕业于该校的。1949 年随家人到了台湾。那一年，曾仕强十四岁。后来考上台湾师范大学工业教育系，又先后留学英国和美国，获得英国莱斯特大学管理哲学博士学位和美国杜鲁门大学行政管理硕士学位。他还是英国牛津大学管理哲学荣誉博士。

曾仕强说，年轻人在学校出来五年内可以多做几种工作，选择自己喜欢的工作后，就不要变来变去。他自己就是这样，在决定从事教书职业后，就一直在教书。先教初中，后教高中，后来又教大学。他先后在台湾交通大学、台湾师范大学等多所大学担任教授，也做过大学总务长、教务长等行政工作，还做过大学校长。他评价自己走到现在，可以说是螺旋式一步一步在往前走。

曾仕强教授在座谈中谈到他爸爸对他的影响，他说，爸爸曾经叫他不要从政，最好是从事教育工作。现在，可以说是按照爸爸的教导一直做教育。不仅自己做教育，他的三个孩子有两个都在做教育工作。可以说是教育世家了。

现在，曾仕强每年都要到各地演讲。我相信，他的教育工作还将继续下去，他还要将他的独特中国式管理的理念，用他优雅、亲切的语言，更宽广地传播到各种人群中，用他温暖和煦的光芒照亮更多有各种各样困惑的人群……

## 企业家的社会责任

在座谈中，谈得多的还是企业家的社会责任。

企业家如何对社会作贡献？

曾仕强教授说：企业家要爱乡、爱土、爱文化。

我们都知道，企业家可以说都是人群中的优秀分子。如果用金钱来衡量成功与否，那么企业家可以说是成功人士。但是，企业家有了钱以后是不是一切都OK呢？不一定。曾仕强说，企业家有了钱之后面临着确定新目标的问题，如果新目标没有了，那就很危险。有的人就因为没有新的目标而垮下去了。这样的例子很多，可以说举不胜举。

曾仕强是《易经》名家，无论什么话题，他都能够用《易经》来解释。比如对贫、富，他能够从各自的难处来看待。普通人如果穷，就只会觉得富裕真好啊；如果富，就会妄自尊大甚至目中无人。但是，曾仕强说：穷有穷的苦衷，富有富的艰难。这就是他看问题的辩证态度。

不仅如此，曾仕强还说，企业家富裕了，他还有一个人生道路怎么走的问题。你有钱了，你的人生道路要重新思考。如果只为自己，那就不是一个真正的企业家的作为。这个社会不能只向钱看，只向钱看会害死人。所以，企业家有了钱后，他一定要思考人生的道路问题。只有这样，他才能走得更远。

所以，曾仕强教授说：企业家要爱乡、爱土、爱文化。

爱乡、爱土很好理解，很多企业家都能够做到，但是文化怎么爱？曾仕强教授说，要让更多的人接受传统文化的教育。企业家可以向中小学捐赠

《论语》等传统文化典籍，人手一册。第一，这花不了很多钱；第二，这很有用。你想啊，这些孩子从小学习《论语》，十年二十年后，他们长大了，就会在社会上表现出来，就会影响更多的人，也会影响更年轻的一代又一代人。这样，传统文化就可以长久绵延下去了。

接着，曾仕强又转到了管理问题。他说，管理有几个主要的问题要注意，比如：不能以事情为中心，而要以人为中心；要默契；最后还是责任感，没有责任感事情就办不好。关于中国式管理，曾仕强曾经说过：中国式管理具有三大主轴，那就是以人为本、因道结合、依理应变。所有管理措施，无一不与人密切相关。可见，人是管理的核心。管理如果离开人这个核心，就会背离管理的精神。

企业家的责任感如果落实到管理，就是以人为本。曾仕强说，企业家要懂得放权，要抓大事，不能事事亲为。像诸葛亮那样什么事都亲自做，是不行的，迟早要累死。诸葛亮只活了五十四岁就死了，就是因为他事事躬亲。我们说企业家要有责任感，并不是要他事事躬亲，而是要做大事、管大事。

## 国学与教育问题

因为在访谈中讲到《论语》，所以笔者也将去年在厦门关于国学讨论的事情请教曾教授。2009 年 12 月 6 日，厦门市作协、《厦门日报》“海燕”副刊联办了一个文化沙龙，就在这个沙龙上，与会的专家们对“国学”进行了热烈的争论。赞成与反对的意见都异常鲜明激烈。曾仕强教授微微一笑，说他知道这件事。曾教授没有直接评论这件事。曾教授是国学的坚定信仰者和实行者，这是人所共知的。曾教授很快就转到《论语》上来。他说，国学教育要从根本做起。他主张要从小学开始国学教育。因为小孩子是一张白纸，这时候进行国学教育是最有效果的。所以，曾仕强教授再次主张企业家要多多地捐献《论语》给中小学师生。

其实，了解曾仕强思想的人都会知道，曾仕强并不是一开始就是极力主张国学的人。他自己也说过，他原来是个很反叛的人。他说过自己原来很反对孔子，后来却走上儒家的道路，成为坚定不移的儒家传播者。儒家思想也成为他中国式管理的核心思想。

曾仕强教授说，国学本身没有糟粕，但也不全是精华。全看你怎么用。用得正确是精华，但用错了会变成糟粕。

但是，怎么样来厘定用错还是用对呢？曾教授没有说。

曾教授说，周易是讲“合”的。一阴一阳谓之“合”。任何事情不能“过”，“过”了就不合，“过”了就不好。因为有人提到网上盛传“我爸是李刚”事件，曾教授说，这就叫“天网恢恢，疏而不漏”。很多事情，表面看起来很好，因为当坏的事情没有败露时，一切都是好的，就像一个圆球，很完整；但是，一旦有个小口子，就像一根线，轻轻一拉，那个原来完整的圆球就坏了，里面什么东西就都出来了。“我爸是李刚”就是这样。很多贪官污吏没有出事时都很好，站在台上还很光鲜；一旦出事，一拉就拉出一大堆人和事。现在“富二代”“官二代”问题很多——“我爸是李刚”就是个典型例子，说明我们需要认真看待年轻一代的教育问题。当然，“我爸是李刚”也反映出某些官员本身有问题，自然孩子也就跟着出问题。

因为笔者也是做教育工作的，所以很想听听曾教授关于教育的见解。

曾仕强教授认为传统文化的教育要从小学——甚至要从幼儿园开始。到大学来学，就有些来不及。因为一个人到大学时，他的世界观基本形成了，他要改变就不容易了。他认为我们现在对英语学习的要求有点过了，他说，不要鼓励全民学英语，因为很多人学了英语没有什么用。曾教授主张，小学生一到四年级最好不要有成绩的考核，要让他们快乐学习，要让他们有童年的快乐。他还说，现在的早教存在很多问题，多数是利用父母望子成龙、望女成凤的心理在赚钱乃至于骗钱。

看得出来，曾仕强教授是对传统文化有着坚定信念和执着追求的人。他也是一个极其热爱家乡的人。在短短数小时的交流中，曾教授时不时会讲闽南话。就是在讲学时，他也会如此。这是他对家乡热爱的表现。他也对年轻一代有些不会讲家乡话感到忧虑。因为语言是文化的载体，一种语言承载一种文化。一种语言如果有一天消失了，它的损失会多么的大。

## 尾　声

曾仕强教授今年（2010 年）七十六岁了，可是，你看到他时，你不会觉得他已经是这么大年纪的人。他不仅思路清晰、逻辑严密，还显得非常乐观。他说，自己不是个工作狂。比如这次来厦门，课当然要讲，但是，我也是来玩的。厦门是个很美丽的城市，自己又是闽南人，因此，来厦门就像是回家一样。有的城市不好，如果不是因为工作需要的话，自己不会想去，但厦门是个好地方，值得欣赏回味。后来我们还一起去坐游艇，我惊讶曾教授夫妇居然坐在游艇二楼，天气虽然不冷，但海上的风还是不小。但他们一直都在上面坐着，看天风海涛，看蔚蓝天空，看秋天温暖的太阳……

时间就像大江流水，过得真是太快了，很快就到了与曾仕强教授夫妇话别的时候了。曾教授的手宽大而温暖，我轻轻地握着他温暖的大手，期待再次与他相逢，再次聆听他精妙的话语，再次聆听他智慧的声音，再次感受他温暖和煦的光芒……

# 黄美莲老师

美莲老师是我的恩师，这篇短文是献给她的，虽然这短文的文字很质朴，甚或至于简陋，就像是没有伴奏的歌声，不一定如诗般优雅，但这样的清唱，却一定是自然的和真实的。

记忆中的美莲老师是剪头发的，稍稍有些胖，她总是温柔地微笑着。我后来读到鲁迅笔下那个始终微笑的和蔼的刘和珍君时，一下子想到的就是美莲老师。她长得并不美丽，然而她的心是极端的和蔼与温柔，在我的读书生涯中，她是我的第一个恩师。

我的家庭是一个苦寒的家庭，总有做不完的家务事。从小学到初中，我总是班上迟到最多的人。我是小学一年级下学期转到美莲老师班里的。刚到新班级时，我惴惴不安地过了好长一段时间，那些原来就在美莲老师班上的同学好像看异类似的看着我们几个转班过来的同学。我也总是不合群，我觉得新班级是那么的生疏，我就像草原上不合群的绵羊一样，孤单地生活在众多的羊群中间。我好像天生就喜欢孤单似的，这种孤单的天性顽固地积存至今，使我总喜欢热闹中的沉静，总喜欢独居时的丰富。

虽然我常迟到，但美莲老师从来没有因为这个批评过我。我现在想，如果我不是碰上这么好的老师，如果我碰上的是一个天天因为我迟到而骂我、责备我、惩罚我的老师，也许我就会自暴自弃，自甘堕落，甚至会在小学就自动辍学回家了。

或许因有这样的经历，在我日后也为人师时，我也从未因学生迟到而责备我的学生。我始终认为，校园应该是最宽容的场所，最包容的地方，因为爱能抚慰每一颗受伤和破碎的心。

大概由于我的成绩不坏吧，我转班后第二个学期，也就是二年级上学期时，我就做了班长。有一次我跟一个同学闹了矛盾，后来居然打起架来。美莲老师把我叫到她房间，只说了“你是班长，怎么能跟同学打架呢?”等几句话，她的话里也似乎没有责备，即使算是责备吧，听起来也是那么温柔的语气。我什么话也不会说，眼泪就流出来了。

二年级一晃就过去了。这其中发生过什么事，也大多记不清了。美莲老师教完了我们二年级后，就不再教我们了，好像调走了，调到哪里去，我们弄不清楚。我也被编到另外一个班，读了三年级。

我在读三年级时，成绩退步很厉害。有一次，不知怎么就碰上了美莲老师，我叫了声“美莲老师”就不知道说什么好。我清楚地记得那天正下着微雨，天空也是灰蒙蒙的，却也不太冷。乡村本来就寂寥，这灰蒙蒙的微雨使乡村显得更加寂寥。美莲老师看着我说：天松啊，听说你成绩退步了……其他的话我就记不得了。因为下雨，我又很不好意思（因为成绩退步了），就跑着回家了。

这是我最后一次见到美莲老师，这是我最后一次听到美莲老师的声音。当时没有什么感觉，除了羞愧。但随着岁月的流逝，我逐渐体会到她对我的深切的关心和爱护。我后来也偶尔打听美莲老师的去向，大学毕业后还打听过几次，但都没能知道她确切的消息。一晃又到新的教师节了。我不知道美莲老师能否看到这则短文，然而，她真是一个很好的老师，是我生命中第一个给过我爱的老师。美莲老师，现在，就请让我在这深夜的灯光下，向您轻声地问候一句，并祝您健康长寿。

# 黄茂藩老师

2012年5月，我写过一篇关于连城三中校园文学报《文星》出刊100期的短文——《文学的魅力》。《文星》创刊于1999年10月。当时我担任语文组组长，在校长魏祥波的支持下，创办了《文星》。但第二年我就调离了三中。所以，《文星》现任主编易丽华老师叫我写写与《文星》有关的文字。在《文学的魅力》的短文中，我写了下面一段文字：

1980年代是建国后文学最为风光的时代，也是思想启蒙的时代，正好成长于那个时代的人，多少是有福的。我也算是有福的人中的一个。当我在芷溪中学读书时，很幸运地遇到了颇有文学功底的黄茂藩老师。他常常把一些写得好的作文用粉笔抄在学校食堂外墙的黑板上。我也有过几次这样的“发表”机会，当时是很使我高兴的。

1981年9月，我考上了芷溪中学。

在芷溪中学读书的三年中，可以说是非常幸运，因为遇上了许多很好的老师，黄茂藩老师是其中的一个。他也是初中老师中影响我最大的一个。

大概在开学后不久，我们年段两个班在教室外空地上集合，那时候似乎还没有集会的说法。来了几个老师，黄茂藩老师也在。他穿着白衬衫，简直帅呆了。他的头微微上扬，这也可以说是他的经典姿势，一直到现在也还是这样。

黄茂藩老师教我们语文，从初一教到初三。他教我们语文很有特色，最主要的有几点：一是很注意基础。像生字要求我们要注音、组词、解释、造句——而且常常不只要求我们造一个句子，而是两个或三个句子。文言文更是要求我们每个字或词都要搞懂，全文要求翻译。名篇一律要求背诵，不仅要到组长那里背，有的还要到茂藩老师那里背。到后来我们知道，初中的文言文当然简单。但是如果没有当年这么死磕生字生词，没有背诵一定数量的文言文，就不会有最基本的古文基础。二是鼓励我们自己思考。所有需要讲解的课文，茂藩老师都要求我们分段，并且概括段意。但他一般不直接告诉我们，而是提问。回答错的同学不可以坐下，有时候还要到教室后面站，直到有同学把正确答案回答出来，才可以就坐或回到座位。我也有几次回答不出来到后面站的经历。但我不会不好意思，不知道其他同学有没有，谁叫自己不知道呢。有几次是我最后回答出来的，当然就解救了那些回答不出来的同学。遇到这种时候，觉得有些小得意。后来我出来教书，看到有些专家不主张给课文分段，概括段意，认为这样肢解了文章的整体性。我不这么认为。对于初学者，分段和概括段意对于课文理解和培养逻辑能力是很有好处的。能够对一篇文章进行分段和概括段意，至少说明对文章内容是理解的。

黄茂藩老师教语文最有特色的是他的作文教学。我也从他的作文教学中得到许多教益。黄老师教我们作文最大的一个优势是他能写文章。记得有一次他把他发表（发表在哪里不记得了）的一篇文章——似乎是《榕树下的情思》——贴出来给我们看。这是我第一次看到我认识的人铅字发表的文章，觉得敬佩极了。我们长时间做学生，知道对老师的敬佩最能够激励我们的学习。我也是被茂藩老师激励的人。我读语文读得很认真，多半是因为茂藩老师的影响。第二，茂藩老师经常写下水作文给我们作示范。他布置我们写的作文，他自己常常也写一篇出来给我们看，当然写得比我们好得多。这又增加了我们对他的敬重。那时候经常会有春游秋游的活动，每次活动，总免不了写作文。因为茂藩老师也常常去的，这时候他也会写上一篇，给我们作示范。第三，茂藩老师改作文改得认真。有的时候会他会仔细眉批，有的地方会被他划掉重写。好的句子，会做上记号。写错的字句，他会一一改正。第四，他利用芷溪中学食堂外墙的一个黑板，把我们平时写得比较好的作文，自己用粉笔抄在那里。这就等于是“发表”了。这对我们绝对有冲击力。我自己就曾经为了能够有这样的机会，几乎每次作文都绞尽脑汁去写。后来也有几次的作文被抄写在那个黑板上。遇到这种机会时，我每次经过，都会迅速地看看，但也不能久看，担心被人看见。那时候也没有什么文学社的说法。现在想起来，这个举动对我们影响真的很大。它大大刺激了我们对作文的兴趣。我们有几个同学会比赛谁写得长，谁写得好。那时候我常常看些课外书，那时候课外书比较难得，看的无非是《杨家将》《呼家将》《说岳》《说唐》

《三国演义》《水浒传》等，尤其是《杨家将》，当时能够买到的版本，我都买了。写作文时，难免会秀秀从这些作品中学到的词语或句子。可是我的作文写不长，写到差不多就结尾了。那些有幸被选中抄写在黑板上的作文，也不知道扔哪里去了。

黄茂藩老师很得我们的心。除了他教书好，教书认真外，他还格外多才多艺。茂藩老师字写得好，连粉笔字也写得那么漂亮。他还能画画，画中国画。还能乐器——记得是二胡吧，至于他还能什么乐器就忘记了。

在芷溪中学读书三年，我以为语文的基础是打得很不错的。我现在想，我后来能够在各科中语文学得比较好一点，后来又宿命般地读了中文系，很大程度上都因为黄茂藩老师。无论什么时候，只要机会合适，我都会说起茂藩老师。很感谢他对我们的教育。我常常想，一个人在他的读书生涯中，遇到好老师的机会是不多的。那么，黄茂藩老师可以说是我读书生涯中遇到的很好的老师。我也常常会想起芷溪中学那宽阔的校园，我们在那里度过人生中非常宝贵的三年时光。

我从芷溪中学毕业后，就到连城一中读高中去了。后来又到福建师范大学中文系读书。大学毕业后，被分配到连城三中教书。很幸运地，后来还和茂藩老师同事。他对我工作上的帮助，我也铭记至今。

现在，黄茂藩老师已经退休在家。但他没有闲着，还在为芷溪村和芷溪中学（即连南中学）的发展贡献智慧。业余时间还写些文章，我很多次在《客家文学》等刊物上看到他的文章。当然欣喜拜读，因为是茂藩老师的文章啊。

# 孙绍振老师

在福建师大读过书的人，如果不知道孙绍振教授，那真是一个遗憾。

在中文系，大家都亲切地叫他“老孙头”。也许是专业的关系，在我们心目中，“老孙头”应该是师大最有名的教授。所以，只要有他的讲座，我是一定要去听的。而且，当然要早去了，如果去迟了，对不起，你肯定没有座位的。所以，要是去听“老孙头”的讲座，就只好早早地出门。那场面真的壮观，过道上都是人；不，连窗户上都是密密麻麻的人。

孙老师在中文系开一门《文学创作论》的课。我那时对文学是有一点点兴趣的。所以，等不及在我们年级开课，我就去86级听他的课。到他给我们年级开课时，我又选了这门课。同一位老师的课我听了两次，在四年大学中，只有这门课。可是，成绩却不太好，真是对不住老师了。

“老孙头”是很幽默的。听他的课，是一种享受。我常常听得入迷，以至于常忘了做笔记。我相信，就是到今天，我们这些经过他调教的学生，上课多少都受他影响。

他讲文学创作，不知怎么就讲到幽默问题。我相信听过孙老师的课的人，可能都听过他讲的关于他女儿的故事。有一次他女儿不知道怎么就哭了。大家就很关心地问，小朋友，你怎么哭了？可是他女儿却机智得很，说，谁说我哭了，我是在笑呢！这个故事我听过两次，因为我听过孙老师两次课。

我那时特别佩服能写作的人，所以每次拿着那本厚厚的《文学创作论》去上课时，都对“老孙头”有一种崇拜感。

我是很少称呼孙绍振老师为“老孙头”的，觉得这样的称呼是对他的不敬。但是，这个称呼真的很亲切。希望孙老师如果看到这个短文，不要生气啊！我真是多余的忧虑啊，以孙老师的幽默和大度，他是不会生气的。

大学四年，我也没有机会和亲爱的“孙老师”有过直接的交流。这是最大的遗憾。希望有机会时，能再次聆听孙老师的教诲，并能亲切地叫他“老孙头”。

谢泳说，过去的大学（指民国时期的大学）老师是有很多故事的。现在想想，我们那时的老师也是有故事的。正值福建师大百年校庆，所以就想起教过我们的老师们。也许我会写写他们，简单地写写。从我这样一个很普通的学生的角度来写写，也表达表达我对老师们的景仰之情吧。随着时间的流逝，老师们教给我们的知识可能都忘了，但老师们的一些有趣的细节，可能在不经意间长久地影响着我们的行事为人呢。

# 朱以撒老师

朱以撒老师是我大学时的书法老师。

还没有正式上课，就听说朱老师是大名鼎鼎的书法家，那个年代书法家估计没有今天多，我们听说朱老师是书法家时，就很期待着书法课的到来。你想呀，有书法家给我们上课，这是多么令人兴奋的事情。

终于见到朱老师了，三十多岁的样子，清瘦，寡言，说话缓慢。旧小说中经常看到“施施然”三个字，大概可以形容朱老师说话的样子。

朱老师上书法课，讲得少，他讲过什么，现在一句话也想不起来。这当然归罪于我的记忆力。总之，通常是这样的程序：他大概说一通话后，就叫我们临帖。我们在练习的时候，朱老师多半是端坐在讲台，有时闭目，有时也下来走动走动，偶尔也在旁边端详端详，有时指点一下，有时端详完，就走过去了。整个教室静肃之极，大概受了朱老师的影响，因为他是静肃的。我们上课的教室离中文系十七号楼很近，大概五六十米就到了。教室名为政大教室。为什么叫政大，我们却不知道，也没有考证过。教室很大，木地板，略阴暗，有些年代了。我们凡有年级集会，基本上在政大教室。有大班上课的，也常常在这里。凡师大中文系毕业的，大概都应有这个印象。

朱老师叫我们每人准备一本字帖，其他如笔、墨、纸等也自己准备。我选的是欧阳询《九成宫醴泉铭》。似乎选欧体字的同学很少，多数选颜真卿、柳公权的，选赵孟頫的也有吧。因为颜、柳、欧、赵为楷书四大家。也有同学选褚遂良的。练习毛笔字，大概总该从楷书开始，方为正途。

某次，朱老师走到我旁边，因为我总坐在教室右边靠近过道的位置，朱老师也端详了会，见我临的是欧体，就说，欧体不好练，大概是说初学者最好不要练习欧体字，但也没有叫我不要练，这也说明朱老师是很宽容的。后来又说我写（其实是临摹）得很像样，这当然是在鼓励我。我那时候也很想练好字，就练得很勤，不仅课上练，课后也练，大概有两个月之久，几乎每天都在练习，常常一练就两三个小时。后来觉得练字占去了读书的时间，就慢慢少了。

期末考试来了，书法课考试记得要求交一张字就可以。可临摹，也可自己写。我因为有段时间没有在课外练习了，自己写没底，就临摹了一张欧阳询，也不知道多少分。2000年我参加研究生考试（因为英语差几分，失败了，后来也没有再去考），需要大学成绩，才到县教育局从档案中借出成绩单复印，看到书法课成绩居然是“优秀”，这真使我不安。因为从书法课后，我就几乎不练习写字了，业余时间几乎都泡在书堆里。以为书法课既已结束，何必再去练它呢。反正不当书法家，字过得去就行。这当然是很错误的看法。大概跟我有一样错误看法的同学很不少，因为我也没有看到多少还在练字的同学。我们年级现在还有多少同学还在练字，我不知道了。“学生不能高过先生”这句话，说得还真有些道理。

书法课结束后，印象中就没有见到过朱以撒老师了。

毕业后，我被分配到连城三中教书，业余与当地的文友交往。1996年，连城办了《客家文学》杂志，“客家文学”四个字正是朱以撒老师的墨宝。我不知道是谁去请朱老师写的。聊天中，我说朱老师教过我们书法呢。有的就说，真幸运啊。我也觉得真幸运，但因为自己字写不好，又觉得真是不幸啊，或者说真是有辱师门了。自己不能好好写字，真是有辱了师门。

2010年春节前后，我主编一本《大学语文》，从朱以撒老师的散文集《古典幽梦》中选了《兰亭情结》。因为要和朱老师联系，就找师大文学院院长郑家建——也是中文系1987级的同学，要到了朱老师的电话。因为二十多年都没有和朱老师联系过，朱老师桃李满天下，当然不会记得我这个沉默寡言的老学生。自报家门后，朱老师却说有印象有印象。我说准备把朱老师的《兰亭情结》编入《大学语文》教材，问朱老师可不可以。朱老师满口答应，说：“没问题，没问题。文章写出来就是给大家看的。”后来，朱老师又嘱我跟上海东方出版中心的褚赣生先生联系，并把褚先生的电话给了我，说因为《古典幽梦》的编辑是褚赣生先生。我于是又跟褚先生联系。褚先生也很爽快，说，这事情朱老师说可以就行了，我没有意见。教材出版后，我给朱老师寄了样书。朱老师还寄了以他书法作品印制的明信片给我，我自然珍藏。

我向郑家建兄要朱老师电话的时候，他就告诉我朱老师已调到美术学院了，是美术学院教授和博士生导师。朱老师在书法理论研究上取得了令人瞩目的成就，他的书法论著主要有《书法创作论》《书法审美表现论》等十余部。此外，朱老师持续发表散文作品，先后结集出版了《古典幽梦》《俯仰之间》《纸上思量》等散文集，获得过冰心散文奖等多种奖项。朱老师身兼多职，头衔很多，如福建省政协委员、中国作家协会会员、福建省书法家协会副主席、中国书法家协会学术委员等等。

朱以撒老师是当代杰出的书法家、书法理论家和书法教育家。他是那种很纯粹的学者。亲自聆听过朱老师书法课的人，很少不为他的气质所吸引，我也是被他的气质所深深吸引的学生之一。在他身上透显出来的浓郁的书卷气息，具有吸引人心的力量。

# 收藏家黄华源

## 创办实体的收藏家

在一般朋友眼里，黄华源是一个干练有为的企业家。我最初认识黄华源是在 1993 年，那时候他在搞美术装潢，已经小有名气。我后来知道，1988 年他高中毕业后，随即到北京齐白石艺术函授学院读书。当时学院的院长是齐白石的儿子齐良迟先生，教师中有当代书法大家欧阳中石先生。所谓名师出高徒，黄华源做美术装潢自然得心应手闻名遐迩了。

1994 年，二十四岁的黄华源创办了龙岩地区第一家装饰工艺厂——华厦装饰工艺厂。注册资金三十五万元。主要生产石膏建材、石膏系列工艺品及玻璃钢。龙岩金叶大酒店、连城大酒店等大型建筑都用这个厂生产的材料装饰。现在，当我和黄华源一起在七月盛夏的正午倾心交谈时，黄华源仍然掩饰不住那种自豪的感觉。

第二年，黄华源又合股投资三十余万元创办庙前老山机砖厂，即现在的永发机砖厂。同时承包龙连铝型材厂的基建，这是年纪轻轻的黄华源在实体经营中最繁忙的一年。我无法想象那么年轻的他怎么有这么大的能量来经营这些企业的，尽管在这过程中他尝尽艰辛，饱经风雪。也许他有过这样的历练，黄华源对创业之艰辛体味至深。他深深地喜爱这么一副对联：

创业维艰，祖父备尝辛苦；
守成不易，子孙宜戒奢华。

这是清代芷溪大企业家杨百万府上的一副对联。黄华源随口吟出，他很年轻的脸庞上吟哦出一种老练和深味人生的含蕴。

1997 年，黄华源又在连城注册了“福建省华厦装饰工程有限公司”，资金三十余万元，他是法人代表和最大股东。

这些是黄华源为人所知的一方面，在这里我们看见的是作为企业家的黄华源。但是，黄华源不仅仅是一个企业家，他更是一位收藏家。是一个有十年收藏历史的、阅历相当丰富的收藏家。

在收藏家中一般有几种类型的人：有的是贵族官僚的殷实富户，如清代的周亮工、汪文伯，民国的张伯驹、张学良。有的是艺术家，如宋代的米芾、明代的文征明。近代以来有张大千，吴湖帆。在现当代收藏家中有相当多是高级干部，这些人不少有专门的学问，如吴晗、邓拓、廖沫沙。专收书画的人中还有书画鉴定家，如大名鼎鼎的钱镜塘、钱君匋就是。

黄华源属于哪一类收藏家呢？他学过美术，有相当的美术功底；他又搞美术装潢，实用美术也有相当的实践；他搞企业也多少赚了点钱，因为有一定的经济收入是搞收藏的基础。这样看来，黄华源属于创办实体的收藏家。

在短短几个小时的采访中，黄华源反复陈述搞收藏的目的。他说，在农村，他因目睹许多客家文物破坏和流失严重，深感痛心。抢救文物就是抢救文化，抢救祖宗留下的文化遗产，没有比这个意义更重大，影响更长久。于是，他把有限的资金投入到收藏和保护客家文物上，以此作为对民族文化的一点贡献。

黄华源不高大，甚至有些文弱，好像为收藏憔悴的样子。他口才极好，一说起收藏，更是意兴盎然，侃侃而谈。但是，你和他交谈就会发现他对收藏有着发自内心的喜爱。你会发现在他平凡的外表下有一颗不平凡的收藏家的心灵。他的收藏品、他的收藏经历、他的对收藏的执着，都深深地震动着我。我后来参观了他的收藏室，和他纵谈有关收藏的事情，以及未来的打算，更加坚定了我对他的看法。

## 玩物明志，情有独钟

《尚书》上说“玩物丧志”，意思是说只顾沉湎于玩赏喜好的事物，消磨了积极进取的意志。但收藏却不同，许多收藏家本身就是大学问家、文化人士。有不少收藏家因收藏而成才，因玩物而明志。黄华源当然还不能跟那些大收藏家相比，但他也是一个玩物明志者，且情有独钟，身陷藏囿而不愿自拔并浸淫其中。

瓷器是黄华源收藏的大项。他收藏的瓷器，种类极多。有瓶、碟、盘、碗、炉、灯、盏、缸、罐、洗、壶……时间跨度大。唐、宋、元、明、清、民国皆有。当我置身于这样久远的跨度千年的青瓷之间的时候，我感到自己置身在古代先民的日常生活之中，这些瓷器都是历史和文化的见证啊。我很自然就理解了黄华源为什么浸淫其中的缘由了。在他的瓷器藏品中，尤以元代青花龙纹罐最为珍贵。另有明代青花大盘、明天启年青花碗、明正德年间海兽罐，清康熙、雍正、乾隆盛世年间的精品青花瓷，这些都是精品瓷。在黄华源所藏的瓷器中，以明清为大宗。珍品古迹，制作精良。不论官窑瓷、民窑瓷，都达到堪称高超的成就。看到这些，你会不由自主地赞叹古人创造力之伟大，也可见出古人审美水平之高以及瓷艺的出神入化。当我细细观赏这些古物时，我会在心幕上出现依稀的历史的影子。而今时代的瓷器，审美旨趣与过去已经有了比较大的区别，或者可以说审美旨趣不高。今时代的瓷器一味强调实用，这与整个时代审美水平的下降有关。古瓷的制作是以美学的追求为旨趣的；而现在，谁来追求美呢？在这个异化的时代，我想到当代的建筑，雷同而又蹩脚，几无艺术秉性。哪里还有古代建筑的典雅、细腻、曲折、回环之美。

砚台是黄华源收藏的另一重要领域。我无法猜测他花了多少心血，才能有这么壮观的二百二十多方古砚台，这么多的砚台排列在一起，宛如砚林，宛如砚阵，宛如砚的千军万马，文化见证的力量就油然可见了。

众所周知，砚为文房四宝之一。排名虽在最后，却是最为重要，且最为稳定，是可以世代相传之宝物。没有砚，写字作画都成为空谈。而且，古今用砚者追求一种古拙完美的文化精神。这么多砚台聚集在一起，那种叫文化精神的东西也就不言自明地呈现在眼前。我只到了这一刻才明了砚台为何这般珍贵的最深层原因。

在黄华源收藏的砚品中，有宋元明清各代之砚，尤以明清为众。其中一方“瓦形砚”，触手极为温润圆滑，左侧有“胡纯基藏”字样，正面有诗句镌刻：“其色湿润，其形古朴。何以致之，石渠秘阁。改封即墨，兰屋引爵。永置宝之，书香显托。”正面左下方有“苏轼”落款，背面有“元符三年仲秋佳制”字样。这方砚台因为这些镌刻而身价非凡，而且有它不可替代的人文价值。

另有清徐公砚一方，摸上去手感真是好。我在短短的时间里爱不释手地把玩，在这样的把玩中体会着一种幽远的文化精神和历史精神。

与砚台同时收藏的文房四宝及相关文物也有不少，像印章、笔架、笔筒、笔洗、水注、印泥盒，还有灯盏、调色盘等，不一而足，处处浸润着文化的风流态度。

黄华源的第三大收藏物是字画。他藏有清代以后众多书画家的作品，其中尤以康乾盛世之际的高凤翰（1683—1748）的一幅“清屏如意”图为最珍贵。高凤翰字西园，号南村，又号南阜老人、石玩老子等等，山东胶县人。书法以草书胜，圆劲苍郁；画善山水花卉，既雄浑又静逸。山石用笔劲健，劲逸奇丽。高凤翰还是个嗜砚之人，收砚千余方，著有《砚史》一书。

众所周知，中国字画源远流长，而且中国字画历来讲究诗、书、画合一。苏东坡就说过开山水画文人流派先河的王维“诗中有画”“画中有诗”。中国字画还特别讲究“意境”和“神韵”。中国字画当然也有缺点，就像所有的艺术形式一样总有自己的缺陷。但中国字画的确有它不可替代的东方精神，历来有很高的艺术性，既典雅又丰赡。加上历史承传悠久，积淀更为沉厚，既博大又精深。书法方面，有论者论道：“晋人尚韵，唐人尚法，宋人尚意，明人尚姿，清人尚变。”所论精警。中国书法历代名家辈出，自不必在此赘言。就绘画方面而言，也是历来名家辈出，近代由于西洋美术的引进，更是突飞猛进。驰名海内外的大师就有：吴昌硕、黄宾虹、刘海粟、张大千、傅抱石、齐白石、李苦禅、李可染、徐悲鸿等等。

字画收藏的历史也是很悠久的。至少从商代起，王室贵族就有收藏。宋代开始，私藏成为风气，欧阳修、赵明诚、米芾都是名重一时的收藏大家。黄华源收藏字画始于1988年，至今已有十年历史了，也收有一些精品，有些字画有相当价值，是区域文化不可或缺的历史文化证明。

黄华源在收藏瓷器、砚台、字画三大类外，还广泛涉猎邮票、钱币、木雕、石雕、像章、古书刊、古铜瓷等等。有些已有相当规模，像“文革”期间毛泽东的各类像章达三千多件。这些像章蕴涵着极为深刻的时代烙印，并且制作精良，完全可单独列一文专门论及。值得一提的是，在其收藏的古书刊中有不少是康熙、乾隆木刻印本，很是珍贵。如乾隆六宜堂藏版的《四书疏注撮言大全》，若考证确实是孤本，其价值就不菲了。他还有大量客家风俗文物，各类刺绣，古桌椅板凳，古床雕刻版、香篮等。琳琅满目，目不暇接。那确实是一个充满文明气象的世界。

在黄华源走入收藏大门的经历中，有一个人是极为重要的，他就是黄福锦先生。黄福锦现为新泉文化站站长，知识渊博，喜爱收藏，他的父亲在新中国成立前就是一代名儒。黄华源说，没有福锦叔，我就不会走进收藏这个神奇的天地。当我收藏到一件文物时，他都帮我鉴定，讲解该件文物的历史与鉴定真假的方法，我从中受益不少。说到这里，华源充满了感情。他说，搞收藏也是一种人生独特的经历，乐亦在其中矣，苦亦在其中矣。黄华源做事执着的程度使我惊讶，出生于1970年代的他何以这么早熟？

黄华源说，他现在开始全力以赴搞好收藏。他指着那些架子上排列的瓷器们、砚台们，说他们都是文化和历史的见证啊。流失一件就失去一件见证物；而增加一件，历史和文化就增加一点风采。他认为名人代表性文物的流失，对文化尤其是地方文化的打击很大。收藏文物，就是保护文化。

的确，当各个历史时期的文物重现在我们眼前时，一部活泼的生动的历史书籍就向我们打开了，丰富斑斓的历史画面扑面而来。历史感油然而生，再沉浸其中，你自会感到一种神奇的庄严。远而广之，一部人类文明的历史画卷也徐徐打开……

## 致力收藏，志向高远

黄华源说，现在，我把我的人生追求就放在收藏了。一方面搞好实体，一方面搞好收藏；而搞好实体，是为了搞好收藏。现在他经营的装修公司机砖厂，都还在正常运行；而收藏更是勤奋精进，全力以赴。

黄华源有一个很深的梦想，就是要成立私人博物馆，连名字都定好了，叫“博雅斋”。他还有个宏愿，就是把他的博雅斋藏品，进行认真的考证，写成书公开出版。倘能如此，就不仅仅为连城，为闽西，为福建，而且为中国，为世界都会有不可磨灭的历史功绩。

没有梦想，就不会有未来。而人类之所以与万物相区别，在某种程度上就是因为他有梦想。人类因梦想而伟大。上帝对那些一往无前、吃苦耐劳，有明确善良愿望的梦想的人一定会支持的。

我相信今年只有二十九岁的老收藏家一定会实现他的梦想，因为他那么执着，那么勇往直前……

# 不屈不挠的灵魂

一直以来，我对所有身残志坚的人都特别地崇敬。有时候不知道这是不是上帝出于特别的恩典降临到这些堪称伟大的灵魂身上，因为在许多常人都不能做到的事情，那些不屈不挠的残疾人却做到了。海伦·凯勒、斯蒂芬·霍金、贝多芬、史铁生……他们都是身残志不残的人。他们都有一个不屈不挠的灵魂，他们也都是勇敢地挑战生命极限的人。

在我眼里，在我心中，林婕也是这样一个勇敢挑战生命极限的人，也是一个不屈不挠的灵魂。她当然还远远没有达到像海伦·凯勒们那样的成就，但是，在我看来，她更加伟大——因为她更平凡，因而也就更伟大。

当林婕被评为2003年度“感动厦门十大人物”之前，我就见过这个面相有些怪异的女生。当有学生对我说这就是林婕时，我才将报纸上的林婕和她本人联系起来。那时候的林婕，在厦门南洋学院已读了将近一个学期的书了。

等到我面对面见到林婕时，已经是她毕业四年后的2010年10月。

林婕是和她的妈妈孙淑琼一起来的。孙淑琼是老师，已经退休几年了。说起女儿，孙老师仍然掩抑不住历尽的艰辛与沧桑。她说林婕在八个月大的时候就被医生诊断为先天性脑瘫，这意味着她将永远不能说话，不会站立。这个消息如晴天霹雳，一下子就使林婕一家人惊呆了。小林婕那时候还什么也不知道，但父母的心都是一样的。他们为治疗林婕的疾病四处走访医院，走访医生。经过几年的针灸、按摩，还有父母浩瀚无私的爱，在林婕四岁时，居然能够站立起来了。这个在别人看来已经是迟来的动作却给了林婕的爸爸妈妈无限的惊喜和无限的希望，也打破了原先的医生的判断，因为被断定将永远不能站立的林婕居然站立起来了，那么，她也将会走路，将会有更多的奇迹发生。当然，那也将会更艰苦，更艰难。孙老师说，太多人帮助过我们的林婕了。然而我知道最大的努力还在于林婕和她的父母。

努力在继续，希望在继续，奇迹在继续……

林婕也真的一步步地从家里走进了幼儿园，又走进了小学、中学、大学。

在《我的求学之路》一文中，林婕写她上小学的时候，连笔都拿不稳，笔画歪歪扭扭写得像虫子一样，经过长时间的练习，书写才有了很大的进步。因为写字慢，常常要到很晚才能做完作业。

一个正常人能够轻松完成的动作，在林婕身上，却要克服巨大的困难，而且需要极强大的信念和意志的支撑才能做得到。林婕说过：其实，我每往前走一步，都要付出比其他同学更多的艰辛，但我能做到的是不断地鼓励自己勇敢地面对现实，战胜困难，勇往直前……当我看到这段文字时，看到的不仅是林婕的艰辛，更多的是她的精神，不屈不挠的精神。

患难生忍耐，忍耐生智慧。这是林婕用自己的行动告诉我这句经典话语的真正含义。

2003 年 8 月林婕进入南洋学院就读，林婕在职中读的是广告装潢，现在她继续就读这个专业。南洋学院以博大的胸怀接纳了林婕，林婕也开始了她的大学生活。林婕的妈妈告诉我，那时候从他们家去南洋学院读书还要在火车站转车，这对林婕来说，需要克服极大的困难。而林婕为了不迟到，常常很早就去坐车，她往往是第一个到学校的。她还去叫同学起床呢。从林婕的家坐公交车到火车站再转车到学校，需要五十分钟左右，加上转车时间，就要一个小时左右了。从 2003 年到 2006 年，林婕就是这样风雨无阻地往返于家和学校之间。她的年岁在增加，她的知识在进步，她的灵魂在长大。她和老师们、同学们相处得很好。她也以自己挑战命运的乐观态度深深地影响了老师们，尤其影响了她的同学们。

林婕虽然行动不便，语言至今仍有障碍，她只能用笔与人交流。但她的心是阳光的，是美好的。苦难已经在林婕灵魂中经过了过滤，变得馥郁甘甜。这种甘甜使得林婕特别善解人意。

有一次，林婕的一个同学因为一些事显得有些忧郁，林婕看到后就写纸条安慰她。林婕的这个同学很诧异，于是也写纸条给她，问她有没有觉得老天爷对她不公平。林婕的回答出乎她的意料，林婕说：刚开始是有觉得，但后来我觉得老天很公平，甚至觉得老天对我不薄，因为我身边的朋友都对我很好，我好高兴。林婕的这个同学被感动得眼眶湿润了，心里产生了许多的感慨。在林婕的这个同学心中，林婕身上散发出来的最珍贵的就是真、善、美，从林婕身上显透出来的开朗、勇敢，以及内心深处流溢出来的美的光辉是最使人难忘的。

西哲有言，从苦难中开放出来的花朵更加馥郁香醇。林婕就是这样的花朵，这朵馥郁香醇的花朵香透了她周围的人。

我第一次和她见面，就被她脸上的笑容深深地打动。

这是多年来我看到的最真诚的笑容，也是最开朗的笑容。

这笑容的背后，有着一颗倔强的、不屈不挠的灵魂。

我能感受她的艰辛，能感受她的坚强，却很难想象她二十多年来走过了多少曲折坎坷的路程，这一切都需要一颗坚强的心灵来承受。

现在的林婕，在厦门路桥景观艺术公司上班。林婕的妈妈告诉我说，林婕的领导和同事们都很关心她，很爱护她。她现在过得很好。就是还不怎么能说话，还只能讲简单的词语，与人交谈还是用纸条，当然也可以通过电脑。林婕从小学四年级就开始学习电脑，现在早就熟练得很了，她不仅使用电脑与人交流，更通过电脑工作和学习。

林婕很有才华。从小就喜欢画画，作文写得很好，她的画画作品和作文都得过不少奖励。后来又学习装潢设计、视觉传达等专业。

林婕发了两张她的绘画作品给我。我是不太会欣赏美术作品的，但看到她的绘画作品中的构图是美的，人物更是美的。

绘画虽是线条与颜色的艺术，但也是心灵的反映。我相信在林婕的绘画作品中传达出来的正是她对生活的美的体验，美的认识。

林婕的爱好很多，如音乐、美术、计算机编程、旅游。这些爱好都是她不屈不挠的灵魂的最好说明。虽然行动不方便，却爱好旅游；虽然不会说话，却喜欢音乐、美术、编程这些更为抽象的语言。我想起作家史铁生，他双脚残疾，却偏偏非常喜欢足球；我也想起美国一个叫琼妮的画家，琼妮虽然四肢瘫痪，却成为一个著名画家，并且还喜欢骑马。我非常非常希望能看到有一天林婕能够用她足够多的、足够好的绘画作品再一次震撼我们的心魂……

我相信，任何的文字都不能写尽林婕成长过程中经历的艰难，都不能写尽她成长过程中经历的苦难。我们只能被她感动，被她激励，被她的努力所蕴含的力量所倾倒，被她面对困难的笑容所折服。

这篇短小的文字，是献给林婕的，不知她中意否。愿恩典的光芒照临她不屈不挠的灵魂，愿更多的成功向她垂临，也愿林婕的精神唤醒更多徘徊在人生艰难道路上的人们……

看哪，那是林婕，仿佛荆棘中的花朵，显得格外灿烂鲜艳！

# 邻家女孩

邻家女孩是一个小姑娘，上幼儿园大班了。

我们搬过来住时，因为书不少，用纸箱、尼龙袋装了几十包。一箱箱、一袋袋扛上楼，只能先堆放着，没多久就把一个房间堆满了。那是大热天，虽然已到傍晚，但我们个个汗流满面。这时从走廊探过一个脑袋，往我们房间瞅，“哇！这么多书！”声音细细碎碎，但很分明，语音也标准。我看是个小女孩。梳着小辫子，眼神清亮。不一会，她又探过头来说：“哇！这么多的书啊！”

因为是邻居，常常打招呼。同一层楼上有七套房子，有大有小。小姑娘住的刚好跟我们相邻，都在走廊边。因为常常打招呼，很快就熟悉了。

等到我们把东西整理好，把大部分的书在书架上排放好，看上去像一个不错的书房。当然它还不是真正的书房，因为此外还兼客厅，又放了一张单人床，感觉有点狭小。好在夫人是整理高手，经过摆弄后，也从狭小中显出些空间，至少不那么逼仄逼仄的了。

下班回来时，常常会遇见小姑娘从幼儿园回来。他知道我是教书的，大老远就会跑过来，鞠躬，说：“老师好。”弄得我不好意思。有时就叫她进来玩。因为她进来玩，其他几个小孩也会跟着进来玩；如果她没有进来玩，其他小孩也不进来玩了。她仿佛是他们的头，是老大。这些小孩子进来后，叽叽喳喳地，像一群小鸡，又像一群小鸟一样，鸣叫不停。在几个小孩中，邻家姑娘显得特别活泼。她仿佛也在向其他伙伴证明，我跟这位老师关系不一般哦。有时叫我拿书给她看，我就找连环画出来，多半是《三国演义》《水浒传》《西游记》等，有时也把蔡志忠、朱德庸的漫画找出来。可是，书给她还不够，她叫我读给她听。她圆圆的小脸上，双眼明媚。我知道小孩子的要求，多半不能拒绝。于是读给她听。我以为读几页就可以。但她似乎很有兴趣，常常要读几十页才罢休，有时一直读到一本结束才停下。

邻家女孩喜欢说话，是那种所谓外向型的孩子。有时候，我会到楼顶看书。她和一群小朋友在玩，这时候她会小声跟他们说：他是老师，是教大学的老师啊。然后跑过来，鞠躬说老师上午好。但她很快就说错了错了，不是上午，是下午。于是又鞠躬再说老师下午好。那的确是下午，太阳已经是夕阳了。大概幼儿园小朋友对时间还没有很明确的概念，因此常常搞不清楚上午、下午的区别。有几个胆子略大的小朋友也会扎堆跑过来，鞠躬说老师下午好。我和他们招呼，仿佛孩子王了。

有时候她会要求我把她抱起来。我说为什么呢？她说我要看看书架上面的书。其实我的书架不高，但对于小孩子，那书架一定很高吧。何况都密密地塞满了书。我于是抱她起来，让她看书。一会儿，我问她：“看中哪一本呢？拿下来。”她倒是看得认真，凝神定气地，一排排看过去。过了会，说：“我现在还看不懂。我还在读幼儿园哪。等我长大了，就看得懂了。”于是下来。

有时候，我也逗她唱唱歌、跳个舞什么的。她也唱，也跳。完全沉浸在她的唱和跳中。唱完了，跳完了，我说唱得好，跳得好，她就高兴。不过，偶尔也说“我今天太累了，唱得不够好”。我有时会奖励她糖、香蕉、苹果等，反正是有什么吃什么。但我也不给她过多的奖励。我告诉她，糖不能多吃。她就说，是啊是啊，糖吃多了牙齿就长不好。我问谁说的。“是幼儿园的老师说的。”她说。

有时候，正是吃饭时间，我会叫她吃饭。但她不吃。一般快吃饭时，她妈妈会叫她回去。她就很快地鞠躬说，老师再见。我说为什么你每次都要鞠躬呢？她说老师教我们要鞠躬的啊。

我看她很伶俐，模样也很俊秀，加上爱说话，将来也许会很有出息。虽然我也很少主动叫她来玩，但每次无论在哪里遇见：大楼前、楼道里、家门口、楼顶上，或者意外在菜市场、幼儿园门口——我常常要从她就读的幼儿园门口经过，她都会跟我打招呼，也常常鞠个躬。

邻家女孩有个小妹妹。我们搬过来和他们做邻居时，她的小妹妹刚出生不久。邻家女孩有时也会抱小妹妹，动作虽然有些笨拙，但有模有样。

我问过她叫什么名字。开始她不肯说。后来说了，可是我又忘记了。仿佛姓陈。但知道她父母亲都是龙岩的，也是老乡了。

2013 年 8 月，邻家女孩要读一年级了。到十几里外的一个小学，上下学都不方便，好在她爸爸每天接送。邻家女孩读小学后，当然更懂事。但我见她的次数就少很多了。常常是她已经去上学了我才出门，又常常是我已经回来了她才到家。不过，偶尔还会跑到我们家，望着那些堆得高高的书，自言自语：我以后也要有这么多的书，我以后要有比你更多的书。我摸摸她脑袋，说：要好好读书哦，长大后让叔叔参观你的这么多书好不好。可是这时她又叹气：我也不一定会有这么多书。我长大了，要读书，要结婚（我很惊讶她何以说出这么成人化的词），我不知道我还能不能有这么多的书。我说当然可以。以后你会有很多的书，比叔叔更多的书。

2014 年春节后，邻家女孩搬家了。不知道搬到哪里去了……

# 邓练贤烈士随想

2003年春节前后，我们几个身在厦门的朋友在电话里聊白醋猛涨、板蓝根紧缺的话题，嘲笑市民的愚蠢，听信非典谣言。现在我们知道，就在我们坚信非典是谣言时，广东省的非典已经出现了第一个高峰期。在中国，有时候谣言就是事实。小道消息有时比新闻媒体来得更快捷更真实。正如《新闻周刊》分析的："在迄今已持续半年的'非典'事件中，旧有行政体制的积弊暴露无遗，官僚层级的低效，官员的推诿塞责，应急体系反应的迟滞，以及对信息的掌握失真，放在一个日渐开放的社会中，已是破绽百出。它清楚地表明，现有体制中的某些部分，已经到了非改不可的地步。"随着4月20日卫生部和北京市委市府领导的撤免，非典信息才开始更加透明也更加细致地出现在官方媒体，这恰好证明此前的谣言是真实的。这似乎是题外的话，但是，假如高层领导更早意识到非典问题的严重性，或许邓练贤以及邓练贤们就可以避免或至少大大减低感染以至以身殉职的可能性。

关于非典，可资随笔的话题是多方面的。可谓仁者见仁智者见智。国家行政学院教授杜钢建指出，SARS防治暴露了中国行政体制上的根本弊端，"已到了非改不可的程度了"。杜钢建把这些弊端总结为四句话：政府权力部门化，部门权力利益化，获利途径审批化，审批方式复杂化。"有利益拼命抢，有责任往上推，都等着最高层来做决定，这样一个不负责任的体制，怎么会不出问题呢?"（《新闻周刊》2003年15期）甚至有评论者表示：SARS之所以造成如此严重的后果，是因为"在僵化的体制上，还躺着一群昏庸的官僚"（《新闻周刊》2003年15期）。

邓练贤是广州中山大学附属第三医院传染科副主任和党支部书记。2003年1月31日（除夕），邓练贤及传染科的医护人员彻夜未眠，这种紧急状态持续了几天，由于中山三院接诊的都是早期病情极重、传染性极强的危重病人，更由于当时的防护措施不够，医护人员不像现在穿几层隔离服，因此，他们被感染的几率就大大提高了。很快，到了2月4日。邓练贤染上SARS病毒，住进了自己工作的医院。在邓练贤后，中山三院相继有二十名一线医护人员病倒了。现在，我们完全可以假设：如果邓练贤及他的同事们有足够的防护措施，邓练贤所在的医院及所在的城市的领导们高度重视的话，邓练贤和他的同事们被感染的几率完全可以大大减少的。

邓练贤当然是个好同志，是一个好党员，善待病人是他留给医护人员最深的印象。

邓练贤如果不因染上非典而英勇去世，他或许仍然只是妻子心中的好丈夫，孩子心中的好父亲，同事们的好朋友，下属的好领导。他的确是伟大的，又是平凡的。他从 1977 年开始担任传染科党支部副书记，他所在的党支部连续十三年被评为医院先进党支部，他本人连续十三年被授予先进党员称号。现在，斯人已去，一切的一切都彰显出邓练贤的不平凡。他不愧是生命的强者，尽管在此之前，他又是如此的平凡。他生前不过是一个中层的副职领导。

尽管如此，邓练贤的影响也是大的。他的老师和同事姚集鲁教授这样评价他："论起勤勤恳恳工作，老老实实做人，他在我的学生中是做得最好的。我不是共产党员，但什么是共产党员的先锋模范作用，我从他身上看到了。"在他病后不久，中山三院内科娄探奇主任临危受命，毫不犹豫地接任治疗小组组长。他说："我是一名医生，倒下的是我的兄弟姐妹，我绝不能退缩。"

这不是战场，这又是战场。这是没有硝烟的战场。这是一个随时可能被感染，随时有可能牺牲的战场。

4 月 21 日 17 时，年仅五十三岁的邓练贤永远离开了他热爱的职业，永远离开了他亲爱的妻子朱秀梅，永远离开了他所热爱的和所有热爱他的人——他们是领导、同事、朋友、同学、病人和病人的家属……

邓练贤的牺牲，换来了后来战友们的安全，专家们对非典的认识不断加深，救治方案越来越成熟。目前，广东省新发病例正逐步减少，治愈率明显提高，死亡率逐步降低，医护人员感染发病的问题基本得到解决。邓练贤倘若有知，在九泉之下也许感到欣慰了。

邓练贤牺牲后第二天，中共中央总书记胡锦涛作出重要批示，对邓练贤同志的不幸逝世表示沉痛悼念，并对邓练贤同志的亲属表示亲切慰问。

《人民日报》4 月 26 日发表了评论员文章，该文说："邓练贤是我们民族的脊梁。伟大的中华民族越是在危难时刻越具有坚强、团结、奋勇的品格。

抗击非典是一次考验，我们的民族必将在新的考验中变得更加团结一心，众志成城，最终战胜非典疾病。”

非典远未过去。它理应引起各级官员们和普通公民的高度重视。倘能如此，邓练贤就不会白白牺牲了。

4月20日，有“铁娘子”美称的吴仪兼任卫生部长，并出任国务院非典型肺炎疫情防治工作领导小组组长，掌控中国大陆非典型肺炎疫情的处置。她强调，在全球化进程中，对重大疫情的透明度不提高，只会起到相反的效果，应允许宣传机构如实而客观地报道非典型肺炎疫情。前一段时间，政府与传媒沟通不够，应当道歉。诚恳之情，溢于言表。4月20日，由此成为中国抗击非典型肺炎的关键的转折。

关于邓练贤的以身殉职，想说的，就这些了……

# 慈善的心是一样的

捐款捐多少才好？

捐多少才算是捐款？

听说在这次为汶川地震灾区捐款中，刘德华捐十万元被网友骂为小气。姚明开始捐五十万时，也被大家非议了。在学校，有的学生捐五十元，有的捐五百元，捐五十元的不免自卑，因为老师没有把他的名字念出来表扬，而是把捐五百元的同学念出来表扬。那个捐五百元的或许就有些成就感，因为他被表扬了啊。

其实，捐款的多少真的不重要。刘德华能捐十万，不错了。也许他只想捐十万，他觉得他捐十万就可以了；也许他现在手头真的有些紧呵。姚明后来捐了两百万，大家就不说话了。况且，人家姚明说以后还要再捐呢。

马英九捐了二十万，多还是少？马英九在咱们眼里，就是个省长。人家能捐二十万，很不错的了。能嫌马英九捐得少吗？要是大陆每个省级干部都能捐二十万，那是多少钱？

一个学生能捐款就不错了。你要他捐款多少才算？他自己还是个消费者，不论捐多少都是值得表扬的。我看过一片文章，大意是：在一次捐款活动中，一个小学生捐款五元，他觉得少，没有面子。他的妈妈对他说，孩子，我们家境还很困难，我们虽然才捐五元，可是，我们捐的五元钱却和别人捐五十元五百元一样不容易，也一样光荣。所以，当老师念到大家的捐款数目时，那个孩子始终把头挺得笔直的。他的自尊没有丧失，他并不觉得丢脸。

我想起一个叫露西的小姑娘。2007 年 2 月 16 日，刚卸任联合国秘书长的安南，在美国得克萨斯州的一个庄园里举行一场慈善晚宴，目的是为非洲贫困儿童募捐。应邀参加晚宴的都是富商和各界名流。就在晚宴将要开始的时候，一位老妇人领着一个小女孩来到了庄园的入口处，小女孩手里捧着一个看上去很精致的瓷罐。但保安安东尼拦住了她们，叫她们出示请柬。她们当然没有请柬。保安告诉她们没有请柬是不能进去的。保安还告诉她们，今晚来参加的都是重要人士，他们将捐很多的钱。无论老妇人怎么说都没有用。这时，小露西说：“叔叔，慈善的不是钱，是心，对吗？”保安听到这话愣住了，他没有想到小姑娘说出这样的话。不仅如此，小姑娘又说：“我知道受到邀请的人有很多钱，他们会拿出很多钱，我没有那么多，但这是我所有的钱啊，如果我真的不能进去，请帮我把这个带进去吧！”就在这时，有个老人说：“不用了，孩子，你说得对，慈善的不是钱，是心，你可以进去，所有有爱心的人都可以进去。”老人说完，拿出一份请柬给保安，说：“我可以带她进去吗？”当然可以。因为这个老人不是谁，正是大名鼎鼎的沃伦·巴菲特。结果，当晚的慈善宴会上主角不是倡议者安南，不是捐了三百万美元的巴菲特，也不是捐了八百万美元的比尔·盖茨，而是这个仅仅捐出三十美元零二十五美分的小姑娘露西。晚宴的主题标语也改为“慈善的不是钱，是心”。

当前正在为灾区捐款。大家都很希望为灾区多捐款，这是好事。但是，如果因此而把捐款的要义给扭曲了，把捐款变成一种攀比，那么，捐款就被异化了。如果一个人捐了款，还要承担屈辱、自卑、压抑，那么，捐款还有意义吗？

所以，重要的，是要有一颗慈善的心。大家都用一颗慈善的心来捐款，众人拾柴火焰高，聚沙成塔，积水成河，这样才能众志成城，才有利于灾民重建家园。灾区的人收到这样的善款，也才会用得开心。

# 汶川二题

## 与哀哭的人同哭

2008年5月12日，汶川地震。地震发生以来，心里真的很难过。看到那么多的伤亡，觉得揪心伤痛。那些伤亡不只是数字，在那数字的背后，是一个个活的生命。我尤其悲痛那些年轻的学生们，他们本该快快乐乐地在教室里学习，本该在家共享天伦，可是，灾难却在顷刻间使他们或永远离开这个世界，或受伤了经受着身心的折磨。

具体的情况或许远比我们能看到的更悲哀更凄凉，因为在每一个伤亡者的背后，都有着一个家庭，每一个家庭又与若干个家庭有着这样那样的关系。对于每一个当事人而言，伤痛都是巨大的，损失都是难以估量的。

但我们也欣喜地看到，全国乃至全世界的人们，都在发扬着人道的精神。踊跃捐款的情景，总是使我们感到欣慰。我觉得我们国民的公民意识真的在觉醒，我们不仅有这样耐劳的吃苦的百姓，我们还有这样侠义的热心的百姓。这是我们的幸运，也是我们的财富。

《圣经》教导我们，与喜乐的人要同乐，与哀哭的人要同哭。我们这些远离地震灾难的人，除了奉献一点点经济上的支援，就只能与哀哭者一起哀哭了。

让我们一起为哀哭者奉献我们的哀哭。

因为我们真的很悲痛，在这样的时刻。

## 这是一个历史性的进步

5月19日下午2点28分，全民哀悼汶川地震的死难者。

其时我正在上下午第一节课。同学们都站立着，鸦雀无声。汽笛声、防空警报声在哀鸣。泪水盈眶。那些悲痛的情景一次次掠过眼前抵达内心，伴随着悲哀的声响，格外凄凉。我知道，不只是只有我们在哀悼，是全国的人都在哀悼。我相信，从来没有一个时刻中国人的眼泪流下过这么多。

我还想说的是，这是一个历史性的进步，为在自然灾害中受难的人进行举国哀悼，据说这是第一次。不论这个举国哀悼是怎样作出决定的，都具有重大意义。这至少说明，我们也开始对个体生命表达了尊重。对生命的尊重是一个社会文明的基本条件。我们每一个人都是有尊严的人，按圣善的灵说，我们乃是按照他的样式造的。这个生命是有着伟大的尊严的。我们不仅是民，我们更是人。对人的尊重——对活着的人的尊重和对死去的人的尊重——都是重要的。

这次地震，我们蒙受了这么大的损失，这么多的人在地震中死去，这么多的人在地震中受伤，这是令人悲痛的事情；但我们也有了这样的一个进步，这又多少使我们有了安慰；虽然，这代价实在是太大了。但历史上的哪一次进步，不是大的代价换来的呢？

# 可贵的闲谈

多年前，看到日本作家鹤见佑辅《思想·山水·人物》中关于“闲谈”的一段话：“没有闲谈的世间，是难住的世间；不知闲谈之可贵的社会，是局促的社会。而不知尊重闲谈的妙手的国民，是不在文化发达的路上的国民。”鹤见佑辅写这篇名为《闲谈》的文章是在1924年，光阴流逝，近九十年过去了。记得当时喜欢得不得了，把它抄在笔记本上还不够，还把它抄在许多书的扉页。偶尔在讲课时，还会引用一下，那些青涩的学生们居然也听得入神。

为什么喜欢鹤见佑辅的这段话，当时还不甚明了其缘由。现在又偶然看到了鹤见佑辅的这本《思想·山水·人物》，才想起这段话，于是翻开，再次细细品味。

实在的，我们还不是会“闲谈”的人。

真正的闲谈，是闲谈者彼此的心灵能够相通；彼此相通还不够，还要心灵自由，彼此信任，这样才能真正进入闲谈的世界。试想如果所谓“闲谈”的人彼此提防，或者言不由衷，或者只是瞎聊，看上去咋咋呼呼，热闹之极，总觉得那样的热闹是虚假的。如果是属于这种闲谈，就背离了鹤见佑辅所说的“闲谈”的意义。所以，每次想到鹤见佑辅说的“没有闲谈的世间，是难住的世间；不知闲谈之可贵的社会，是局促的社会……”觉得他说得真是好。当然，也还要感谢鲁迅先生的译文，他译得真好。

真正好的闲谈，是两三好友，或彼此能够互相信任的几个人，随便在一个什么地方坐着，就可以静静地闲谈开来。一切都可以谈，谈得舒心，谈得随意，谈得有收获，谈得不知时间的流逝，然后忽然觉得该结束就结束，然后小聚一番，吃个不讲究的便饭，或者散伙。在路上想起闲谈中的某句话，还自己哑然失笑，这就是可贵的闲谈了。

但这样的闲谈，是何等难得，这就尤其显得闲谈之可贵了。

鹤见佑辅说：不知尊重闲谈的妙手的国民，是不在文化发达的路上的国民。

我想说：还不会闲谈的国民，是不在文化发达的路上的国民，也是不在文化自由的路上的国民……

# 苦难的光泽

美国加利福尼亚海滨佩斯卡特罗有一个著名的卵石滩，无情的波浪日夜冲击这些卵石，结果这些卵石变成了美丽的卵石，人们采集它们装饰自己的居室，有的还被展览出来。而在海浪消失的峭壁周围的卵石，由于没有受到海浪的扰动和打磨，依然保持它们粗糙尖利的样子，结果当然没有人去收集它们。

原来，凡是美丽的光泽都必须历尽苦难才会产生。那些经受海浪冲击打磨的卵石之所以拥有美丽的光泽，就因为它们经受了苦难的磨炼。

朋友，你是否正在经历你从来没有经历的苦难呢？你是否在苦难面前退缩不前？是否唉声叹气？是否丧失了信心？是否正准备打退堂鼓呢？

人的肉体是何等软弱啊，它喜欢舒适，不喜欢痛苦。正因为很少人愿意接受苦难的磨炼，所以，也就很少人能获取成功的甘甜。

所谓人经受苦难，这种苦难不仅是肉体上的，也是精神上的。只有勇敢地接受肉体和精神双重苦难磨炼的人，才能于他有所增益，仿佛荣耀的冠冕，放射出温柔有力的光芒。

苦难是人生的利刃，经受苦难的人必须要勇敢地掰开和压碎自己，才能真正从苦难中有所助益。俗话说，真金不怕火炼。没有足够温度的火，怎能检验真金呢？俗话又说：宝剑锋从磨砺出，梅花香自苦寒来。这些都表明经历苦难是好果子的前提。

有句话说的是："信心在暴风中成长！"可见，苦难是信心的源泉，苦难是信心得以长大的家园。

苦难是我们天性得以成熟的必然过程。许多饱经风霜的老人，他们的脸膛画满了纵横交错的深深的皱纹，但这样一张镌满岁月风霜的脸孔却有一种至善的温和。他们就像饱经人世沧桑的老树，他们静静地看着尘世，他们不说什么，但他们的温和就足以表明他们的态度。他们显微见著的目光，仿佛穿透了岁月，他们的皱纹溢满了苦难的光泽，他们的脸仿佛圣徒的脸，放射出无与伦比的光芒。

苦难也是智慧的源泉。人世中许多智慧都来自于苦难。美国的海伦·凯勒是个聋哑失明的人，却发出常人不能发出的声音，看见常人看不见的事物。英国的斯蒂芬·霍金严重残疾，依然不能阻止他成为继爱因斯坦后最伟大的物理学家。这些人都忍受和战胜了正常人所难以想象的苦难，并最终取得光芒四射的成就。

我的耳畔至今回响着海伦·凯勒的声音，这声音不是来自她的双唇，而是来自她美丽的手指，来自她那颗苦难而高贵的心。她说："要勇敢，要学会受苦。你所能做的勇敢活下去的一切——不性急也无抑怨地——都会协助你有朝一日生活在欢乐满足之中。"

海伦·凯勒无疑是我们行为的标杆。她恳切的声音似乎来自天堂。也许，她本人就是天使的化身，她有一颗多么勇敢多么执着的心。

"没有云，我们怎能有雨呢？"

同样，没有苦难，我们怎能有祝福呢？

因为，只有经受住了苦难的熬炼，才能使你通体发出柔和而又坚强的光泽。

# 贫穷与什么有关

此时此刻，我站在挂满衣物的狭窄的阳台，透过铁条焊制的方格窗，看见外面某大酒店前面宽展的平地四周，已经挂满了一串串红灯笼。这些红灯笼在夜幕降临时照例发出它们的红光。一年一度的春节即将来临，节日的气氛日甚一日，各种与春节有关的营销活动在城市及乡村都如火如荼地进行。那轮已经浑圆的月亮早早地在天边显现，时候是傍晚时分，寒冷的海风也赶热闹似的迎面而来。我侧着头，心里想着“贫穷”的问题。“贫穷”到底与什么有关？我油然地点了一支烟，寒风把烟雾吹得四处都是。也把我的思绪吹得乱乱乱乱的。

打开电视，摊开报纸，关于“贫穷”，很难看到有关它的消息。与时尚和奢侈有关的文字、商品与画面却扑面而来。并不是我不喜欢这些东西，但我总是告诫自己警惕这些东西。在这个物质主义和消费主义时代，在超市琳琅满目的物质的汪洋大海中，在各种高档商品的价格标签上，都看不到“贫穷”两个字。在钢筋水泥覆盖和堆积的城市，“贫穷”二字显得格外刺眼，格外触目。

如果我问：有人爱贫穷吗？多半有人说我是神经有毛病。这世道，谁想做个穷光蛋啊。

如果我问：贫穷是咎由自取吗？关于这个问题的答案肯定莫衷一是。这好像是个很不好回答的问题。说“贫穷”是“咎由自取”的即使不是个富翁，也肯定是个不贫穷的人。理由很简单，现在的世界多好啊，简直可以说是“太平盛世”，你在这样的“太平盛世”贫穷，那只能说明你笨，只能说明你没有经济头脑，只能说明你活该。

有人说贫穷不是“咎由自取”。这里的因素就比较复杂了。有人是“安贫乐道”，不是我不会富裕，我是不想富裕，我爱的就是穷，你也管不着。有人是“发财有道”，我有资本，我有商业头脑，我有关系，我有奋斗精神，我不怕苦不怕累，我会投机，总之，别管我用什么方法，我发了。有人“贫穷”

那是他乐意；有人“发财”，那是他有能耐，怎么能说“贫穷”是“咎由自取”呢？

显然，问题没有那么简单。

如果要我说，贫穷是否“咎由自取”，我肯定说不是。

我想起何清涟说过的一段话：人只要生存于世，就无法回避几个带有终极意义的人生问题：生和死、贫和富、爱和恨。一个人终其一生，其行为实际上就是对这个问题的不断解构和回应。她接着指出，随着人类历史的延伸，上述几个问题被不同的学科分解为不同领域的话题，生和死成为宗教垄断的基本问题，爱和恨化为文学诗歌中永恒的主旋律，贫和富则成为资本主义社会（也是现代社会）中最基本的思考主题。

在这篇题为《面对财富与贫困的思考》一文中，何清涟指出谁也不能无视当代中国社会富裕阶层（改革开放以来）存在的现象，可是“有关财富与贫困的基本思考在中国目前还处于缺位状态”。她认为没有包括财富理论的贫困理论是不完整的理论。

显然，谈论“贫穷”的问题——包括贫穷是否“咎由自取”的问题，就不能离开富裕的问题。

“贫穷”与“富裕”是人类社会的一对基本矛盾，除了已经过去的原始部落社会，到目前为止，古往今来这一对矛盾问题都困扰着人类。就目前而言，贫富分化在全世界广泛存在，从最富裕的国家地区到最贫穷的国家地区，这种贫富对立都坚固地存在着。这么说来，这显然不是单纯的经济学问题，它同时也是文化、历史、现实与社会的问题。

经历过改革开放前的贫穷的中国人，相信都不会忘记那个物质匮乏的年代。可是，那时候绝大部分人都穷，所以，贫富分化的问题几乎谈不上。按理说，现在物质丰富了，一部分人的工资提高了，大部分人的收入也有所增加，但是，贫富的问题也更加尖锐了。贫者愈贫，富者愈富，这就是当今存在的最大的社会问题。问题更严重的是，这种分化还在继续扩大。而留给贫困者翻身的机会却越来越少。没有足够的资金，对于一个身陷贫困状态的人来说，改变贫困处境的机会越来越少。哪怕是在宣扬给普通人机会的“直销”事业——正如许多直销企业所宣扬的那样，普通人也很难成功。因为穷人认识的朋友绝大多数也是穷人。既然如此，他的产品又直销给谁呢？

一个合理的社会，应该是让普通人通过自身努力，能够获得致富机会的社会。可是，正如何清涟指出的，不少富裕阶层的致富方式即他们的“登龙术”一般仍处于秘而不宣的状态，人们除了从那些不断被曝光的贪污腐败分子们的劣行中，想象富裕阶层的“登龙术”外，真还没有办法对当代富人们的致富之道进行深入的研究。她还说，一个人之所以富裕，(不是因为别的)，只是因为他曾占有某个位置，在这个位置上，他比别人更强、更优越。

在这种状态下，贫穷者只有抱怨自己，谁叫咱没有权呢？权钱交易，历来如此。“三年清知府，十万雪花银”这是古语，亦颇能比况现实。所以，买官卖官遍地都是。所有媒体上爆出的腐败案件中，数额巨大的收受贿赂金额，足以让一个平头百姓花上几十年甚至几百年也挣不到这个数目。于是出现有权就有钱，有钱就有权，即使有钱的不要权，有钱的也能役使有权的为他赚更多的钱。关于这些，老百姓已经近乎麻木了。

所以，不是“我”爱贫穷，而是“我”没有机会。不是“我”不爱钱，而是根本没有机会爱钱。

在这样的情况之下，你能说“贫穷”是“咎由自取”吗？作为普通百姓，做梦他也想发财啊。

有一句话大家都耳熟能详：钱不是万能的，但没有钱，却是万万不能。

教育、医疗、房子，哪一样不需要钱？

让孩子接受好一点的教育，这要求高吗？生病了能住上医院，这要求高吗？拥有一套自己的房子，这要求高吗？可是，对于这个世界上千千万万的贫困者而言，却比登天还难。2004年四川达州通川区蒲家中学高三学生郑清明，因为家里实在拿不出六百多元的学杂费，老师威胁他不发给他准考证，郑清明一气之下就羞愤自杀了。以房子为例，在厦门，拥有一套二室一厅房子，少说也要六七十万，而对于许许多多打工者而言，若要买房子，简直就是一个幻想。而上海紫园别墅，单栋售价最高达到一亿三千万元，普通人只能“哦”一声而已。

联合国从1996年到2006年曾执行了一个“国际消除贫困十年计划”。可是，十年过去，贫困问题依然没有明显改观。据有关人士认为，一个很大的原因是世界富裕国家没有增加对贫困国家的援助，基于这一原因，在今后十年内，在世界范围将有大约四千五百万儿童死于饥饿和疾病。

虽然经过近三十年经济的高速发展，但是，以人均年收入人民币六百二十五元为绝对贫困标准，中国的贫困人口是二千九百万人；以人均年收入人民币八百六十五元为贫困标准，全国的贫困人口是九千万；而按国际通行的日均生活费低于一美元的经济标准，全国的贫困人口超过一个亿。

显然，贫困问题在当今中国乃至世界，仍大面积存在。

笔者几年前曾经参观过闽南某经济发达县一私营服装厂，在晚上十二点的大车间里，几乎清一色的青少年女工们仍在拼命加班。据了解，她们的加班费每小时仅一元钱。她们经常加班，但是，她们一个月也只能挣到一千元左右。

这种情况相信不是个别现象，它一定有普遍性。

种种情况表明，贫富分化的问题与分配有关，也与制度有关。我们的富翁们是建立在大量为他们创造财富的人的贫穷上面的。但是我们的政策是顾及不到这些普通劳动者的。我们的政策振振有词：企业有企业的标准，我们无法干涉。

不少城市都有最低工资标准，比如在厦门，最低工资标准是六百五十元。但是，六百五十元有什么用呢？养活自己都不够。

说贫穷是“咎由自取”，多少有些宿命论的论调。这种观点肯定不是穷人的观点，提倡这种观点的人也许是无意的，但却在无意识中告诉穷人朋友：好好地安于贫穷吧，这是你的命。中国人向来就有宿命论，当然很容易接受了。但是，“贫穷”问题真的不是仅仅“咎由自取”的问题啊。造成“贫穷”的原因很多，它是一个与经济学、社会学、政治学密切相关的问题。

大家都知道，整个的社会，是一个大系统工程，如果这个大系统工程达不到均衡发展，“和谐”社会就会像海市蜃楼一样虚无缥缈，就会是一个空洞美丽的乌托邦。而在这个社会大系统中，贫富分化问题，是最有可能影响社会和谐的最基本的问题。

# 关于良知

良知就是良心。英国伟大的道德家斯迈尔斯认为这是一个比自由更加有力的词。

詹姆士·里德说过：“我们必须具备一种精神的能力，才能成功地对待生活中各种情况，避免我们道德的堕落……这个世界每时每刻都在腐蚀着我们，败坏着我们，如果我们没有改变我们的自然生命，没有在我们的自然生命中产生一种新的精神生命，我们就没有道德能力来承担这个邪恶的世界，我们就永远只能是一个罪人、一个众生、一个小人……我们只有这样正确地理解生活，我们才能完满地解决生活向我们提出的要求，我们的心灵才能在这动荡的世界上找到一个安宁的归宿。”

我相信，良知就是詹姆士·里德说的能够避免我们道德堕落的精神生命。

其实，人都是有良知的，否则人就只是肉体意义上的人，而非精神上的人。人是万物之灵，人与动物的区别最大的奥秘乃是在人的里面有一个动物所没有的要素——就是灵，就是良知。

如果良知沉睡了，隐匿了，泯灭了，人就会犯罪，做出许多违法违纪违道德的事情来。如果一个人在良知沉睡、隐匿或泯灭时做了违背良知的事，当时或许不知道，或许过了许久他还是不知道，但有一天他的良知苏醒了，觉悟了，他就要生出许多的懊悔来。真是不见棺材不掉泪，临死时的一段时间，许多罪犯良知的大门都会打开，只是太迟了。但一头狮子或老虎，它也吃杀动物或吃杀人，它却死也不会打开良知的大门，因为它里面根本就没有良知这个要素。造物主在造它们时乃是各从其类地造，并且它们是整个大自然守恒法则的某一个链条，它们不可或缺，但却没有良知，倘若有，它们也要产生许多有罪的狮、有罪的虎，它们也要产出无量的忏悔。

我们可以说，若是没有良知守卫着我们的内心，人类或许就走不到今天。正是良知，在我们里面悄悄地发生作用，一方面保护善者免受欺凌，一方面责备恶者抑制恶者的脚步，使恶者对上苍产生敬畏。

正是良知的这种作用，在人类历次战争的劫数中使那正义的一方最终走向胜利。在这里良知始终是站在正义这一方的。所谓“天网恢恢，疏而不漏”，“天网”就是天地之间主持正义的良知。

当我们内心深处存在着美与丑、善与恶、真与假的斗争，或者如斯迈尔斯说的“当我们感觉到在我们的内心深处存在着一种高尚的性情同低级的性情之间发生冲突的时候”，良知就会凸现出来。良知的敏锐与迟钝在这种尖锐争斗的时刻表现得特别突出。

不容置疑，一个良知特别敏锐的人，一定是一个感情特别谦卑、温柔、充满慈悲怜悯的人。而一个良知特别迟钝或沉睡的人，要么天性淳厚，要么特别骄傲、残暴。

良知是有它的法则的。坎农·莫斯利说：“它是一种内省，是所有宗教得以建立的基础。”

反过来说，一个人要是没有良知（良知处于幽暗蒙昧的状态），他就无法内省。他就会千方百计为他自己的邪行歪道进行狡辩或寻找借口。“他就会做他最想做的事情，纵情于肉欲或满足于感觉上的智力快乐之中”（斯迈尔斯）。一个行为放荡的人就会说贞洁是无所谓的，是否处女对待嫁的女子是不要紧的。一个偷惯的人，别人的口袋就是他的银行。一个杀人犯也会坚信自己是杀对了人，错的都是被杀的人……他们的良知全然泯灭了。

一个堕落的时代，必定傍着无知与愚昧。感官的欢愉完全替代了理性的光辉，良知的丧失也就在所难免了。

典型如明朝中后期。那是一个极度放纵的时代，奸淫与偷情是堂而皇之的事情，现在所能看到的当时人写的爱欲小说可以为证。从这一点来说，《金瓶梅》的出现实在不是偶然的。西门庆就是一个寡廉鲜耻极端堕落的典型，潘金莲们虽是受害者，却也是当时靡靡世风的荡妇的典型，尽管她们同时也是被侮辱被损害的底层人物。

有良知的人才能产生责任感。良知是责任感的基础，责任感是良知的外观。良知深藏在我们里面，它同爱情一样摸不着，但它与爱情一样与人同在。责任感是具体的，它体现为一种对职责的坚守。而职责无处不在，不管我们是富有还是贫穷，是幸福还是不幸，也不管我们是尊贵还是卑微，是伟大还是平凡。“不惜一切代价和甘冒风险地遵从职责的召唤，这是最高尚的文明生活的本质体现。”“心灵被启蒙，良心显示其力量之后，人的责任感才会生长。”

没有良知主宰的民族很容易产生无政府主义和狭隘的民族主义，一个民族被这种思想主宰，就会无可避免地滑入道德崩溃的深渊。

一个人也是这样。

推而广之，整个宇宙的运行其实都遵行着这种法则。宇宙若不遵行这个法则，宇宙就会灭没了，宇宙运行了不知多少亿年，依然有规律地继续存在，在这其中蕴藏着人类智慧所达不到的一种和谐与责任感。在宇宙中，任何一种物体都遵守职责的。我们称之为规律。

# 谦卑先于伟大

玛丽安·安德逊早年事业失败，几乎要放弃歌唱生涯。后来她靠着祷告才逐渐恢复勇气和信心。恢复勇气和信心的玛丽安有一天对母亲说："我要唱下去！我要继续追求完美！"她母亲回答说："很好啊！这是很好的志向——但是，人在成就伟大的事业之前，必须先学会谦卑。"——"谦卑先于伟大"是玛丽安的母亲给她最好的赠言。

老子说得好："江海之所以能为百谷王者，以其下之，故能为百谷王。"大意是：河流与大海所以能够接受千百条溪水的奔流融汇，是因为它们善于自处低下的地方，并因此而得以容纳所有的溪水。

自古以来，凡成就大业者，他们多数都具有谦卑的美德。

谦卑不是自卑。自卑是一个人缺乏自信的表现，强烈的自卑是一种精神的疾病，它会导致人心灵深处极度的敏感和恐惧，从而使人关闭内心，成为一个心灵闭抑的人。而谦卑总是伟大心灵的珍贵品质。谦卑的人，居庙堂之高不令人感到权势逼人，处江湖之远不会使人觉得灵魂卑琐。

谦卑甚至也不是谦虚。谦虚总使人有一种肤浅的感觉，是一种做作出来的行为。谦卑却是内在的，它是高贵灵魂的一种自然的流露。或者说，谦虚好像是一个经过打扮的美人，而谦卑却是天生丽质的美女。前者的美是经过雕饰的美，而后者的美是内在美的自然流露。

一个真正谦卑的人，一定有深广的爱心。

爱心是谦卑的果子，谦卑是爱心的源泉。

谦卑的人，处处给人如沐春风的感觉，它像一抹温柔的灯火，照亮幽暗的世界；它像一夜轻软的细雨，浸润干裂的大地。谦卑的人就像是一个温柔的母亲，永远使漂泊的孩子感到温暖。谦卑人的身上洋溢着温柔与爱的光芒，这种光芒深具魅力，并紧紧地吸引我们。

谦卑是一切美德的基础。

如果我们要成就一项伟大的事业，那么，让我们记住玛丽安母亲的话吧：

在成就伟大的事业之前，必须先学会谦卑。我们要相信，是谦卑铸就并圆通我们的心灵。而一个不谦卑的人，他会多么骄傲，多么利欲熏心。他会多么自以为是，多么目空一切。

骄傲是人天然生命里天然的弱点。一个人可以什么都不会，但他会骄傲。我相信谦卑同样是我们天然生命里预先被种下的美德的种子，就像良心一样与生俱来。只是由于人们忽视了对它的浇灌，以至于这粒种子要破土而出显得异常艰难。

凡有志于成大业者，好好浇灌这粒美德的种子吧，让它发芽，并茁壮地成长，因为——谦卑先于伟大。

# 爱是永不止息

爱一个人，就是爱他的一切。

爱一个人，就是爱他到永远。

爱一个人，要想好了才去爱。

爱一个人，是不能后悔的，后悔的爱不是真爱。

爱一个人，就不要跟他吵架，吵架了，爱就少了，就有了裂痕了。

爱一个人，如果跟他吵架了，就要跟他说忏悔的话，忏悔的话不是随便说的，是要对着良心说的，是要对着圣善的灵说的。

爱一个人，就要爱他的心，爱外表的爱是不够的，也是肤浅的。

爱一个人，就要与他一起经历人生的酸甜苦辣，两个真心相爱的人一起走完人生，是多么神奇多么伟大的事情啊。

爱一个人，就是一起散步，一起吃饭，一起睡觉，一起在晨光依稀的早上醒来。

爱一个人，就要随着年纪的增多，爱得越来越多的爱，越来越深的爱，越来越离不开对方的爱。就是到两个人都老到走不动了，依然拥抱着对方，深情地互相说“我爱你”，依然充满最清纯的爱情。

爱一个人，就是像上帝的嘱咐那样去爱：爱是永不止息。

# 真爱如死之坚强

我在夜深人静的时候翻开了帕乌斯托夫斯基的《金玫瑰》，而且毫不费劲地翻到《利夫内雷雨》的片断。在这里，帕乌斯托夫斯基讲述了一个令人心碎的关于爱的故事。一个叫安菲莎的十九岁的女孩子，她长得非常美，“两只眼睛流露出一股森然之气”“她天天穿一身黑衣服，活像个修女”，一个体态绰约的姑娘，她的这身打扮，使我内心有了隐隐的伤痛。看到这里，我已回忆起安菲莎苦难的爱情了。

安菲莎爱上了一个叫科利亚的大约十六岁的男孩，而且死心塌地地爱上了。科利亚是一个寡妇的儿子，这个寡妇是挨家挨户帮人洗衣服的。安菲莎的家境也不很富裕，但他们显然门不当户不对。最关键的是，科利亚身负疾病，而且是肺结核。这样，家里人的反对就显得理所当然了。我现在知道，人世间有多么多似乎理所当然的事摧毁了多么多人的自尊，乃至于摧毁了多么多人的生命。

安菲莎，一个执着地追求爱情的姑娘，她的死，她的以自杀而自取的死，像一把锐利的刀锋刺在我的心坎上。

第二天清晨，当科利亚看到安菲莎时，她已经躺在棺材里了。“她美丽得难以形容。湿漉漉、沉甸甸的辫子像是用赤金打成的，苍白的双唇上挂着一抹歉疚的微笑。”

帕乌斯托夫斯基继续动情地写道：“我平生第一次亲眼目睹了女性无限强烈的爱。这种爱连死都不怕的。”

我第一次看到安菲莎的故事时，我不明白她为什么要用这样决绝的方式来解决她的爱情问题。她只要对家庭稍作妥协，她就可活得很好。现在，我又在心灵里过滤一遍安菲莎的爱情，我现在明白安菲莎是一个内心多么纯净的女孩子啊。她单纯地追求爱，连生死都置之度外了。她并且那么脆弱，尽管她的内心是那么纯洁和高贵，我想安菲莎一定知道自己拗不过家里人，而她又那么深刻地爱着患肺结核的科利亚。她的心被深深地伤害了，尽管伤害她心的是她的亲人，是她的父母，她也感觉到这是射向她内心的轻侮之箭。于是她——这个美丽的、真正的俄罗斯姑娘选择了死亡。因为，除了死，这个内心高贵的姑娘再也不能找到更好的反抗方式了。

我老是挥斥不去安菲莎的影子。在我心里经常浮现着这个有着金黄色发辫的姑娘的面影。是安菲莎告诉我真爱的力量。爱，只要是真正的爱，是不怕死亡的。

真爱如死之坚强。

我又想起《雅歌》中的诗句：爱情，众水不能息灭，大水也不能淹没……

在爱情被当作儿戏的今天，在离婚被视为进步和时髦的时代，在爱情被看作虚无和欲望的国度，重温安菲莎的故事是必要的。是安菲莎视死如归坚如磐石的爱，照亮我们幽暗的心，并导引我们认识爱的真理。

# 忧虑是一种病

戴尔·卡耐基讲过一个故事：

古时候，残忍的将军要折磨他们的俘虏，常常把俘虏的手脚绑起来，放在一个不停往下滴水的袋子下面……水滴着、滴着……夜以继日，最后，这些不停滴在头上的水，变得好像是用槌子敲击的声音，使那些人精神失常。这种折磨人的方法，以前西班牙宗教法庭和希特勒手下的德国集中营都曾经使用过。

卡耐基继续说道：忧虑就像不停往下滴、滴、滴的水，而那不停地往下滴、滴、滴的忧虑，通常会使人心神丧失而自杀。

卡耐基通过这些俘虏的遭遇来比喻忧虑的危害有多么严重。与这些俘虏被动折磨而导致的忧虑不同，我们这个时代的人的忧虑很多是因为生活的紧张和压抑造成的。

我们的压力来自四面八方，有工作的压力，有家庭的压力，有社会的压力；有来自领导权威的压力，有来自饭碗打破的压力，有来自对未来恐惧的压力……

对于一个未婚的青年而言，成家的高额费用是他的压力。对于一个已婚的青年来说，选择什么时间要一个孩子对他来说都可能使他深深地感到压力，因为孩子的出生将使他财务发生危急。对一对小夫妻而言，尤其是夫妻双方只有一方收入的家庭而言，不多的收入却要应付众多的开支，诸如孩子的保姆费、入托费、读书后的巨大的教育开支，以及生存费用，房租费、或者买房子的首付和按揭费都对他们构成了极大的威胁。

就是在校读书的学生，他的压力有多么大啊。这样的孩子怎么能不感到忧虑的侵袭呢？

在我居住的小城，有一个中学生因为学业的压力，因为承受不住父母恨铁不成钢的说教，使他产生深深的忧虑，遭受忧虑的折磨，最后，这个孩子轻悄悄地上吊身亡了。

在我读大学的最后半年，我所在的校园接二连三发生了若干起自杀事件。

有两个大二的学生因为对考试感到深深的忧虑而自杀，有一个数学系的研究生也因为学业问题而自杀。

为什么？为什么会这样？我常常省问自己。

我们也知道：患难生忍耐，忍耐生智慧。然而，这些被忧虑折磨的人，他们之所以采取这么决绝的解决忧虑的方式，一定是他们无法承受来自身体和心灵所受的压力。什么叫做“生不如死”？这就叫做生不如死。

忧虑使我们愁容满面，忧虑使我们饱经沧桑，忧虑使我们身心疲惫，忧虑使我们遭受疾病的折磨。据有关权威报告声称，我们身体的大部分疾病都是因为忧虑而产生的。像心脏病、高血压、风湿病、胃溃疡、甲状腺病、糖尿病……在二战期间，美国有大约三十万人死于战场，然而在同一段时间，心脏病却使两百万人死亡，其中的一百万人的心脏病是由于忧虑以及过度紧张的生活引起的。

约瑟夫·蒙塔格博士是《神经性胃病》一书的作者，他说过：胃溃疡的产生不是因为你吃了什么而导致的，而是因为你忧愁些什么。我也曾经得过轻微的胃病，现在回想起来，我得胃病的那一段时间，正是我生命中最晦暗的时光。我整天都在忧郁中度过。在教室里授课，冷汗漂湿了我的衣裳。夜间常常不能眠寐。不仅如此，由于忧虑，我也常常偏头痛。后来，当我知道无论怎样也无法改变我的境遇时，我反而轻松了。我学会了如何在极度的忧虑中平静下来了。后来仅服用了很少的保健品，就治好了我的胃病，从此没有复发过。

我之所以能平静我忧虑的心，是因为一个弟兄告诉我：不要为明天忧虑，因为明天自有明天的忧虑，一天的难处一天当就够了。

他继续告诉我：你们哪一个能用思虑使寿命多加一刻呢？你看天上的飞鸟，它不种，也不收，也不积蓄粮食在仓里，然而，飞鸟不是照样活得好好的呀。所以，你不要忧虑。

奇怪，我当真就不再忧虑了。从那以后，我学会了如何在极度的压力和打击下迅速恢复平静的心。使我能在极短的时间内恢复平静的还是那句话：不要为明天忧虑，因为明天自有明天的忧虑……

俗话说：心病要用心来治，解铃还需系铃人。忧虑是我们内心的疾病，我们也只有内心平静才能治好我们的忧虑。

朋友，你正被内心的忧虑的波涛拍打得软弱无力吗？那么，先平静你的心吧！

# 往 事

我读小学三年级时（1979 年），有一个五年级的师兄偷东西，也不是偷什么大不了的东西，大概是本子一类的学习用品吧。这事不知怎么被老师发现了，学校为此开了一个批判会。那时候我们学校还没有麦克风，我们的一个退伍回来教书的老师因为声音特别洪亮特别有磁性，平时我们做课间操，他就经常喊口令，所以就由他来主持这个批判会。

那个师兄的个子很小。他被押到主席台。那位声音特别洪亮的老师拿着喇叭，开始对那个低着脑袋的学生批判。批判的内容我是全忘了，但那个是我们师兄的学生的惊恐，他的绝望，他的羞辱，也可能有他的冤枉，他的崩溃的自尊……都一一留在我的心里。

后来，我把他给忘了。而且那时候我们也许认为那位师兄是该受那样的惩罚的。所以我很快就把这件事忘了。

许多年后，我已经大学毕业了，出来教书了。我在一次偶然的机会中和他见面。这时候他已经为人夫为人父了（我遇见他时他的孩子就在他身边）。他的个子好像没什么长大，神情很是萎靡。脸庞有些消瘦。好像很怕见人，特别怕与人正面相对。那时候我约略看过一些心理学的书。于是立刻想到他多年前的遭遇。也许正是那件在全校师生面前被批判的事件完全摧毁了他。

所以，我希望天下所有的老师、所有的长辈在批评孩子时，一定要保全他的自尊，否则，将会毁掉一个孩子的一生。因为许多所谓的不良少年，几乎都有过来自老师或家长的不正当的批评、打骂与羞辱。

伤害一个人的肉体，也许不算什么；但伤害一个人的心灵，却足以毁掉他的一生。

# 谈两则关于教育的新闻

## 一

我不常看报纸，总以为报纸上的事多与自己无关。

胡适先生在给中国公学的毕业生们讲话时说过，与其花一小时看报纸，不如用这一小时看有用的书（大意）。

在这个媒体时代，决然不看报，当然是不行的。

所以，偶尔看报，也常使我想发一些议论。但也只是想，但今天，似乎很有些想写出来的意思。

我买了一份今天的《厦门晚报》（2007. 1. 11），在第二版看到一则《我省今年中考减少死记硬背》。“我省”指福建省。该文介绍了新修订的2007年中考大纲的基本内容。其中有一条关于历史一科的，说“历史实行开卷考，试卷中避免出现纯识记的大分值试题”。继续看下去，在新闻的末段，又介绍说历史科早于去年（2006年）就已开卷考了。这又确实教训了我不看报的坏处，否则，此文当在去年就要写了。

历史一科，在基础教育中是极重要的。但是，近二十年来，历史之不被重视也是众所周知的事实。在初中阶段，从学校到老师，从老师到学生认为只要把主科的语文、数学、英语及物理、化学学好就可以了。至于历史、地理、体育、音乐、美术诸科，均列入次科行列。因为学校不重视，所以老师也不重视，而且次科老师还有自卑心理，因而也就更加不重视。上课也就更为随便。中国的学生向来又多是乖巧的，当然也就跟着不愿意学了。由此形成一个恶性循环。因为学生不愿学，老师也就更加不愿教。所以，在上这类课时，历史（及其他次科）转而成为自习课也就不以为奇了。

殊不知历史一科，与语文本有极密切的关系，所谓“文史”不分家也。其实，不唯“文史”不分家，地理及生物，乃至于音乐、美术又何尝能与语文分离。而语文又是工具科，一个人若没有相当的语文水平，又怎能学好数理化呢？

笔者出身中文系，现在不单教语文，也教历史。在具体教学过程中，的确深感现在学生文史知识的贫乏。或许我所教的学生本身就缺乏基本文史知识，但在这样的教育思想培养出来的学生，文史知识又能好到哪里去？

而且，历史一科，与传统文化关系至为密切。我们号称五千年的文明古国，历史的丰富（包括教训与经验）自不待言。但照这样开卷考，又有多少学生会认真学历史，又有多少老师会认真教历史。长此以往，历史的继承，历史的观照与反思，都将一去不复返。

教育主管部门作出这样的决定，本意似乎是好的，目的在于使学生“减少死记硬背”。但我以为“死记硬背”一些知识并没有什么不好。有些知识就是靠死记硬背才贮存在大脑里的。俗话说，巧妇难为无米之炊。人的大脑如果不多装一些东西，他又如何能联想，能想象？没有最基本的知识积累，又哪来的创造呢？

况且，现在的学生背的东西真的太多了吗？

一个人，如果连最基本的文史知识都缺乏，且不说会影响他本人的知识结构，就是在他们长大后，在工作、生活中与人交谈时，必将错漏百出，出尽洋相，到时候，他们倒要怪当年为什么不让他们多学一些文史知识了。

试想：一个中国人不知道历史朝代更替，不知道唐宋元明清，不知道四书、五经，不知道初唐四杰，唐宋八大家——这样的人不论他在其他方面发展得多好，总归是一种遗憾。因为技术一类的学问，本是专业分工的差别，不知道并不会使人难堪，比如我不懂得相对论，不懂得黑洞，不懂得核动力理论，我并不羞愧，因为我不学这个专业。但是，文史知识很多是常识，尤其是历史知识，这种常识的欠缺，就让人难以容忍的了。

所以，我认为，历史一科，实在不宜开卷考。

新时期以来，尤其是这十年来，教育的改革，不可谓不频繁，几乎年年在改。但是否改得越来越好，现在看来，似乎还难下定论。但若是照这么个改法，似乎是不好的。

## 二

在同一天的《厦门晚报》第二十二版，我也看到一个新闻。标题是《日一高中入学要考用筷子》。文中讲到日本一所名叫佐世保久田学院的学校在入学考试时，准备了珠子、弹球、骰子、豆子，要求学生十分钟内使用筷子从一个盘子夹起放入另一个盘子。该校副校长久田胜志说："我校着重传授学生日本文化精神，希望学生领悟这些。"他又说："考试只是一种手段，提醒学生不要忘记传统的东西。"此举针对的正是日本年轻人不会正确使用筷子的人越来越多的现象而作出的动作。

用筷子夹东西，本是一种生活方式，当然也是传统文化之一种。"传统"本是很庞大的一个系统，但是，佐世保久田学院却从很小的一个具体事情入手，强调日本文化精神的传授。因为文化精神并不抽象，在日本的这所学校看来，就具体到使用筷子这么细微的事情。

在西方化程度方面，日本人肯定走在我们前面，但他们又是如此重视传统文化的继承。

而我们，却一再地降低对自己历史文化知识的学习要求，这是否值得我们思考呢？

诚然，考试只是一种形式，就像日本的这所学校做的一样，但是，在这个形式中，如果我们能妥善地使用，考试又不仅仅是一种形式。在当今社会，考试是如此的多。因为，检验一个人的知识水平，考试仍然是一种比较科学而且比较公平的一种方式。既然如此，何不好好用好它呢？

纵观古今中外的硕学鸿儒，哪一个不是博闻强记的大师。尽管我们的教育主管人士是如此友善，但是，这样的"友善"也许会误了整整一代人乃至于数代人呢。

但愿我的担心是多余的啊。

# 教育改革从颁发毕业证书开始

复旦大学原校长杨福家教授说过："要树立以学生为中心的思想，要尊重学生。以学生为中心是很具体的事情，可以体现在很多小事上，而我们在这一点上做得很不够。"接着杨福家教授说道："自己身为复旦大学校长的时候，不是亲自给毕业生颁发学位证书，而是让一位学生代表来把学位证书成捆地领回去，我感到很惭愧，对不住学生。"

杨福家有这种惭愧的话，是因为2000年12月他被英国诺丁汉大学聘请去担任校长，这也是中国公民第一次在英国大学担任这一要职。在诺丁汉大学，杨福家为诺丁汉大学对学生的尊重和以学生为中心而深深感动。杨福家担任诺丁汉大学校长主要有三项任务：一是主持学校董事会议；二是代表学校参加重大活动，比如接受英国女王颁奖；三是出席学生毕业仪式，亲自给每位毕业生颁发学位证书。在这三项任务中，前两项遇到校长有事，可以委托副校长参加。但给学生颁发学位证书，校长无论如何必须参加，而且必须亲自给每位学生颁发证书，否则就会被认为是重大失职。因为这个仪式是学生一生中最重要的仪式之一，因此也应该是学校最重要的仪式。

我看了杨福家《火把 钢琴 大观园》一文中讲到诺丁汉大学校长必须给每位毕业生颁发学位证书，并看到杨福家为自己在复旦大学校长任上没有亲自为毕业生颁发学位证书感到惭愧的话，深深觉得这实在是一个值得我们思考的问题。

《厦门日报》2011年6月27日发表了《厦大高调为毕业生送行 校长寄语希望学生感恩父母》一文，报道厦门大学朱崇实校长为每一位毕业生颁发毕业证书。我看了这则报道，就想到了多年前看到的杨福家校长的这篇文章。同时，厦门大学的这个举动，也很使我感动。

我们年年月月甚至天天讲教育改革，但是，我认为，要谈教育改革，就先从校长给每一位毕业生颁发毕业证书开始吧。这看似小小的问题，却是教育最重要的问题之一。

我想起自己从小学到大学，从来没有正式领过毕业证书。小学的毕业证书怎么领的，早就忘了。不过，自己倒是很重视，把它贴在家里大厅的墙壁上。初中的毕业证书也早已找不到，但的确不是在毕业典礼上领到的。高中的毕业证书也是毕业后才拿到的，前几年在家里整理旧物，居然找到了，就一直收藏着。大学的毕业证书，记得是毕业后很久，学校才通过邮局寄给我们。我后来想，要是万一在路上丢了呢？

一个人无论从哪一级学校毕业，都应该隆重热烈地庆祝，这个隆重热烈地庆祝的最好形式就是开一个盛大的毕业典礼。这个毕业典礼，不仅学校领导要参加，每一个任课教师要参加，而且每一个家长也要参加。在这样隆重庄严的时刻，每一个毕业生从校长手中领取毕业证书，这对他来说，实在是最好的教育。这是他完成某一个阶段教育的时刻，也是他另一个阶段教育的开始；如果这是他最后一次从学校毕业，那么，这是他最后一次从校长手中领取毕业证书。他会记住这个对他、对他家人来说最重要的日子，记住这个最重要的时刻。这样一种热烈、庄严的典礼，将永远是他最美好的记忆。

不幸的是，我们绝大部分的学校还没有想到要这么做；虽然也有举行毕业典礼，但就像杨福家校长说的，在毕业典礼上让一个学生代表把学位证书成捆地领回去了事。所以，一届一届的学生从学校毕业出去，不是带着荣耀毕业，不是带着成长成才的感觉毕业，而是觉得他在这里的学习生活结束了，该走了。至于怎么走，完全没有人关心他。中国的学生对母校的情感比较弱，这也许是最重要的原因之一。

所以，我觉得很有必要呼吁各级学校的校长们，给你们的每一位毕业生颁发毕业证书、学位证书吧。此事虽小，善莫大焉。

# 时代的状况与我们的责任

## 一

置身在这样一个时代，我们似乎没有理由感到寂寞、孤独、彷徨，因为世界如此繁华，经济如此发达，大家都忙着自己的工作，都在朝着自己的目标努力。我们只觉得时间不够用，我们就像一匹永不准备停歇下来的马。我们忙着生活，我们忙着富裕，我们忙着享受，我们甚至忙着堕落，忙着放纵。我们忙着追求名利、地位、金钱，追求一切我们觉得应该拥有的东西。我们被这些外在于我们的东西所吸引。我们已经欲罢不能。我们已经很久没有仰望头顶的天空，我们已经习惯加班加点。那个曾经在我们的童年很美好的田野、山川、飞虫、鸟兽，似乎都已经一去不复返了。习惯忙碌的人们眼睛都看着这个世界的繁华，我们已经很少察看和反观我们的内心。

事实上，这并不是我们时代的人所特有的现象，在人类的历史上，类似的欲望都在诱引着人们。自从文艺复兴以来，我们就坚信人类的理性可以战胜一切。我们甚至忘记了我们只不过是人，我们是从娘胎里就带着罪的人。

我们的确在享受着现代科技发展带给我们的种种方便，科技的发展的确在深刻地变革我们的日常生活。只要看看近二十年来我们生活的变化，我们就没有理由怀疑理性，怀疑科学，我们已经可以上天入地了，我们还有什么不能做的呢?

可是问题依然存在，生存的问题、存在的问题、心灵的问题、灵魂的问题。还有战争、疾病、饥荒、贫困，还有沙尘暴、水污染，还有核武器、生化武器……

最近，连续发生了好几起大学生、研究生自杀的事件。他们当中有大名鼎鼎的于丹教授的硕士生。有的自杀者还是博士。在许多人心目中，博士是多么让人羡慕啊，他们是知识界的精英，是人群中的翘楚，是众人仰慕的对象，他们是没有理由自杀的。可是他们自杀了。他们的自杀自然有种种不同的原因。但是，从根本上说，却显明一个真理，那就是，知识是无法使我们满足人生的根本需求的。我们可能有许多知识，但未必拥有智慧。因为多有知识就多有愁烦，加增知识的，就加增忧伤。

作为一个人，我们是真的很脆弱的。一点点的打击我们都难以承受。我们每天承受着烦恼、焦虑、恐惧……的折磨。我们没有能力感受幸福。我们今天挣的钱比过去多得多，可是我们并没有感到幸福，反而觉得更不幸。

## 二

当我们谈论着这些问题时，是基于这样一个基本的出发点，那就是，我们是从基督信仰的立场来谈论的。这个信仰的根本是相信人是神（上帝）创造的。而且，这个神乃是活的、有位格的神。这个神不是偶像，因为偶像是人手所造的。但是，这个神，这个所有人的神不是人手造的，这个神是自有永有的，这个神是首先的也是末后的，这个神是创造天地万物的神，他也按照他的形象造了人，我们都是因他而有的。所以，人生在这个世界的根本目的乃是盛装神自己，除此以外，没有别的东西能够满足我们，知识、名利、地位、金钱都不能使我们满足。我们经常打比方来说这个问题，比如，一个茶杯，用它装茶水是合适的，但用它来装米饭就错了；一个饭碗用来装米饭是合适的，但用它来装茶水就觉得别扭，这就显明任何器皿被创造出来都有它的目的，它总是用来装它合适装的东西，否则就错了。我们人被创造出来，我们也是一个器皿，我们也有我们的目的，就是用来盛装神。别的东西装得再多，我们也不会舒服，只有装了神，我们才会满足。

很多非基督徒认为基督徒和其他宗教徒没有什么区别，认为他们不过是看破红尘；但是，他们不知道，基督徒其实是很入世的。他们有很积极的人生态度，只不过他们知道人生的目的在哪里，他们知道什么是他们所要的，什么是他们所不要的。不是他们不爱世界，乃是他们知道世界根本就是不能去爱的。

在基督徒看来，世界上的人可以分为两种人，一种是基督徒，一种是非基督徒。非基督徒就是不信基督的人，也是不义的人，从世俗的角度看，他可能是个好人，但从基督的角度看，他就是不义的人。因为不信神的罪是最大的罪。使徒保罗说，他们既然故意不认识神，神就任凭他们行邪僻的心，行那些不合理的事，满心是嫉妒、凶杀、争竞、诡诈、毒恨，又是谗毁的、背后说人的、怨恨神的、侮慢人的、狂傲的、自夸的、捏造恶事的、违背父母的、无知的、背约的、无亲情的、不怜悯人的。他们虽知道神判定行这样事的人是当死的，然而他们不但自己去行，还喜欢别人去行（参见《罗马书》）。人的罪是何等地大呢！

这个罪并没有因为社会的发展而减弱，相反，随着社会的发展，科技的进步，罪也同时在发展，同时在进步。这就好像医学在进步，疾病也在进步一样。每个时代都有医学攻克不了的难题。在一百年前左右，一个人得了肺病，无疑就判了死刑了，就像鲁迅的小说《药》里的华小栓一样。今天，肺病已经是小病了。但比肺病更厉害不知多少的疾病依然困扰着人类。

人类不仅有身体的病在困扰着，也有灵魂的病在困扰着。而且，后者比前者更加可怕。一个人眼睛瞎了，不过看不见东西而已；可是，一个人若心灵黑暗了，那黑暗是何等的大呢？一个人的灵魂生病了，也就是心灵黑暗了，也就是不认识神了。

人的境遇是如此的糟糕，时代的状况也就好不到哪里去，因为时代的状况说到底就是人的状况。事实上困扰我们的问题在每一个时代都存在着。就像牛顿的加速度一样，世界变得比人们想象的要好，但同时也更糟糕。多年前，一个老中医跟我说，别以为你们会比我们这代人更幸福，你信不信，你们只会更糟糕。那时候我刚大学毕业，踌躇满志，根本不以为然。现在看来，他说得真是准啊。我们挣的钱是更多了，但我们面临的问题的确更多也更严重了。

现代艺术的发展也证明了这点。神学大师汉斯·昆认为，在我们这个世纪，艺术不再是宗教，不再是人沉浸于中的神性世界，不再是人的最高目的。恰恰相反，艺术成了异化的表达，成了人在这个世界遭遗弃的表达，成了人的生活意义最终丧失的表达，成了人的历史意义最终丧失的表达。

哲学家尼采曾经用三幅强有力的画面宣告虚无主义的到来：枯竭的大海（没有慰藉的空虚）、被抹去的地平线（一个无所指望的世界空间）、不再被它的太阳紧紧吸引的大地（失去大地的空无）。

存在主义哲学家雅斯贝斯认为，现代派文学往往是关于“临界境况”的文学。它向我们表明人已到了山穷水尽的地步，丧失了在日常生活境域中看来是那么坚固而又世俗的慰藉——只要对这种生活境域不加置疑地接受下来，这些慰藉看上去总是坚固而又世俗的。

美国存在主义哲学家威廉·巴雷特也认为，虚无已经成了现代派艺术和现代派文学的一个主要主题，或者是直言不讳地道出，或者是弥漫在整个作品之中，成为人物生活、移动和存在的环境。他说，现代艺术向我们展现的对虚无的观察表现了一种真实的遭遇，一种构成这一时代历史命运一部分的遭遇。

我们当然不会忘记，在荒诞派戏剧大师塞缪尔·贝克特的话剧《等待戈多》中，虚无是多么深刻地隐现在剧本的每一句台词中。所以，当《等待戈多》一演出，就获得了巨大的成功。我们曾经以为这种“荒诞”与我们无关；但今天，我们是否已经知道，我们正在体验这种荒诞呢。在我看来，“荒诞”并不就是真的荒诞；有时候，“荒诞”乃是更加真实的真实。

可以认为，人的理性的确已经走到它的尽头。

## 三

那么，今天，我们能够做什么呢？

在这样的时代，我们的责任该如何表达出来？我们面对这样的世界，要做什么才与我们的身份相当？

我们是如此深重地陷落在虚无与罪恶之中，我们身居的世界，是一个罪的世界。一切的邪恶都已经表现出它们的狰狞面目。人们是如此的漂浮，感觉不到生存的根基。抓不住那能够使我们获救的稻草。物质没有能够拯救我们，文化也不能拯救我们。我们依然迷惘：对人生的迷惘，对存在的迷惘，对世界的迷惘，对生命意义的迷惘。就像弗洛伊德说的，我们人类大多数都是有病的，我们的生存状态都极其严酷。如果我们真的摸着自己的良心询问自己，如果我们真的不想继续欺骗我们自己的真实的感受，我们就应该承认尼采说的是正确的，他说“人是有病的动物”。尼采说人是有病的动物，这个“病”不是一般的病，一般的病用药物治疗就会好，但尼采说的这个病是灵魂的病，是人离开上帝的病，是罪的力量支配人去过堕落的生活的病。尼采说过“上帝死了”，他说这话不是说上帝消失了，而是说上帝在人心中没有地位了，人的心中没有了神的地位了。一个人，如果他的心中没有了神，就会胡作非为，因为他的心中没有了惧怕。一个人如果没有惧怕的对象，那是很可怕的，因为他可能做出任何事情，可是他却不知道。

既然病了，就要有医生。耶稣说，健康的人用不着医生，有病的人才用得着。耶稣说这话时，是因为他在屋里和好些税吏和罪人在一起吃饭。法利塞人就问他的门徒说，你们的先生为什么和税吏并罪人一同吃饭呢？耶稣的门徒没有回答，也可能是不知道如何回答，反正有老师在，就让老师说好了。于是，耶稣说了上面的话。

世界上能医治各种疾病的医生很多，但是，能医治人的灵魂的疾病的人（他同时也是神）只有一个，他就是耶稣基督。信他，就得医治；不信他，就永不得救。

## 四

我们今天能做的工作是什么呢？

我们今天的职责是什么呢？

“五四”以来，我们断断续续在做文化启蒙的工作，不能说文化启蒙没有用处，毕竟，“五四”以来，社会的变迁已经证明了文化启蒙的用处是大的。但是，仅有文化启蒙还不够，虽然，即使到了今天，文化启蒙的工作也远未完成。今天的文化发展的局面总是使人觉得不满足。青年学者郜元宝认为20世纪90年代以来最醒目的文化现象是“文学衰，学术兴”。他说，他总怀疑，在一个文学式微的时代，学问的价值究竟是否可靠？对此，郜元宝觉得以文学的衰落为前提和代价的学术的兴盛十分可疑。对郜兄的观点，真是于我心有戚戚焉。我虽然是学术以外的人，但也偶有机会接触一些与学术相关的人与事。当我听到或看到那些充斥着术语却毫无生命感悟的“话语”时，总使我想逃离。我不如彷徨于无地。我不如沉默。

我认为我们还需要另一种启蒙，就是信仰启蒙。

文化启蒙之所以一时不能奏效，我以为就是缺乏信仰启蒙。因为“五四”以来的文化启蒙是以西方文化做参照的，我们也的确输入了西方文化的各种主义。但是，仅有各种主义的输入是不够的。我们应该深入西方文化的心。

什么是西方文化的心呢？西方文化的心也就是西方文化的源头。西方文化的源头有两个，一是希腊文化，一是希伯来文化，也就是《圣经》所代表的基督教信仰；而且，基督信仰又是更为重要的。因为希腊文化影响西方的是它的制度传统，而基督信仰影响的是西方文化的方方面面，尤其深刻影响西方的世道人心。舍此西方文化的心，而去学习西方文化的各种主义，无异于釜底抽薪，买椟还珠。

梁启超说过，信仰是神圣的，信仰在一个人为一个人的元气，在一个社会为一个社会的元气。他说的这话是不错的。但梁启超说的信仰还不是我说的信仰。我说的信仰是基督的信仰。

前面说过，基督信仰的根本是相信人是神创造的。那么，基督信仰的核心是什么呢？基督信仰的核心就是爱。耶稣说过，我赐给你们一条新命令，乃是叫你们彼此相爱。使徒保罗也说过，如今常存的有信，有望，有爱，这三样，其中最大的是爱。保罗说的爱是怎么样的一种爱呢？他说：爱是恒久忍耐，又有恩慈；爱是不嫉妒，爱是不张狂，不做害羞的事，不求自己的益处，不轻易发怒，不计算人的恶，不喜欢不义，只喜欢真理；凡事包容，凡事相信，凡事盼望，凡事忍耐。爱是永不止息。

这是我见过的关于“爱”的最好的定义，也是关于“爱”的最美的颂歌。

基督耶稣有爱、光、圣、义四个特征，其中，“爱”是排在第一位的。

在部元宝认为的“文学衰”的20世纪90年代以来的文学式微的时代中，我认为，北村是最特别的一个意外，但又是最有意义的一个文学个体。我曾经说过，如果没有他（北村），当代文学将失去一个精神的标杆。现在我依然这么认为。而且，我现在知道，北村的小说创作，具有一种信仰启蒙的力量和意义。从先锋文学的代表之一，到20世纪90年代初信入基督，北村成功进行了转型，并开始他的信仰写作。从《施洗的河》开始，北村写了大量的关于与基督信仰的精神核心相关的小说。近年来，他又出版了《愤怒》《我和上帝有个约》等小说。尤其是《我和上帝有个约》，我以为在北村的小说创作史上深具意义。他在这部小说中探讨了与信仰相关的许多问题，诸如恐惧与自由、重负与神恩、受难与悔改、死亡与复活、真相与平安等等。

有人担心北村这样的写作会不会使他的小说只适合基督徒呢？一个外邦人会去看他的小说吗？看了以后会有所觉悟吗？对此，我深信北村小说的意义不会丧失。毕竟，是小说，只要是小说，它就有故事有人物有情节，具备了小说的基本要素了。一个用心阅读思考的读者，即使他不是基督徒，他也会被影响，会被触动，因为人人心里有个灵，也就是良心，就是一个犯罪的人，他也有个良心。有的杀人犯杀人时没有恐惧，因为那时候他被杀人的欲望蒙住了心眼，但杀完后，绝大部分会恐惧，会害怕，会受良心的折磨，条件成熟时，不用警察抓他，他也会去自首。我们平时说“做贼心虚”，也是同样的道理。贼之所以心虚，也因为他的良心放他不过。一个人如果良心无亏，他就不怕半夜来敲门的鬼。

信仰启蒙，是每一个基督徒作家、学者的责任与使命。但是，现在真的在做这种启蒙工作的还不多。所以，作为一个信入基督的人，我尤其钦佩北村所做的努力。因为，通过小说这种形式进行的信仰启蒙，其影响是难以估量的。在我们生活的时代，我们应该以有北村这样的作家与信徒感到高兴，感到欣慰。

信仰启蒙的文学形式还有很多，散文、诗歌、戏剧，都是可以的。我有时去教堂，听到很多很好的歌，经常被感动得泪流满面。他们也常出一些小册子，我觉得，这些都很有意义，这些都是启蒙。

长夜漫漫，我们当然不能期望这种启蒙很快就有很大的效果，但我们相信，只要做了，就一定会有效果。

梁启超说，中国人最大的病根就是没有信仰。鲁迅所批判的国民劣根性，也直指无信仰。今天，情况已经有了很大的变化，信仰的钟声已经处处可闻。有一年夏天，我回到老家，在清晨的微风中，我听到了熟悉的信仰的歌声，那悠扬、深沉的歌声吸引了我，我寻声而去，歌声来自一栋古旧的房子，房子前面还有一片菜地，那天清晨，我觉得那菜地特别的美。

在这个世纪之交的时代，我们应该明白，我们这个民族的文化的旧邦新命要真正实现，就需要有这样的信仰的启蒙。学术的方面，刘小枫已经做了许多的工作，也真的有许多人在努力做这种工作。要问有没有用？我的回答是当然有用。这种“用”不是也不可能那么快就能看到，但是，一定会有用。然而，仅有学术方面的努力还不够。就像郜元宝说的，文学衰，学术兴啊。如果信仰启蒙的文学也能渐有兴盛，则文学的兴也就可以期待的了。对此，我满怀信心地期待着。

# 附录

# 心中的金玫瑰

## ——读杨天松散文集《秋天的独白》

新泉，是闽西山凹里一个极为安静的小镇，安静得让一些暂时寄居在那里的人们不愿意离开它。镇子里住着几个散淡的文化人，他们除了和当地的男人女人一样，每日里或早晨或晚间总要到河边的“汤窟”（温泉）里泡上一回两回，松筋舒血，去乏祛寒，还时常聚在一块，涮酒，煮狗，烹河鱼豆腐。几杯米酒下肚，脸膛红红地开始侃起天上地下国际国内乡风里俗古董收藏新人新作。他们的生活透出几分仙气，很使人向往。渐渐地，县内县外不少与几位“仙人”或熟稔或半生不熟的所谓文朋诗友，隔三岔五或单独出击或成帮结伙或事先电话通知或神兵从天而降，笑嘻嘻地找到他们。于是，票子一张张从兜里掏出来，烫酒一碗碗经喉头吞下去。子曰：有朋自远方来，不亦乐乎。

杨天松就住在这个镇子里，在镇上的中学规规矩矩地教书。夜间有闲了，伏在灯下写些文章。说也怪，在镇子里不时出现的文化人煮酒论英雄的热闹场上，少见他的身影。他似乎有些寂寞，有些孤独。与朋友们在一起的时候，他也像《女儿经》里要求女子的那般：笑不露齿，话莫高声。他不剑拔弩张，他把静静的倾听，当作一种生存境界。及至当我读毕他的书稿《秋天的独白》，我明白了，天松更擅于用笔在方格纸上与这个世界对话。由于不是面对面大眼瞪小眼的交流，他显得非常从容、非常自信、非常自由、非常细致、非常畅达地把所喜所愁、所怜所爱、所叹所思，如轻云出岫，袅袅而来。旁若无人的“独白”，那样真率、清澈，难见矫揉扭捏、搔发弄姿、无病哼哼。让人有拍案之声：这是真散文，散文本该这么写！

天松读大学时便开始发表散文，而至今已见诸报刊的作品似乎不多。在我看来他写作并不为了发表。他只是当有话想说、不吐不快而独对青灯之时，便握笔倾诉。不为发表而写的文章，可能就是大众最愿意读的文章。眼下假货无孔不入，淆人耳目，其中亦有假情假意的文章招摇于文坛。字里行间有几许真情真意，读者自是洞若观火，了然于怀。欺不得也，哥哥！

天松这部书稿中有一篇关于《金玫瑰》的长篇读书札记，让我品味再三。记得著名诗人舒婷曾在一份调查表中表示：俄罗斯作家帕乌斯托夫斯基的《金蔷薇》（《金玫瑰》原译名）是早年对她影响最大的书籍之一。近年，我读到了这本书，视为一件乐事。天松在文中表现出了比我强烈得多的对于《金玫瑰》的热爱。他为十年前与这本书的失之交臂而痛悔，“那里浸润着一切”，而“为什么我们就无法写出属于我们的真正散文？”我不怀疑天松这些感受的真实，并看到了他喁喁独语之外激情洋溢的一面。但我觉得有些文弱的天松在这篇长文中因偏爱孳生了偏激。《金玫瑰》肯定是邻邦一部值得赞赏、值得借鉴的精美散文，但是否我们这个国度就没有与之比肩的散文大著？窃以为，且不提我中华古代与现代的一茬茬散文大师，就说当今响遍大江南北、海峡两岸的余秋雨，其散文集《文化苦旅》《山居笔记》出现了盗版蜂出、洛阳纸贵的现象，不能不让人瞩目、思索。尽管文坛有人对余氏颇有微词，甚至大加挞伐，然而，我们应该面对这样一个不争的事实：海峡两岸乃至整个华人世界，有许许多多人在购买、阅读、谈论《文化苦旅》《山居笔记》，如果不是余氏的散文具有非同寻常的吸引力，那么身处20世纪90年代的智商绝不低下的人们会那么容易被欺蒙拐骗么?!

在写这篇文字之前，我关注着省城报刊上一场关于福建是否“散文大省”的争论。文坛时不时会弄出一些热闹的事来。争归争，写归写。总有许多人在写散文，总有许多人在读散文。当然，也有人看不起散文，认为是小玩意，要写就写大部头。我总想，文章无论长短厚薄，有无艺术质量、文化品位当为第一要义。如果是一堆文字垃圾，再长又于世何益？唐代张继一首四句二十八字的《枫桥夜泊》，不仅使苏州寒山寺扬名天下，也使一代又一代的人们对他这首短诗中饱含的人生况味咀嚼不已。张继，就因这一首小诗而流芳千古了。

年轻的杨天松也算是散文圈中的一员了。他的“独白”，如果文字节制一些，结构精致一些，取材拓宽一些，就更可爱了。

写作，往往是寂寞的。写散文，可能更寂寞。

想到一则佛语：“开悟前，砍柴挑水；开悟后，砍柴挑水。”

黄征辉

（著名作家，中国作家协会会员，龙岩市作协副主席）

# 生命独白

## ——读杨天松散文

在这里，我要向读者介绍杨天松。这是一个沉默的人，在许多场合，他都自愿坐到最不起眼的角落，他脸上的安详我们想学也学不来，因为我们的内心满了欲望。所以我说，人什么都可以满足，但有一样永不会满足，那就是优越感。有房住了，还要“有天有地”；有职业了，还要削尖脑袋改行；为什么我不能进城；既然“行政”了，一直没有提拔未免太丢脸。当我们整个人被欲望充满的时候，也就被魔鬼充满，使我们神色紧张、呼吸短促、目露凶光。杨天松说，你看那飞鸟，不愁吃不愁穿，为什么人要发愁呢，人不是比鸟更高贵吗？因此，我愿意跟天松在一起，他水中倒影般平静的脸总是给我带来安慰。

我认识杨天松的那年，他还是个忧郁少年，刚走出福建师大中文系来到新泉中学任教。那时他蓄着小胡须，落落寡合地坐在文华书店的柜台里，像旧书中古道心肠的落难秀才，一段以书为缘的感情经历就在那里拉开了序幕。如今，天松已经是孩子绕膝的父亲了，这常常让我回想起在河边合唱《箫之歌》的美好时光。是呀，一切都将朽坏，包括我们身上的这堆肉体，人生如果没有盼望，我们的双腿这样盲目地忙碌不是很可笑吗？

事实上，那时候杨天松已经发表了相当数量的散文和评论，而且颇见功底。然而天松从不张扬自己，“作家要耐得住寂寞”，把这句话挂在嘴边的人往往是故作姿态的，天松绝不会说这么无聊的话，因为他根本就没想过要通过文学“打捞”点什么。文学不过是生命的独白，读了天松的作品后肯定要下这样的结论。一条小河、一座古屋、一棵老树，都会引起他由衷的赞叹；甚至一首民歌、一滴露珠、一片落叶，都能招惹他温柔的怀想。也许读者会想起泰戈尔老人从容平和的歌唱与赞美，也可能想到普鲁斯特对往事的咀嚼展示了时间无限的可能性，但我首先想到的是天松属灵生命的得着。那赐生命的灵将神圣的所是应用到他身上，借着那灵，他得着了爱、光、真理、生命、喜乐、能力，以及神圣的一切所是所有。本来，我们的生命是弥漫着黑暗、软弱和窒息的，但那至高的施恩宝座像活水涌流，叫我们的生命充实，满了意义。

虽然人拥有善良的性情，如真、善、美、智、仁、勇等美德，但因着堕落，恶性进入人里面，与善性相争。罪在人里面，叫人无法实行他良好的意愿，叫人的良心死亡，叫人的思想背叛，叫人的身体犯罪。人的堕落是宇宙间最大的悲剧，至今我们仍深受其害，举目所及，战争、不义、贫穷、犯罪、欺压、疾病，天天环伺着我们。这是我们生存的基本环境，而今的文学，四处充斥着骄傲、嫉妒、仇恨和恐惧。作家的心里都黑暗了，我们还能指望他们的眼睛看清世界吗？曾有几次，天松进城住在我这里，我们对着大街上莫名其详的人流谈论文学，最后认为，我们完全可以不写作，因为写作是无益的。但是，文坛必须有一帮人站出来纠错，否则将滑到永远的沉沦。真的，不是我们高举自己，而是需要纠错的时代来临了。

就这样，杨天松用最朴素的语言来实现最直接的写作，虽然这种作品在文坛并没有市场。就像他总是以很稠的饭来招待朋友们，虽然大家只想喝点粥汤。乡村少年心中的北京在哪里？天松说：“比梦想更远，比天空更远。天空抬眼就看得到，爬到背头山就可摘到星星了，但北京要发挥想象才能梦得到。”好了，乡村少年终于成长为文学青年，而且来到了北京，站在天安门广场上看降国旗了。那么，天松看到了什么？“我又矮又小，典型的南方人，怎么跳也看不见那戎装笔挺的旗兵规范庄严的神情，一切只能凭我的猜测。我只是从那密密匝匝的人群的又兴奋又凝重的眼神中看出国旗在人们心中的位置。”

在男人壮阳女人化妆的今天，没有人会用如此真诚的语言叙述世事了，作家们英雄好汉还充当不过来哩。在我所阅读到的描绘冠豸山的文章中，价值谎言和虚假抒情比比皆是，他们在导游小姐的指引下转一圈，记几个名词在本子上，回到宾馆吃好喝好，然后写下“一路景观目不暇接，碧水丹山宛如武夷”之类恶俗的文字。只有杨天松敢诚实地记下攀登摩天峰的情形：

我趴在石阶上像一只虫子。我在想象中看见自己滚下山崖摔成粉末。我在头晕目眩中无意识地往上攀登。那的确是攀登，我用双手攀着前面的石阶往上爬。有好几处几乎是垂直的，有好几次我觉得自己要摔下去，像小鸟一样地摔下去。在快到寨门的最后关头时，我感到自己快要崩溃了。

当我读到这样的文字时，忍不住要会心一笑，像看到世界最精彩的章节。文学必须为弯曲悖谬的世代作见证，这是我们为自己制订的纪律，也是我们所以写作的基本立场。我不敢断言杨天松今后在文坛的地位，但我敢断定他的作品是难能可贵的标杆，因为那是他生命的独白。假如你敢确立生命的意义，为何不敢记录生命的独白呢？

吴尔芬

（著名作家，中国作家协会会员，厦门市作协副主席）